ADAM EN HÉRITAGE

DU MÊME AUTEUR

Presses de la Cité

Les Labours d'hiver, 1995, France Loisirs 1996, Pocket 1997, Succès du livre 2004, Prix Emile-Guillaumin 1995
Les Terres abandonnées, 1996, Grand Livre du mois 1996, France Loisirs 1997
La Croix de Fourche, 1997, France Loisirs 1997, Grand Livre du mois 1997
Etrangers à la terre, 1998, Grand Livre du mois 1998, Succès du livre 2001
L'Héritage de Ludovic Grollier, 1999, France Loisirs 2000, Pocket 2002
L'Alambic, 2000, France Loisirs 2000, Grand Livre du mois 2000, Pocket 2002

Editions Randonneur

Les Chemins oubliés du Haut-Morvan, 1978, BRL, Dijon, 1992
Les Faubourgs de Bibracte, 1989

Editions de l'Armançon

Le Vol de la buse, 1991, France Loisirs 1994, Grand Livre du mois 2005, Prix Sully-Olivier de Serres 1992
La Croix du Carage, 1994, Grand Livre du mois 2005
Autun, toute une histoire, 2004
Nouvelles inuit, carnet de voyage, 2004
Le Réveil des villages, essai, 2006
Sur la route de Djenné, carnet de voyage, 2008
Les Quatre Saisons de Romaric, nouvelles, 2009

Albin Michel

Les Voisins de l'horizon, 2001, Grand Livre du mois 2001, Corps 16 2002, Pocket 2003
Histoires racontées de Bourgogne et du Morvan, récit, 2001
Je reviendrai vers vous, 2002, Grand Livre du mois 2002, Pocket 2004
La Muse dans le grenier, 2003, Corps 16 2004, Succès du livre 2005, Grand Livre du mois 2007
Le Périple du chien, 2004
Les Gens du pays, 2005, Corps 16 2005, Prix Henri-Perruchot 2006, Grand Livre du mois 2007, Prix Marcel E.-Grancher 2007, Poche De Borée 2009
Le Forgeron d'Eden, 2009, Grand Livre du mois 2009
L'Insaisissable (à paraître, 2011)

Anne Carrière

Inuksuk, 2006
Le vent des libertés soulevait la terre, 2008, Grand Livre du mois 2008, Corps 16 2008, Prix du Roman populaire 2008

De Borée

La Photo de classe, 2010

Ouest-France

Le Haras de Pompadour, toute une histoire, document, 2007

(suite en fin d'ouvrage)

Didier Cornaille

ADAM EN HÉRITAGE

Roman

Romans Terres de France

PRESSES DE LA CITÉ

ISBN 978-2-258-08477-3

Avertissement

Ceci est bien un roman, une fiction. Nous sommes pour de bon dans le domaine de l'imaginaire, celui auquel l'auteur s'abandonne avec délectation pour mieux « inventer » de toutes pièces une histoire que nulle réalité ne peut revendiquer...

Encore que... A l'exception de Blandine, d'Hugo et de Jean le Bon Cousin, personnages plus symboliques qu'autre chose, les protagonistes de cette histoire ont bel et bien existé. L'histoire elle-même d'ailleurs, jusqu'à un certain point, a bien été vécue.

De l'Américain qui, par tous les moyens et surtout à coups de dollars, aurait bien aimé acquérir l'Eve de Gislebert l'Autunois, je ne sais rien, si ce n'est qu'il a bien séjourné à Autun à plusieurs reprises et qu'il habitait ordinairement rue Brémontier, dans le XVIIe arrondissement de Paris. Il y avait là pourtant une touche d'exotisme que je tenais à exploiter, quitte, bien sûr, à lui inventer la quasi-totalité de son rôle ! Privilège du romancier !

Plus proche de la réalité historique est le rôle de Jean Roidot, alias Antoine Donnadieu. On lui doit les personnages de pierre. Ce ne sont pas les moindres, et de loin ! Aujourd'hui plus que jamais, alors que se redécouvre l'immensité de la richesse culturelle de villes telles qu'Autun, Eve continue d'assumer le rôle de symbole, voire d'égérie de toute une population, qu'il lui assigna alors !

Sans Adam et le diable... Que sont-ils devenus ? Existent-ils seulement encore ? La question vaut d'être posée. A vrai dire, elle l'a été dès 1866 et l'est toujours. Récemment, la ville entière a retenu son souffle quand des moyens modernes ont permis de sonder l'épaisseur de tous les murs de cette maison où Eve fut retrouvée par le plus grand des hasards.

Cette fois, on n'eut pas de chance... Et ce fut une véritable déception pour toute une cité...

Où sont Adam et le diable ? Alors que rien ne permet de faire preuve d'optimisme pour le devenir de ces villes de province, celle-là, qui fut rasée autant de fois que l'occasion fut donnée à des envahisseurs de passer par là et qui toujours s'en releva, s'obstine à croire qu'un jour ils seront rendus à sa lumière !

Adam retrouvant son Eve ! Et tant pis si c'est pour mieux céder à la tentation du diable...

A moins que ce ne soit tant mieux... Ce serait une si belle victoire pour ce Gislebert qu'on aime tant sans même savoir s'il a vraiment existé...

Didier Cornaille

1

Mon nom est Robert Brampton. Bien que je sois américain, je me sens un peu comme chez moi, ici, en France, où j'ai vécu tant d'années. Je pense avoir tourné hier la dernière page d'une affaire qui a occupé presque toute ma vie.

J'avais, quoi ? à peine trente ans lorsque je m'y suis trouvé mêlé. J'avais même très exactement vingt-neuf ans. C'était en 1868, deux ans avant la chute de Napoléon III. Je m'en souviens fort bien et je crois y avoir quelque mérite puisque j'ai aujourd'hui quatre-vingt-un ans révolus. Faites le compte : cela fait deux ans que s'est achevée l'épouvantable tuerie qui a mis le vieux continent à feu et à sang et happé bon nombre de nos jeunes venus en renfort.

Avant d'oser entreprendre à nouveau le voyage, j'ai tout de même laissé passer deux ans. Deux longues années d'atermoiements, pris entre le désir de retrouver le pays où j'ai fait toute ma carrière et l'angoisse des ruines, des décombres et des absences…

J'ai fini par répondre à l'invitation de mon vieil ami l'hôtelier d'Autun et ne m'en porte pas plus mal. Certes, je ne suis pas monté dans le Nord, ni en Champagne ou en Lorraine. J'ai évité cette longue plaie dont la trace prendra encore longtemps ce beau pays en écharpe. Que serais-je allé chercher là où s'est exprimée quatre ans durant la plus grande sauvagerie dont l'homme se soit jamais rendu coupable ? Ce n'est pourtant pas faute d'avoir su concocter auparavant les pires massacres, les tueries les plus abominables. Entre le sort que nous avons réservé aux Indiens et la guerre de Sécession, en guère plus d'un siècle d'existence, notre jeune nation américaine a amplement démontré un certain savoir-faire en la matière. Et l'impression me reste que les grands cris que j'entends, les grandes professions de foi, « la der des ders ! », « plus jamais ça ! », sonnent faux, comme si déjà le ferment de la suivante travaillait les hommes...

Je ne serai pas là pour voir ça et puis, de toute façon, ce n'est pas pour cela que, à mon grand âge, je me suis tout de même résolu à entreprendre ce grand voyage. J'ai retrouvé bien sûr un pays exsangue. Si je n'ai rien vu des lieux où sont morts tant d'hommes de toutes les nations ou presque, je ne retrouve évidemment pas la France qu'il m'a fallu quitter dans les premiers jours de février 1915, après y avoir vécu presque sans discontinuer pendant près d'un demi-siècle. Quelque chose de triste, de gris, comme un voile funèbre, couvre les êtres, les villes, les villages et les rues de ce pauvre pays. Il n'est que de voir le nombre de femmes portant le deuil, le nombre d'hommes infirmes, pour comprendre qu'un coup mortel a été porté à cette nation.

Je l'ai connue sous le Second Empire. Tout jeune, j'y étais venu à la suite de mon patron de l'époque, auprès de qui j'assurais les fonctions de secrétaire. Cet homme avait bâti une belle fortune dans le commerce de l'acier, à Pittsburgh, en Pennsylvanie. Il s'était mis dans l'idée, comme c'en était la mode ces années-là, aux Etats-Unis, de se faire reconstruire sur les rives de l'Ohio un authentique château de France.

Il ne voulut laisser à personne d'autre le soin de trouver la demeure de son choix. Mais, lorsqu'il eut fait l'emplette d'une bâtisse Renaissance périgourdine comptant assez de chambres, de salons et de cabinets pour qu'il puisse envisager de l'aménager comme il l'entendait, il se déchargea tout bonnement sur moi du soin de transférer le tout d'un bord à l'autre de l'Atlantique ! Ses affaires, à ce qu'il paraissait, l'appelaient avec insistance à Pittsburgh.

D'avoir su mener à bien cette opération délicate ne fut pas ma moindre fierté, mais elle eut des conséquences autrement importantes sur ma jeune existence. Elle me donna du même coup le goût d'une certaine aventure et celui des vieilles pierres. Je revins en France et m'y fis vite une spécialité du commerce de tous les trumeaux, linteaux, rosaces, chapiteaux, manteaux de cheminée, tympans et autres encadrements de porte dont la mode était révolue de ce côté de l'océan alors qu'elle faisait fureur au Nouveau Monde !

J'en ai expédié des pleins bateaux, de ces vestiges d'une société à la grandeur révolue. Souvent sortis de la boue et de la ronce, nettoyés, retapés, numérotés, répertoriés, ils prenaient une telle valeur, au cours de leur voyage, que sans grand mal j'eus tôt fait d'accumuler un bien suffisant pour me sentir définitivement à l'abri du besoin. Je pus dès lors mettre dans l'exercice de ma profession le zeste de dilettantisme qui en ferait tout le charme.

Certes, pour ne pas voir les sommets du mauvais goût auxquels parvenaient mes concitoyens dans l'usage qu'ils faisaient de toutes ces merveilles, je préférai ne plus remettre les pieds en Amérique. J'avais organisé mon affaire de telle sorte que tout ce qui concernait la revente puisse se faire sans que j'aie à intervenir. A l'extrême, j'aurais pu oublier cet effet catastrophique de mon commerce sur ses objets. J'étais en quelque sorte un collectionneur. Je parcourais en tous sens les campagnes de France. Je m'y étais même créé un réseau de véritables rabatteurs. Je négociais au prix de la pierre des merveilles de l'art roman ou de l'époque gothique. Je faisais envoyer le tout au Havre. J'y avais un agent qui se chargeait de l'emballage et de l'expédition aux Etats-Unis. Mais, dès que l'on atteignait ce stade de mon commerce, je ne portais plus d'intérêt qu'aux chiffres... Les pièces qu'ils concernaient avaient perdu toute consistance... Ce n'étaient plus que des références, des codes, en face desquels s'affichaient ce qu'ils m'avaient coûté, les frais de transport et de rétribution des différents intervenants, et le prix de vente qu'il me revenait de fixer. La différence, toujours positive et importante, s'inscrivait d'elle-même au crédit de mon compte en banque !

Ainsi ai-je passé l'essentiel de ma vie sur les routes de France. J'y trouvais un tel plaisir que l'idée de me fixer, de créer un foyer, d'avoir des enfants ne me vint même pas. Peut-être, si je n'avais agi que par goût du lucre, me serait-il paru vain d'accumuler ainsi une confortable fortune sans avoir personne à qui la léguer. Mais tel ne fut pas le cas. Je ne fus jamais motivé que par la recherche du beau, de la pièce unique. Ma quête ne fut jamais autre chose que l'émotion qu'on ne peut pas ne pas ressentir lorsque, d'une ruine, d'un roncier ou d'un champ d'orties jaillit l'exceptionnel, l'objet qui, en toute logique, ne peut pas avoir d'autre valeur qu'artistique.

Chaque fois ou presque, je pus lire dans le regard de mes interlocuteurs la même perplexité un peu effarée à l'idée de devoir annoncer un prix. Nous communiions sans le dire et surtout sans pouvoir l'admettre dans la même admiration béate de ces chefs-d'œuvre, et nous devions entrer, chacun de notre côté, dans le parti du vendeur pour l'un, de l'acheteur pour l'autre. La plupart du temps, les personnes avec qui je traitais avaient besoin d'argent. Pour continuer à me régaler de la contemplation de ces merveilles, je ne devais en rien déroger à mon rôle officiel d'acheteur. Aurait-on pris la peine d'exhumer ces restes de grandeurs passées, moussus et boueux, s'il ne s'était agi que de les admirer ?

Nous luttions. J'avais vite appris le détail des règles que l'on se doit de respecter, en pareilles joutes. Partir de beaucoup trop bas, bien sûr, et ne céder qu'à toutes petites doses en assaisonnant le débat de digressions, de propos totalement étrangers à l'objet ; le temps qu'il fait, qu'il a fait ou qu'il fera, le cours du seigle, du blé ou de la viande, la santé de la vieille tante... Toujours, cependant, on revenait à l'objet et à son prix. Et on finissait par toper sur le montant dont nous savions l'un et l'autre, dès le départ ou presque, qu'il serait le bon ! J'aimais ces maquignonnages qui se terminaient presque toujours devant une assiette bien garnie d'un de ces mets locaux dont je me délectais et que nous accompagnions de quelques verres de vins aux origines modestes, mais aux arômes d'une telle délicatesse que je me serais damné pour certains d'entre eux !

On riait fort. On se tapait dans le dos. On se quittait les meilleurs amis du monde. A chaque fois, c'était comme si une nouvelle alliance venait de se sceller entre l'Ancien et le Nouveau Monde. Il arrivait que le cheval de ma voiture de location ait à se débrouiller du chemin. Pendant que je dormais sur mon siège, vaincu par l'abondance et la qualité de nos libations, il s'en est toujours fort bien tiré et m'a toujours ramené jusqu'à mon hôtel sans coup férir.

Pourquoi auriez-vous voulu que je misse fin à une telle existence ? Je crois que je l'aurais prolongée fort longtemps ; peut-être même la mènerais-je encore si l'Europe puis le reste du monde n'avaient pas sombré dans la folie de la Grande Guerre.

Tous mes interlocuteurs n'étaient évidemment pas de la même trempe. J'eus affaire à des messieurs importants. Ceux-là, en général, m'appréciaient moins. Souvent, il s'agissait d'aristocrates ruinés contraints de vendre des pièces auxquelles ils attachaient une grande valeur patrimoniale. J'eus aussi affaire à de grands connaisseurs en matière d'archéologie. Les aristocrates haïssaient mon argent et ne s'en cachaient pas. Quant aux autres, ils me portaient le mépris du misanthrope à l'égard de l'affairiste ! Curieusement, j'eus d'excellents rapports avec bon nombre d'entre eux.

Je peux soutenir sans forfanterie que j'étais devenu un grand connaisseur en matière d'archéologie, l'époque romane étant celle que je préférais et que je connaissais le mieux. J'affirme cela avec d'autant plus d'assurance que les spécialistes eux-mêmes me reconnaissaient cette compétence et n'hésitaient pas, au besoin, à faire appel à mon expertise.

Antoine Donnadieu fut sans conteste celui auquel je fus le plus lié. Architecte de son état, il habitait Autun, une jolie petite ville de Bourgogne, qui ne fut construite, voici deux mille ans, que pour durer le temps que s'éteigne sa concurrente, Bibracte. Le hasard ayant fait de cette ville l'un des premiers, sinon le premier – on ne sait plus très bien ! –, évêchés des Gaules, elle acquit pour le coup une sorte de certificat d'éternité.

C'est là, d'ailleurs, la seule « industrie » qui semble promise, en ses murs, à un certain avenir. Certes, on récolte dans ses environs une certaine quantité de schiste bitumineux dont on s'affaire, à ses portes, à tirer les huiles et les essences nécessaires à l'économie moderne. De mon point de vue, il s'agit là d'une activité peu prometteuse. C'est donc sur le seul évêché qu'eût reposé la responsabilité du devenir de cette ville antique si un prytanée ne lui était pas venu en renfort en 1884. On l'installa dans les locaux laissés vacants par le départ d'un grand séminaire. Et l'on se rassura. Autun, entre un évêque et un état-major militaire, ne risquait plus de dépérir !

Il n'en reste pas moins que cela donne à cette charmante petite cité une atmosphère assez particulière. J'eus tout lieu de m'en étonner dans les premiers temps, mais je finis par m'y faire. Antoine Donnadieu m'y aida beaucoup. Les raisons qui m'amenèrent à prendre mes habitudes à Autun y contribuèrent peut-être plus encore. Je dois pourtant à la vérité de reconnaître que les pressantes questions qui me jetèrent sur les routes pour atteindre cette petite ville pétrie d'histoire sont aujourd'hui encore sans réponse…

L'intérêt porté par Napoléon III à tout ce qui touchait au passé de la France avait favorisé, dans la seconde moitié du XIXe siècle, l'éclosion d'un grand nombre de revues traitant d'archéologie et d'architecture antique. Je me délectais de leur lecture lorsqu'il m'arrivait de séjourner à Paris, dans l'appartement que j'avais loué rue Brémontier, en face de l'église Saint-François-de-Sales. J'aimais m'y reposer de mes incessantes expéditions dans les provinces françaises les plus reculées. Mon bonheur était de m'enfoncer dans les coussins de mon fauteuil devant une bonne flambée, un verre d'alcool dans une main, une de ces revues dans l'autre !

C'est ainsi que j'ai appris l'étonnante découverte faite par un architecte autunois du nom d'Antoine

Donnadieu, dans l'épaisseur d'un mur que des ouvriers étaient en train de démonter sur ses indications. Un cliché d'une assez bonne qualité accompagnait l'article. Ce fut d'abord ce cliché qui retint mon attention. Une pièce semblant d'une beauté à couper le souffle, une Eve couchée attribuée à Gislebert l'Autunois, ce mystérieux sculpteur du XIIe siècle, dont on sait si peu de chose qu'il en est pour douter qu'il ait jamais existé ! Il fallut bien pourtant qu'une main d'une rare habileté donnât à toutes les œuvres sculptées de la cathédrale Saint-Lazare d'Autun l'étonnante unité qui en fait le charme. Cette Eve en faisait partie. On l'identifia très vite. Elle provenait du linteau de la porte latérale, encore appelée porte des Ladres. Les chanoines du chapitre le firent détruire en 1766 sous l'hypocrite prétexte que les corps nus qu'il exposait attentaient à la moralité !

Le hasard voulut que ce fût en 1866, un siècle exactement plus tard, que l'Eve réapparût. Découverte proprement miraculeuse, dont l'intérêt ne pouvait pas échapper à l'inspecteur des édifices diocésains qu'était Antoine Donnadieu. Il fit mettre l'Eve en lieu sûr, en même temps, disait l'article, que divers autres « fragments » trouvés dans l'épaisseur du même mur.

Il y avait là plus qu'il n'en fallait pour mettre en émoi le flair du chasseur de vieilles pierres que j'étais. Si Eve il y avait, il fallait qu'existât quelque part un Adam. Et même, si on en croyait à la fois l'article et un détail du cliché photographique, qui ne m'échappa pas, un diable dont la main griffue subsiste sur la droite du bas-relief. On voit cette main pousser délicatement vers Eve le rameau portant le fruit défendu ! Et ces « fragments » également récupérés, qu'en était-il advenu ? Il n'était nulle part question d'un inventaire, que tout archéologue, et a fortiori un inspecteur des édifices diocésains, n'aurait pas dû manquer d'établir...

Ces interrogations, j'en fis part à Antoine Donnadieu la première fois qu'il me fut donné de le rencontrer. L'amitié qui naquit à cette occasion ne se démentit pas durant près de quarante ans, jusqu'à sa mort qui devait survenir en 1910. Aujourd'hui encore pourtant, dix ans après qu'il a été retiré à notre affection, je ne connais aucune réponse satisfaisante à ces questions.

Si je suis là, à profiter du soleil vespéral sur la terrasse de ce charmant petit hôtel de village, c'est que j'ai voulu une fois encore parcourir cette France que j'ai tant aimée. C'est aussi et surtout parce que le mystère de cette affaire m'a rattrapé, durant ces années de guerre, jusque dans ma retraite de Pennsylvanie. J'ai voulu savoir.

Je repars demain. Je sais que je ne reverrai plus, dans cette vie, ces doux paysages de Bourgogne. Hier, à quelques kilomètres d'ici, j'ai retrouvé deux vieux amis. Un vieux couple qui aurait été attendrissant sans la guerre et les coups terribles qu'elle leur a portés comme à tant d'autres. Ils m'ont raconté...

Quelques mots, ceux peut-être que j'attendais d'entendre et pour lesquels j'ai entrepris ce grand voyage. Mais que m'ont-ils révélé que je ne sache déjà ? Si peu de chose...

L'essentiel... Où est-il ? Est-il encore opportun de chercher à le découvrir ?

2

Ce matin, ils avaient fini de sceller l'énorme poutre d'acier et les quatre piliers de fonte sur lesquels reposerait tout l'édifice lorsqu'on aurait retiré les échafaudages. Hugo était curieux de voir terminé ce chantier, tel qu'il n'en avait encore jamais vu. Supprimer tout bonnement un mur de refend ! Substituer à la lourde épaisseur de la maçonnerie l'élégance discrète de ces quelques pièces métalliques qui se remarqueraient à peine au centre du lumineux espace ainsi dégagé, le rez-de-chaussée entier de ce bel hôtel du siècle précédent, ouvert en une seule et vaste salle, dont le propriétaire, à ce qu'il disait, voulait faire le plus grand et le plus beau magasin de la ville.

Le personnage les exaspérait. Il ne les quittait pas et se répandait, à longueur de journée, en jérémiades et en récriminations. Il les fatiguait de ses reproches, assurant à qui voulait l'entendre que ces maudits ouvriers seraient sa perte, qu'ils en prenaient à leur aise avec les délais, qu'ils lambinaient tant qu'ils parviendraient bien à le ruiner. Il allait et venait sur le chantier, pataugeant dans les gravats, bousculant les seaux, renversant les outils, prétendant houspiller les manœuvres, qui n'osaient pas trop lui répondre. Cela se terminait de plus en plus souvent par le coup de gueule exaspéré de l'un ou l'autre des compagnons. Il s'éclipsait, jurant qu'il lui faudrait bien en passer par un procès, dont plus personne ne prenait la menace au sérieux. Il réapparaissait peu après, toujours aussi impatient et inquiet des marchandises, dont il maintenait qu'elles encombraient ses stocks. Il s'inquiétait de savoir quand il pourrait les livrer et satisfaire ses chalands.

Hugo, pourtant, l'enviait, cet homme-là qui allait vivre et travailler dans cette grande pièce lumineuse dont l'ouvrier sentait bien que l'achèvement serait une sorte d'événement. Maître Donnadieu, l'architecte à qui avait été confié le chantier, y usait de nouvelles techniques révolutionnaires. C'en était fini de ces pièces sombres et étroites qu'imposait jusque-là, dans les rez-de-chaussée, la nécessité de murs épais et percés de rares ouvertures, seuls capables de supporter la charge considérable des étages qu'on empilait.

Hugo aimait son métier de maçon. Pour le seul plaisir d'admirer les travaux de réfection qu'y menait le même maître Donnadieu, il avait passé des heures dans la cathédrale Saint-Lazare. Il était resté béat d'admiration devant l'adresse des charpentiers. Usant de madriers énormes et en quantité étonnante, ils avaient érigé des échafaudages sur la seule solidité desquels les voûtes de la croisée du transept et la dentelle de pierre de la flèche avaient reposé durant tout le temps du chantier. Les quatre piliers soutenant l'ensemble donnant d'alarmants signes d'épuisement, il s'était agi de rien moins que de les démonter et de leur en substituer de plus forts, bien qu'aussi élégants. On avait pris son temps et on en avait presque oublié que, des mois durant, tout l'équilibre du prodigieux élancement vers le ciel de la cathédrale n'avait tenu qu'à quelques troncs d'arbres judicieusement agencés.

Hugo vouait une admiration sans bornes à Antoine Donnadieu. Il l'avait vu, qui faisait visiter le chantier de réfection de la cathédrale à un monsieur très élégant venu de Paris. On lui avait dit qu'il se nommait Eugène Viollet-le-Duc et qu'il était, après monsieur Mérimée, le plus grand archéologue de France. Ils étaient passés à trois pas de lui. Au pied des prodigieux échafaudages, ils devisaient paisiblement. Qu'Antoine Donnadieu n'eût pas paru particulièrement ployer le dos et porter le chapeau bas devant ce grand homme fut pour Hugo la preuve indéniable qu'il avait à faire à un être d'exception qui pouvait jouer d'égal à égal avec les grands de ce monde.

Pour lui, la complexité du chantier sur lequel il travaillait était une vraie bénédiction. L'architecte ne s'en éloignait guère. Il n'entendait pas perdre de vue ces ouvriers à qui il demandait de mettre en œuvre de nouvelles techniques sans qu'aucun d'eux y ait, jusque-là, été formé. Bien sûr, Antoine Donnadieu avait vite remarqué ce grand gaillard au poil noir, à l'œil vif, au sourire éclatant et aux allures encore presque juvéniles. Il pouvait d'autant moins l'ignorer qu'il lui suffisait de lever les yeux pour rencontrer son regard. C'était commode. Quand il avait besoin de quelqu'un ou de quelque chose, il lui suffisait d'un geste pour l'obtenir. Peu à peu, il se l'était ainsi tacitement attaché. Ce qui arrangeait tout le monde ; le contremaître, qui s'exaspérait de se sentir surveillé par l'architecte et préférait ne pas avoir directement affaire à lui ; Hugo, qui n'aimait rien tant que l'écouter parler ; lui-même, qui n'avait pas à user de diplomatie pour obtenir, en cas de besoin, de se faire aider. Jusqu'au gros homme de quincaillier, qui n'avait pas à s'emberlificoter dans ses formules de politesse alambiquées quand il entendait réclamer qu'on veille à tenir les délais !

Ce jour-là, pourtant, on l'avait aimablement mais fermement prié d'aller voir ailleurs ce qui s'y passait. Antoine Donnadieu avait insisté pour qu'on l'attendît, après l'heure du casse-croûte, pour se mettre au démontage du mur. Tout était en place. En fait, depuis que la poutre d'acier avait été passée et que les piliers de fonte avaient été dressés, le mur qui séparait le rez-de-chaussée en deux parties distinctes ne supportait pratiquement plus rien de la charge de l'étage et de la toiture. Impatients, Hugo et ses amis, le pic à la main, déchaussaient déjà les pierres du parement, juste sous le plafond ; elles venaient sans beaucoup de difficulté, s'effondrant dans un nuage de poussière beige et encombrant déjà le pied du mur. Ils prenaient leur temps, se reculant de temps à autre pour laisser aux quelques gamins qui faisaient office de manœuvres le temps de les charger sur leurs brouettes qu'ils allaient ensuite vider dans un tombereau attelé d'un cheval attendant devant le chantier.

Lorsque Antoine Donnadieu revint enfin, ils accélérèrent le rythme. Seul Hugo, curieusement, ne parut pas décidé à en finir. Les pieds dans les gravats, il semblait y aller à tout petits coups de son pic, qu'il tenait d'ailleurs par le fer, comme s'il eût voulu éviter qu'il mordît trop durement dans l'épaisseur du mortier. Intrigué, Antoine Donnadieu s'approcha. Hugo ne se détourna pas et continua de gratter doucement. Une forme semblait apparaître dans le blocage informe qui constituait le centre du mur.

— Qu'est-ce ? demanda simplement l'architecte.

Le jeune maçon se contenta de hausser les épaules en signe d'ignorance. A légers coups de pic, il détachait de petits éclats de mortier qu'il balayait de temps à autre d'un revers de main. A chaque fois se précisaient des lignes bien trop souples et élégantes pour n'être dues qu'au hasard de pierres jetées entre les parements, dans le blocage d'un mur.

— Attends, lui dit Donnadieu en lui prenant le bras.

Hugo s'écarta. L'architecte prit sa place et y resta un long moment, rejetant à petits gestes précis tout ce qu'il pouvait des débris couvrant encore leur trouvaille. Les autres ouvriers, indifférents, continuaient à faire voler à grands coups de pic les pierres et l'enduit du mur.

— Dégage ça avec soin et mets-le-moi de côté, dit Donnadieu en s'écartant enfin. Ne le dégage pas trop de sa gangue de mortier. Ce n'est pas la peine. Ça te prendrait trop de temps. Et si tu trouves d'autres choses intéressantes, tu en fais autant.

Il prévint les autres d'avoir à s'en remettre à Hugo s'il leur semblait qu'ils mettaient au jour autre chose que les matériaux ordinaires de ce genre de construction, puis il fit mine de s'en désintéresser. Seul Hugo, qui commençait à bien connaître son homme, comprit qu'il se passait là quelque chose d'important, même s'il n'en mesurait pas la portée. Il lui avait suffi de voir l'œil intéressé que l'architecte continuait de poser discrètement sur ce qu'il mettait au jour. Très vite, le chantier de démolition prit les allures d'une fouille archéologique. Les pics avaient été abandonnés et remplacés par des truelles dont les raclements faisaient résonner de longues plaintes métalliques dans l'air saturé de poussière.

Lorsque, dans l'après-midi, le gros quincaillier réapparut, Donnadieu ne lui laissa pas le temps de s'en étonner et d'entonner la litanie habituelle de ses jérémiades. Il l'attira au fond de la pièce, là où Hugo avait déjà eu l'occasion de ranger soigneusement un nombre assez important de pièces. Celles qui lui avaient paru intéressantes bien que, respectueux de ce qui lui avait été demandé, il eût pris soin de ne pas trop mettre au jour les formes que dissimulaient encore les restes de mortier. Donnadieu et le quincaillier discutèrent longuement. Hugo, en venant ajouter de nouvelles trouvailles réelles ou supposées, se fit la remarque qu'ils semblaient bien moins s'entretenir paisiblement que négocier âprement.

— Vous en ferez bien ce que vous voudrez, entendit-il dire au commerçant. Encore que je ne voie pas l'intérêt qu'il y a à collectionner de telles laideurs. Mais enfin, c'est vous qui voyez. Prenez-les donc. Mais avant, il vous faut me promettre que ce chantier qui n'a que trop duré me sera livré dans les délais prévus, bel et bien fini.

Le regard inquiet de Donnadieu croisa celui d'Hugo, qui faisait mine de ranger ses trouvailles pour mieux écouter ce que se disaient les deux hommes. Le jeune homme eut un sourire narquois sur la nature duquel l'architecte ne pouvait se tromper. Ce dernier se détourna.

— C'est bon, dit-il sans baisser la voix. Vous l'aurez en temps voulu, votre magasin. Mais pour cela, ces pierres ne doivent pas encombrer le chantier plus longtemps. Comptez sur moi ; je vous en débarrasserai dès demain.

Il fit à nouveau face à Hugo.

— Demain, répéta-t-il, il faudra vous organiser pour transporter tout ça chez moi, rue Bouteiller. C'est bien entendu ?

Hugo, sans le quitter des yeux, hocha doucement la tête.

— Entendu, monsieur Donnadieu, dit-il simplement. Je m'en charge.

Mais son regard disait à l'architecte qu'il n'était pas dupe. Il l'avait belle, le monsieur, à promettre, mais qui devrait tenir ? Eux, bien sûr, les ouvriers et les manœuvres. Qui d'autre qu'eux aurait à redoubler d'efforts pour rattraper tout le temps perdu à récolter précautionneusement toutes ces pierres puis à les transporter chez lui ?

Il fallait qu'elles soient d'importance, ces trouvailles, pour que Donnadieu s'abandonne à un tel manque de tact. Celui-ci dut lire dans le regard d'Hugo toute l'étendue de sa surprise et de sa déception. Un instant, il eut envie de se justifier. Il se reprit juste à temps. Il faudrait bien que le jeune maçon apprenne qu'il y avait des choses qui ne se confondaient pas. Un jour, peut-être, il pourrait lui expliquer. Il sut n'en rien laisser paraître, mais, au fond de lui, la lassitude faisait son travail de sape. Tout cela durait depuis trop longtemps.

Antoine Donnadieu prit congé du quincaillier, tourna le dos à Hugo sans même le saluer et quitta le chantier. La grande place d'Autun était inondée de la lumière que dispensait un chaud soleil de juillet. Debout sur le trottoir, il prit le temps d'attendre que son regard s'accoutumât. Il aurait pu traverser la vaste esplanade les yeux fermés. Sa ville, il la connaissait jusque dans ses moindres détails. Et il l'aimait. Il l'aimait tant qu'il lui avait tout sacrifié. A-t-on le temps de penser à soi, à sa vie privée, à fonder une famille, lorsque se trouve une telle coïncidence entre ce que l'on chérit le plus au monde et la nature de la charge qu'on se voit confier ? Antoine Donnadieu avait de tout temps professé une véritable passion pour l'histoire et pour tous les vestiges qui en sont parvenus jusqu'à nous.

« Mon fils, lui avait dit son père, que vas-tu t'enfermer dans une carrière étroite d'historien ? Sauf à te contenter d'un poste obscur au collège de notre ville, il te faudra t'en éloigner et aller lutter toute ta vie contre plus ambitieux que toi pour espérer, un jour, te voir confier une charge de quelque intérêt. Sois donc architecte, mon fils, puisque l'histoire et les vieilles pierres t'intéressent à ce point. Ta carrière, tu la feras ici, à Autun, et il ne sera pas un chantier que tu superviseras qui ne te fera pas toucher du doigt l'étonnante richesse historique de notre cité. »

Monsieur Donnadieu père était un homme du passé. Il n'en avait pas moins, pour son temps, une vue d'une rare pertinence. Antoine Donnadieu fut donc architecte. Il eut tout loisir de se passionner pour l'histoire de sa ville dont il n'était pas de jour sans que les traces viennent se mêler à son travail. Mais la chance de sa vie avait été le réveil de l'intérêt de ses contemporains pour le prodigieux patrimoine que les siècles leur avaient légué.

Certes, il n'y avait plus rien à faire pour bien des monuments qui n'avaient pas survécu aux temps troublés de la Révolution et à ceux d'indifférence qui avaient suivi. Peut-être ces temps d'obscurantisme par lesquels il fallut que l'on passât eurent-ils pour effet, par réaction, lorsqu'on en sortit, de décupler l'intérêt que l'on porta enfin aux choses de notre passé et firent-ils la gloire de ceux qui jamais n'avaient douté. Antoine Donnadieu était du nombre. Sa profession, autant que sa passion, le désignait au poste à pourvoir d'inspecteur des édifices diocésains. Il eut, lorsque lui fut signifiée cette nomination, une pensée émue pour son père, qui avait donc eu raison. On ne s'éloigne pas d'une ville telle qu'Autun quand on a la passion de l'histoire et des vieilles pierres !

Etait-ce pour ces mêmes raisons qu'il s'était plus discrètement engagé dans la lutte politique ? Du même père, Antoine Donnadieu tenait des idées républicaines. Le vieil homme s'était battu pour elles aux côtés de Carnot, qui avait été son condisciple au collège des jésuites d'Autun. Celui-là même où avaient séjourné les frères Bonaparte. Cela aussi, c'était indissociable du patrimoine historique de la vieille cité.

Les temps avaient changé. Il était devenu plus difficile et même parfois risqué d'exprimer sa foi dans les grands idéaux révolutionnaires. Antoine Donnadieu n'avait rien abdiqué de ses opinions. Du domaine public où il les exprimait jadis avec force, il les avait simplement fait passer à la sphère plus feutrée de ses amitiés. Le débat n'avait pas perdu en vivacité. Il avait gagné en intérêt et se pimentait même parfois d'une atmosphère de complot qui n'était pas pour déplaire à l'amateur d'histoire.

Les choses s'étaient pourtant aggravées depuis le désappointement qui avait suivi le fol espoir de 1848. L'instauration du Second Empire avait fait basculer complètement Antoine et ses amis du côté de la sédition. Un bien grand mot, en fait, pour désigner l'impatience dans laquelle ils étaient, depuis 1852, d'en finir avec ce régime méprisable. Donnadieu devait pourtant reconnaître qu'aucun autre avant celui-là n'avait tant fait pour la remise en état et la valorisation du patrimoine. Les énormes travaux menés avec Viollet-le-Duc dans la cathédrale d'Autun en étaient l'exemple le plus frappant. Mais l'architecte autunois ne pouvait pas pour autant cautionner les atteintes aux droits de l'homme et aux libertés individuelles dont les sbires du régime se rendaient chaque jour coupables.

Peut-être fut-ce pour se donner bonne conscience qu'il accepta de prêter une oreille attentive à ce qu'un de ses amis autunois voulut bien lui dire d'un mouvement secret dont il faisait partie. Il en attendait d'un jour à l'autre qu'il déclenchât l'insurrection par où, selon lui, reviendraient la liberté et la démocratie. La première fois qu'il lui en parla, Antoine Donnadieu attendit, par correction, d'être dans la rue pour hausser les épaules. « Ils ne se rendent même pas compte, maugréa-t-il dans sa moustache, qu'ils sont les jouets du régime. Il les utilise ; ils sont sa chose. Comment, sans eux, justifierait-il sa police et ses méthodes ? »

Les charbonniers, dont son ami lui vantait secrètement les vertus, n'eurent jamais les moyens de déclencher l'insurrection qu'ils annonçaient. Ce fut le régime impérial, en aggravant sans cesse les atteintes qu'il portait aux libertés, qui poussa bien des hommes et des femmes à se rallier à cette étincelle d'espoir.

Antoine Donnadieu fut de ceux-là. En ce mois de juillet 1866, les Autunois qui le saluaient, alors qu'au rythme paisible de sa canne il allait vers sa maison des hauts quartiers, auraient été bien surpris d'apprendre qu'ils ôtaient leur chapeau devant l'un des plus hauts responsables de la « vente » locale des charbonniers.

Bien peu d'entre eux avaient même connaissance de l'existence de cet échelon local d'un mouvement irriguant presque toute la France et à qui seule son obsession quasi maladive du secret avait permis d'échapper à la police de l'empereur. Hugo était du nombre. C'était même Antoine Donnadieu qui l'avait introduit et l'avait recommandé à un ami qui cherchait à structurer quelques groupes d'ouvriers et de paysans. Le jeune homme, qui avait échappé de peu au tirage au sort et n'en vouait pas moins une haine féroce au régime, s'était vite montré une recrue de qualité.

Antoine Donnadieu n'aimait pas, pourtant, l'espèce de complicité née entre eux de l'inévitable transgression de la règle du secret. Ils se savaient de la même vente. L'architecte redoutait les conséquences possibles de cette situation ; le jeune maçon n'y voyait que matière à tremper sa résolution d'être chaque jour un peu plus digne de l'immense secret qui lui était ainsi confié.

Alors, que comptait cette petite trahison de l'architecte, payant sans vergogne ces pierres auxquelles il semblait attacher une telle importance de la peine des ouvriers ? Hugo était un bon petit soldat. Il n'avait pas à discuter les décisions d'un chef, surtout quand il s'agissait d'un homme tel qu'Antoine Donnadieu. Il n'avait qu'à exécuter.

3

Antoine Donnadieu avait donné ses instructions de bon matin et s'en était allé. Il avait attelé son cheval à la grande charrette anglaise.

« Vous fermerez derrière-moi », avait-il lancé au passage, par les fenêtres grandes ouvertes de la cuisine, et s'était bien gardé de prêter attention à la réplique qui lui avait été faite.

Blandine ne s'était pas précipitée. Elle en était à laver le carreau à grande eau et n'entendait pas se laisser distraire de son travail avant qu'il soit fini. La large blouse grise dont elle s'était vêtue aurait fait un laideron de toute autre femme. Elle ne faisait que souligner ce qu'il y avait d'indécent à prétendre éteindre ainsi l'éclatante beauté de la jeune femme. Du chignon à la diable dans lequel elle avait rassemblé son abondante chevelure d'un blond de paille, s'échappaient quelques longues boucles qui lui balayaient le visage et soulignaient encore, si faire se pouvait, ce que la finesse de ses traits alliée à la vivacité de son regard d'un bleu profond avait de provocant. Elle était ainsi. Blandine n'entendait pas dissimuler quoi que ce fût de sa joie de vivre derrière la modestie et la réserve qu'on attendait en ce temps-là des femmes, surtout quand il s'agissait de domestiques.

Or, Blandine n'était que la domestique d'Antoine Donnadieu. Il l'avait prise à son service dix ans plus tôt, alors qu'elle n'était qu'une fillette, pour rendre service à ses parents que trop de bouches à nourrir maintenait perpétuellement dans le besoin. La maison de l'architecte était alors fort bien tenue par un couple de vieux serviteurs qui lui étaient totalement dévoués.

Blandine, malgré son œil déluré et sa grande propension aux bêtises les plus folles, avait eu tôt fait de gagner leur amitié. Ils l'avaient en quelque sorte adoptée. Antoine Donnadieu était lui aussi tombé sous le charme explosif de la gamine. Et personne, ni le couple de serviteurs ni l'employeur, n'avait remarqué l'adresse avec laquelle, le temps passant, l'enfant devenue jeune fille puis jeune femme avait littéralement pris possession de la maison de l'architecte.

Les vieux employés étaient restés à leur poste jusqu'à leur mort, mais cela faisait belle lurette qu'ils s'en remettaient totalement à Blandine pour que « monsieur Antoine » continue à trouver naturels l'ordre et la propreté impeccables dans lesquels sa maison était tenue. Quand elle s'était retrouvée seule, Blandine avait exigé que soit engagée une autre servante. Ce n'était que justice ; la maison était grande et meublée pour une bonne part par toutes les trouvailles de l'archéologue, dans lesquelles la jeune femme ne voyait bien sûr que d'insupportables nids à poussière !

Elle décida que le choix de la personne qui la seconderait ne pouvait échoir à nul autre qu'à elle-même. Antoine Donnadieu n'y trouva pas à redire. Ce n'était qu'une corvée dont il se trouvait débarrassé. Comme il le fut, d'ailleurs, à compter de cette date, de toutes les autres corvées, Blandine ayant, ce jour-là, assis une fois pour toutes son pouvoir autocratique sur l'ensemble de la maison. Elle avait alors à peine vingt ans et se satisfaisait grandement de sa situation, riant des hommes qu'affolait sa grande beauté, les laissant tourner autour d'elle autant qu'ils le voulaient, mais veillant à ce qu'ils ne s'approchent pas trop !

« Enfin, lui disait Antoine Donnadieu à qui il ne plaisait pas trop qu'on fît courir des bruits sur ce qui pouvait bien se passer dans le secret de cette grande demeure entre cette si belle fille et lui, enfin, ne t'intéresseras-tu donc jamais aux hommes ? Tu es faite pour le mariage, pour avoir des enfants... »

Elle lui riait au nez.

« Parce que ça vous déplaît qu'on dise de moi que je vous donne quelque plaisir ? Vous devriez être fier. Il paraît que je suis désirable. Ah oui, mais... Une servante, bien sûr... Ce n'est pas que ça ne peut pas se faire, mais, pour cela et pour qu'on ne jase pas, il faut la caution d'une épouse. Vous voyez, monsieur Antoine, celui des deux qui devrait penser à se marier n'est pas nécessairement celui qu'on pense !

— Et tu serais alors ma maîtresse ? » lui demandait-il presque en rougissant.

Elle éclatait de rire.

« Quand je vous le disais ! éludait-elle. Mariez-vous d'abord. On verra après. »

Il n'en fit rien, se garda bien de demander quoi que ce fût à Blandine et lui abandonna sans scrupule le gouvernement de sa maison. Il se réserva tout de même une pièce, la plus grande, la plus belle, celle qui, au bout du corridor, au rez-de-chaussée, ouvrait ses fenêtres sur les trois côtés de la maison. Il en avait fait ce qu'il appelait son musée. C'était en fait un énorme capharnaüm dans lequel il tentait sans grand succès de maintenir quelque cohérence dans l'exposition de toutes ses découvertes. Il était bien souvent le seul à pouvoir en mesurer la valeur, mais il n'aurait admis de ne se séparer d'aucune d'entre elles, même pour tout l'or du monde.

Il ne fallait surtout pas parler du « musée » à Blandine. Elle tempêtait, jurait ses grands dieux qu'elle n'y mettrait plus les pieds avant que les deux tiers des immondices qu'il contenait soient jetées au feu. Il restait intraitable. Il avait fallu des années d'obstination à la jeune femme pour obtenir d'Antoine Donnadieu qu'il lui confie un double de la clef. L'accumulation de la poussière, il est vrai, y atteignait un tel niveau qu'il n'osait plus y recevoir qui que ce fût. Elle ouvrit grand toutes les fenêtres et y passa une semaine entière. Elle tenta même d'en sortir quelques pièces parmi celles qui lui parurent les plus informes. Il s'en aperçut sur l'instant et exigea qu'elles reprennent leur place. Pour une fois, surprise par sa détermination, elle céda.

« On va apporter quelques objets qu'il faudra ranger au musée, avait-il prévenu ce matin-là. Attention, Blandine ! Ce sont des pièces de la plus haute importance. Certaines sont extrêmement fragiles. Faites-y très attention. »

Ce discours l'avait surprise. Prenait-il tant de précautions, jusque-là, quand il croyait bon d'ajouter quelques vieilleries à son désordre ? Elle avait pris le temps d'arrêter le mouvement rapide de sa serpillière et levé sur lui un regard surpris.

« En voilà une comédie ! Vous n'en faites pas tant, habituellement. Est-ce que c'est votre fortune que vous avez trouvée, cette fois ? Je vous préviens, je demanderai ma part. C'est vrai, quoi, ça se dit tant que nous vivons ensemble, comme un vieux couple. Il faut bien qu'il y en ait autant pour moi que pour vous ! »

Il s'était échappé vers l'écurie. Tout en riant, elle s'était remise à frotter son carreau.

Il s'en fallait de peu que la matinée soit écoulée lorsque les pièces « de la plus haute importance », annoncées par Antoine Donnadieu, se présentèrent devant le portail. Blandine alla ouvrir sans se presser le large portail à deux vantaux qu'elle avait refermés, quelques heures auparavant, sur les talons de son patron. Un tombereau attelé d'un puissant cheval de l'Auxois pénétra dans la cour. Sans se préoccuper des hommes qui l'accompagnaient, elle alla jeter un coup d'œil méfiant au chargement. Ainsi sommairement rangées sur un lit de paille, les trouvailles faites la veille dans le blocage d'un mur de refend ne se distinguaient pas vraiment des pierres qu'on destinait d'habitude à un usage plus ordinaire. Craquelé et fissuré, le mortier dont elles restaient enduites leur conférait un aspect de déchets qui fit hoqueter Blandine !

— Non mais, vous n'y croyez pas ? s'exclama-t-elle. Vous ne comptez pas décharger ici ces débris ?

Outrée, elle fixait les pierres alignées au fond du tombereau avec tant d'effroi dans les yeux qu'un grand éclat de rire fusa au-dessus d'elle.

— Ordre de ton maître, la belle, dit une voix enjouée dont elle ne se soucia pas, sur le coup, d'identifier la provenance. Dis-nous où on doit ranger tout ça.

— Certainement pas. Il y a erreur. Votre chargement, c'est pour le dépotoir. Vous êtes ici chez...

— ... maître Donnadieu, architecte et inspecteur des édifices diocésains, nous le savons. C'est lui-même qui nous a donné ses consignes et nous ne faisons que les suivre.

Elle était furieuse.

— Ferait beau voir ! Qui c'est qui l'entretient, sa maison, à l'architecte ? Ce n'est pas vous ? Bon.

Alors, vos vieilleries, tant que je serai là, elles ne franchiront pas cette porte. Elles ne viendront pas encrasser mon carrelage. Vous pouvez en faire ce que vous voulez, mais pas ici… Allez, ouste, dégagez !

Hugo, sur son tombereau, n'en revenait pas. Un si joli minois capable d'une telle colère ! Il riait à gorge déployée et prenait à témoins les trois gaillards qui l'accompagnaient.

— En somme, crut-il bon d'ironiser, faudra qu'on vous passe sur le corps. Eh, qu'est-ce que vous en dites, les gars ? Pourrait y avoir pire punition…

Blandine avait brièvement marqué le coup. Juste le temps qu'il fallait pour qu'enfin elle le vît, ce grand gaillard rieur, à l'œil et au cheveu noirs, qui se tenait debout sur le timon du tombereau. L'espace de quelques instants, elle en resta sans voix, incapable de détacher son regard de cette silhouette qui la dominait. Mais elle se reprit vite. Que lui était-il arrivé ? Fallait-il qu'elle soit bête pour s'être ainsi laissé impressionner ! Ses gaillardises, à celui-là, elle allait les lui faire ravaler ! Il allait voir si elle était du genre de celles à qui, sous prétexte qu'on se croit beau comme un dieu, on peut se permettre de dire tout et n'importe quoi !

N'écoutant que sa résolution, elle alla à la tête du cheval, le prit à la bride et, doucement mais avec beaucoup de fermeté, se mit en devoir de lui faire opérer un demi-tour. Elle avait agi si vite et avec tant de détermination que le mouvement surprit Hugo. Déséquilibré, il n'eut d'autre ressource que de sauter.

— Oh là ! s'exclama-t-il en se récupérant avec souplesse à côté de l'attelage. Vous allez où comme ça ? Reste là, tu veux, toi !

En deux enjambées, il l'avait rejointe à la tête du cheval et s'était à son tour saisi des rênes. D'un coup de reins, il pensait écarter Blandine. Il en fut pour ses frais. Elle tint bon et réussit même à ce que le cheval, d'abord indifférent aux tentatives d'Hugo, continue le mouvement dans lequel elle l'avait engagé. Il tenta une nouvelle fois de s'imposer. Ils luttèrent ainsi quelques longs instants sans qu'il parvînt à obtenir autre chose que l'émoi éveillé en lui par le contact de ce corps ferme et résolu qui ne cherchait nullement à esquiver ce qui finissait par devenir une étrange et très forte caresse.

Inquiet, le cheval finit par broncher. Tête haute, il tentait d'échapper aux pressions contraires que leur affrontement faisait subir à son mors. Elle ne céda pas et mit toute son énergie à tenter de libérer la tête de l'animal des efforts que faisait Hugo pour lui en ôter le contrôle. Il comprit qu'il n'y parviendrait pas. Ce fut lui qui consentit à lâcher. Il s'écarta et la laissa calmer la bête, à qui elle fit terminer paisiblement le demi-tour dans lequel elle l'avait engagée. Elle n'alla pourtant pas jusqu'à faire sortir l'attelage de la cour. Lorsqu'elle l'eut mis face au portail, elle l'arrêta, lâcha la bride et se tourna vers lui.

— Et cette punition-là, elle vous va ?

Il entendit moins les mots qu'il ne ressentit la chaleur de son regard. Elle criait victoire, mais, dans le même temps, elle l'appelait de toute la force de ses vœux à prolonger le jeu de leur découverte mutuelle. Il n'en espérait évidemment pas tant. Un instant, il pensa se projeter à nouveau vers elle, reprendre, sous cette forme ou sous une autre, la joute qui les avait, quelques minutes, à la fois opposés et étroitement unis.

Le rire gras et les plaisanteries épaisses des commis qui l'avaient accompagné le ramenèrent à la réalité. Il leva brièvement les yeux. Ils étaient tous les trois accoudés à la ridelle du tombereau et semblaient au spectacle.

— C'est bon, dit-il. Peut-être pourrait-on...

Elle avait suivi son regard et vu comme lui les trois compères qui n'en loupaient pas une.

— D'accord, dit-elle.

Ils étaient déjà complices.

D'un geste souple, avant qu'il ait pu l'aider, elle se hissa dans le tombereau. Ignorant les trois manœuvres qui continuaient à ricaner bêtement, elle alla observer d'un peu plus près ces objets étranges qu'Antoine Donnadieu tenait tant à récupérer.

— Mais qu'est-ce qu'il va bien pouvoir fiche de ça ? grommela-t-elle.

De l'ongle, elle gratta un peu la gangue de mortier sous laquelle elle aurait bien voulu savoir ce qui se cachait. Par places, on apercevait quelques bribes des formes souples données par un ciseau à une belle pierre gris-bleu.

— C'est quoi ? demanda-t-elle.

Il n'y avait plus d'hostilité dans sa voix. Il eut une moue dubitative.

— Je ne sais pas, dit-il. Mais à voir l'intérêt qu'il y porte, c'est que ça ne doit pas être n'importe quoi.

— Je sais. « Des pièces de la plus haute importance », qu'il m'a dit.

Elle haussa les épaules.

— Que voulez-vous que j'y fasse ? Un jour, je le quitterai, voilà tout. C'est tout ce qu'il aura gagné.

Il fallait bien qu'elle manifestât encore quelque mauvaise humeur, mais il était évident que le cœur n'y était plus. Elle avait autre chose en tête.

— C'est bon, dit-elle. Puisqu'il le faut... Mais, avant de m'encombrer de toutes ces cochonneries, vous allez m'aider. On va étendre sur le carreau des toiles de plâtrier. Et vous m'aiderez encore à les secouer dehors quand ce sera fait. Ça limitera les dégâts.

Déplier ces grands voiles de toile blanchâtre et les étendre sur le sol depuis l'entrée jusqu'à la porte grande ouverte du musée fut encore prétexte à se frôler, à s'appuyer brièvement l'un à l'autre, à rire et à s'éblouir, dans la pénombre du corridor, des regards échangés subrepticement.

Blandine ne prétendit pas s'éloigner d'un pas pendant tout le temps qu'il leur fallut pour transporter les pierres depuis le tombereau jusqu'aux tréteaux qu'Antoine Donnadieu avait dressés à leur intention au fond de la pièce.

— Je ne vous dis pas la poussière quand il va nettoyer tout ça, gronda-t-elle encore. Si seulement il voulait bien s'y mettre dans la cour. Mais non, monsieur n'entend pas s'éloigner de son musée ! Son musée… Je t'en ficherai, moi !

— Tu es bien silencieux ! s'étonnèrent ses compères lorsque, tous les quatre hissés sur le tombereau, ils reprirent le chemin de la place et du chantier de la future quincaillerie.

Hugo, debout à l'avant, conduisait le cheval. Il leur tournait le dos et semblait perdu dans un rêve. Il se retourna brièvement et les gratifia d'un large sourire avant de s'abîmer à nouveau dans ses pensées.

— Mignonne, la petite ! crut bon de gouailler un des compagnons. Pas commode, mais mignonne. Et bien roulée avec ça. Pas vrai, Hugo ?

Il refit le même geste, leur sourit et parut à nouveau se perdre dans sa réflexion.

— Vieux, reprit un autre, je ne voudrais pas tomber sur une furie pareille. Ce n'est pas tout d'être belle, pour une femme. Tu as vu ça ? Est-ce que ce sont des façons comme il faut que de se jeter à la tête d'un cheval ? Hugo, tu as été trop faible. Moi, je te l'aurais remise à sa place...

Hugo sourit encore, mais, cette fois, sans se retourner. C'était son plaisir d'avoir mesuré et reconnu, tant au physique qu'au moral, la force de la jeune femme. Il n'avait pas envie de partager. D'ailleurs, ils n'auraient pas compris...

4

La flambée qu'avait allumée son concierge dans la cheminée du salon réchauffait bien la pièce. Elle dissolvait l'impression de froide humidité qui avait fait frissonner Robert Brampton lorsqu'il était venu ouvrir les volets. Il rentrait d'une longue errance en Quercy et en Périgord. Durant deux longs mois, il avait pris un plaisir extrême à vivre au jour le jour, faisant étape dans de minuscules auberges de village, acceptant parfois l'hospitalité offerte par quelque paysan dont il avait au préalable pillé le grenier...

Etrange métier que le sien ! Il affectionnait tout particulièrement ces voyages, qu'il préparait longtemps à l'avance, dans des régions de France très reculées, coupées de tout et où il ne lui était pas difficile de se trouver quelques rabatteurs alléchés par les commissions qu'il leur laissait.

Ces gens-là connaissaient en général fort bien la valeur de ce qu'ils proposaient à son commerce. Ils n'avaient pourtant, pour la plupart, aucun scrupule à en délester leur pays. L'état d'abandon et de vétusté dans lequel se trouvaient, le plus souvent, les pièces dont ils lui révélaient l'existence, justifiait à leurs yeux qu'elles retrouvent au moins cette utilité plutôt que de disparaître totalement.

Il établissait son quartier général dans une petite ville de la région, louait une voiture et un cheval, et s'offrait de magnifiques randonnées au plus profond de contrées vivant encore à un rythme quasi moyenâgeux. Les voyageurs s'y aventurant étaient chose si rare qu'il y bénéficiait d'un accueil incroyable. Un Américain chez ces gens dont beaucoup n'avaient jamais mis les pieds dans la ville voisine ! Il eût été du village voisin qu'on se serait méfié. On aurait soupçonné quelque mauvaise intention, quelque plan machiavélique. Alors qu'américain ! Que pouvait-on craindre d'un homme venu de si loin ? On l'entourait, on le pressait de questions ; il arriva qu'on le pinça, au travers de l'étoffe de son habit pour s'assurer qu'il était bien fait de chair et d'os comme vous et moi ! Son accent fut, de tous ses voyages, son meilleur sésame ! Il lui ouvrait toutes les portes et leur assura plus d'une fois le vivre et le couvert, à lui et à son cheval !

Qu'il achetât sans trop discuter des « vieilleries » auxquelles on n'attachait plus guère d'importance lui faisait une double réputation d'homme fabuleusement riche et d'original. Il lui fallut vite apprendre à modérer ses offres de prix tant, s'il n'y avait pris garde, elles eussent dépassé les plus folles espérances. Le résultat n'aurait pas manqué d'être une flambée des prix immédiate et totalement déraisonnable ! A ce jeu, il devint vite un redoutable maquignon et il parvint encore à se faire une réputation d'honnête payeur, tout en s'étonnant lui-même des bouchées de pain qu'il lui suffisait de donner en contrepartie de pièces dont il savait les sommets qu'elles atteindraient sur le marché américain.

Ces virées provinciales lui étaient si agréables qu'il les prolongeait en général au-delà du raisonnable. Il restait parti plusieurs mois, se souciant peu de ses affaires parisiennes. Il serait bien temps de les remettre en ordre, à la mauvaise saison, lorsque les frimas l'auraient chassé de ces régions aussi délicieuses l'été qu'insupportables l'hiver à l'habitué des climats tempérés. Il retrouvait ainsi immanquablement les entrepôts, loués sur Paris, encombrés d'une quantité invraisemblable de tout ce qu'il avait expédié sans compter durant son expédition. Il fallait encore trier, inventorier, réévaluer et envoyer par bateau aux Etats-Unis. De quoi l'occuper quelques mois et le rassurer, au besoin, quant à la bonne marche de ses affaires.

Retrouver l'appartement de la rue Brémontier était un autre plaisir. Il appréciait tout particulièrement le calme des soirées qu'il y passait, devant sa cheminée, lorsque les premières fraîcheurs d'automne se faisaient sentir. Il s'y occupait à parcourir, plus qu'il ne les lisait dans le détail, les revues traitant d'archéologie auxquelles il s'était abonné. L'intérêt porté par l'empereur Napoléon III à tout ce qui touchait au passé de la France, en même temps qu'une prise de conscience plus générale de la valeur de notre patrimoine, en avait fait naître un certain nombre.

Robert Brampton s'adonnait à leur lecture pour le plaisir de la connaissance, mais aussi avec l'espoir d'y dénicher parfois l'occasion de mettre la main sur une pièce rare. Il savait le mépris courroucé qu'un tel mercantilisme faisait naître chez les vrais archéologues pour qui il ne peut pas y avoir de valeur autre que subjective en matière de vestiges de notre passé.

Différence de cultures ! Robert Brampton ne s'offusquait pas de cette différence d'appréciations. Pour lui, la compétition qui s'instaurait ainsi entre les amateurs de vieilles pierres et le marchand qu'il était n'était qu'une sorte de grand jeu dans lequel il lui semblait tout à fait naturel qu'interviennent en se concurrençant des notions aussi différentes que la recherche historique et le goût du lucre !

Toujours en veille chez lui, ce dernier ne s'exprima clairement que lorsqu'il eut fini la lecture de l'article sur lequel il venait de tomber. Un archéologue de renom, conservateur du département Moyen Age d'un grand musée national, y racontait avec pas mal de suffisance comment il avait obtenu d'un collectionneur local qu'il lui révélât la découverte miraculeuse qu'il avait faite. Il s'agissait d'une magnifique Eve couchée attribuée à Gislebert l'Autunois. Il avait même pu en réaliser un cliché photographique d'assez bonne qualité qui illustrait l'article.

Gislebert l'Autunois ! Fichtre ! Le nom, bien sûr, ne pouvait qu'attirer l'attention du fin connaisseur qu'était Robert Brampton, même si cette façon qu'avaient les Français d'attribuer une œuvre à un sculpteur dont personne ne sait s'il a vraiment existé ne pouvait que le faire sourire. Certes, personne ne peut nier qu'il y ait eu, au XIIe siècle, à Autun, en même temps que l'on bâtissait la cathédrale Saint-Lazare, une école de sculpture dont le style très épuré a marqué la quasi-totalité des œuvres qu'on peut y admirer. Mais nul ne peut affirmer que l'inscription qu'on peut lire en bas et à gauche du magnifique tympan qui domine l'entrée du narthex de cette merveille de l'art roman, *Gislebertus hoc fecit* – « Gislebert l'a fait » –, puisse s'interpréter comme une signature quelconque.

Bref ! Que ledit Gislebert ait existé ou pas, il n'en restait pas moins que Robert Brampton, du fond de son fauteuil, devant les flammes faiblissantes de sa cheminée, restait sous le charme à la fois de cette réapparition proprement miraculeuse de l'Eve d'Autun et de sa beauté que révélait assez bien le document photographique qui accompagnait l'article.

Et puis, il y avait aussi, bien sûr, cette autre question que ne manquait pas de soulever le rédacteur et qui déjà faisait son œuvre, dans l'esprit du marchand américain : qu'étaient devenus les deux personnages qui l'encadraient sur le linteau qu'elle avait orné jusqu'en 1766 ?

Les chanoines du chapitre d'Autun faisaient alors la pluie et le beau temps dans tout le haut quartier de la ville, dont ils occupaient la presque totalité des grandes et belles demeures. L'époque était pudibonde, du moins dans ce qu'elle montrait au commun des mortels, aux ouailles dont il fallait, à ce qu'on disait, préserver l'âme et le corps de toutes les tentations. Ceci ne s'appliquait évidemment pas au quotidien de la vie menée derrière les hauts murs de chacune de ces grandes maisons où ces messieurs du chapitre recevaient beaucoup...

Il fallait pourtant donner l'exemple... Hors l'intimité des résidences des chanoines, il fallait montrer qu'on tenait en exécration tout ce qui, de près ou de loin, pouvait passer pour une curiosité malsaine des choses du corps. Et comment mieux en faire la démonstration qu'en en détruisant les représentations ? Ces tailleurs de pierre du Moyen Age étaient des rustres, des libidineux, des pervers.

Tous ces personnages nus, sur le tympan du narthex, se pressant à cette représentation répugnante du Jugement dernier... Et puis sur le tympan, le linteau et le trumeau de la porte latérale, celle des Ladres, ces lépreux à qui justement, parce que la maladie les frappe, ce qui est déjà un jugement de Dieu, il faut urgemment montrer les chemins de la rédemption... Bien qu'ils fussent là depuis près de cinq cents ans, comment pouvait-on continuer de tolérer cette femme et cet homme nus, couchés l'un devant l'autre, la première glissant quelques paroles à n'en pas douter licencieuses à l'oreille du second ?

Et le comble de l'horreur n'était-il pas, au portail de la maison de Dieu, l'ignominieuse représentation du diable lui-même ? Quelle obscénité dans le geste par lequel il pousse le fruit défendu dans la main tendue de la femme...

Cela n'avait que trop duré. On fit venir un artisan. On lui commanda de faire disparaître toutes ces sculptures que l'on ne devait plus voir... On lui accorda, en plus du prix de son travail, de récupérer toutes ces pierres dont il avait l'usage dans l'exercice de son métier. L'homme se mit au travail et eut tôt fait d'abattre tout ce qui, du jugement des chanoines, devait être abattu de la porte des Ladres. Pour ce qui était de la porte principale, celle du narthex, il dut craindre d'entraîner dans cette chute apocalyptique toute la façade de la cathédrale. On renonça. On se contenta de plâtrer le tympan. Monsieur Stendhal, en rendant compte de sa visite de la Bourgogne, en 1837, raconta qu'on avait « découvert, au-dessus de la porte d'une église, un bas-relief barbare représentant le Jugement dernier... ». Il s'agissait bel et bien du tympan de la cathédrale Saint-Lazare qu'un autre chanoine, plus avisé et moins pudibond que ses devanciers, venait de remettre au jour.

Il fallut que, faute de carburant, la flamme de la lampe à pétrole vînt à baisser pour que Robert Brampton admît que l'heure était venue de renoncer à ses passionnantes lectures. Il y avait quelque chose de juvénile dans le tempérament de cet homme. Il venait sans le savoir de s'enticher d'un personnage, l'Eve d'Autun, et plus encore peut-être du mystère d'Adam et du diable qui l'encadraient sur le linteau détruit en 1766, et dont nul ne savait ce qu'ils étaient devenus.

Robert Brampton reposa la revue sur le guéridon, près de son fauteuil, à côté de la lampe dont la flamme fléchissait de plus en plus. La cheminée elle-même ne jetait plus que quelques lueurs intermittentes sur le plaid qu'il avait étendu sur ses jambes. La nuque appuyée sur le haut dossier de son fauteuil, il s'abandonna au rêve...

Et si... Après tout, pourquoi pas ? Peut-être... Et si Adam et le diable n'avaient pas totalement disparu ? Si certains... Si leur trace existait encore...

Robert Brampton s'assoupit-il ? Il aurait maintenu le contraire si quelqu'un s'en était inquiété, mais il était seul, seul avec ses songes, ses espoirs et ses lubies. Il resta longtemps ainsi, abandonné au confort des coussins de son fauteuil, dans l'obscurité grandissante.

Quand il se leva, sa résolution était prise. Une fois n'étant pas coutume, il différerait de quelques jours l'inventaire qu'il lui fallait faire de ses prises de l'été. Il irait jusqu'à cette étonnante ville d'Autun et y séjournerait autant de temps qu'il le faudrait pour se faire une religion de ce qu'il était advenu d'Adam et du diable...

Il ne savait pas encore qu'il renonçait du même coup à l'essentiel de son repos.

5

— Rien de neuf, Blandine ?

— Si, une visite !

Antoine Donnadieu, dans le vestibule de sa maison, avait glissé sa canne dans le porte-parapluie du vestiaire. Il avait posé son chapeau sur le guéridon et était en train d'ôter sa redingote.

— Une visite ? Et tu ne me le disais pas…

S'essuyant les mains dans les plis de son vaste tablier gris, Blandine venait d'apparaître par la porte de la cuisine.

Diablesse de fille, pensa Donnadieu. L'amour lui réussit. Elle est plus resplendissante que jamais. Comment fait-elle ? Elle n'a pas de repos, rien ne la rebute, pas même les travaux les plus rudes. A ce régime, toutes les autres femmes s'affadiraient. Elle, elle n'a jamais été aussi belle. Ce bougre d'Hugo a bien de la chance !

— Il suffit que vous demandiez pour que je vous dise ! persifla-t-elle. Tenez, là, à côté de votre chapeau, le carton. Vous ne l'aviez pas vu ?

Il était pourtant bien en évidence. Donnadieu en convint mais n'en dit rien. Tournant le dos à sa servante, il se saisit du petit bristol qu'avait laissé le visiteur. *Robert Brampton…* Ce nom… Il n'eut pas à chercher longtemps. L'Américain rôdait depuis assez d'années maintenant autour de tout ce qui concernait l'archéologie pour que la consigne soit passée. Surtout, le tenir à distance. Ce n'était qu'un marchand, et de la pire espèce, un rapace, un charognard se repaissant des pauvres restes qu'il parvenait à arracher à un patrimoine national en si piteux état.

— Brampton ! grommela-t-il. Se présenter à ma porte… Il ne manque pas de culot. A quoi ressemble-t-il ?

Blandine haussa les épaules.

— Que voulez-vous que je vous dise ? Plutôt bel homme, bien mis, sans trop de discrétion. Un peu m'as-tu-vu, mais enfin, on a déjà vu pire. Mais alors des yeux bleus…

— Blandine, je t'en prie. Ce n'est pas ce que je te demande. Tu le sais bien.

Elle eut de la main un geste vif au-dessus de son épaule et esquissa un demi-tour en direction de sa cuisine.

— C'est tout ?

— C'est déjà pas mal, non ? Si je vous dis encore qu'il parle comme s'il avait une pomme de terre brûlante dans la bouche et qu'on ne comprend que la moitié de ce qu'il dit, vous serez plus avancé ?

— Mais que veut-il, en définitive ?

— Vous voir ! Ce n'est pas marqué sur sa carte ?

— Bien sûr que non. Il te l'a dit ? Repassera-t-il ? Attend-il une réponse ? A-t-il dit où la lui porter ?

L'œil goguenard, Blandine, les mains au fond des poches de son tablier, ne pensait plus à réintégrer sa cuisine.

— Il vous intéresse, cet homme-là, pas vrai ? Je l'ai tout de suite vu. J'ai dit, ça, c'est un client pour monsieur Antoine. J'avais raison ?

Donnadieu eut un geste d'exaspération.

— Est-ce que ça te regarde, ce que je pense de cet homme ? Mais tu ne m'as pas dit : Repassera-t-il ? Y a-t-il une réponse à lui porter ?

Elle se fit rassurante, presque protectrice.

— Sûr que vous le reverrez, votre Américain. Je lui ai dit de repasser demain matin sur le coup des dix heures. Je lui ai dit que vous seriez là et que vous le recevriez. Vous voyez que vous n'allez pas le perdre.

Cette fois, Donnadieu était furieux. Elle finirait par le faire tourner en bourrique.

— Mais de quoi te mêles-tu ? explosa-t-il. Est-ce que je t'ai chargé de tenir mon carnet de rendez-vous ? Et si je ne voulais pas le recevoir, cet homme ? De quoi ai-je l'air, maintenant ?

Elle haussa les épaules.

— Si vous ne voulez pas le recevoir, pourquoi vous inquiétez-vous de savoir à quoi il ressemble, de la manière dont il faudra user pour lui apporter votre réponse ? De toute manière, vous n'êtes jamais content, alors...

Il préféra ne pas relever. D'ailleurs, il n'était pas si mécontent que cela de la façon dont sa servante avait mené l'affaire, et Blandine le savait bien. Cet affrontement perpétuel était devenu une sorte de jeu entre eux dont ils n'auraient pas su se passer. C'était aussi une sorte de référence permanente d'eux seuls compréhensible aux autres rapports qu'ils entretenaient dans l'ombre de la quasi-clandestinité vers laquelle il l'avait entraînée.

A son tour, il haussa les épaules. Il lui tourna le dos et alla s'isoler au salon.

— Tu me préviendras quand le déjeuner sera prêt, dit-il juste avant de refermer la porte derrière lui.

— Bien, monsieur, dit-elle en esquissant unc petite révérence.

Elle usa du même ton faussement soumis et un peu niais pour recevoir Robert Brampton, le lendemain matin, lorsqu'il fit retentir le grelot de la porte, à dix heures précises.

— Si vous voulez me suivre... Monsieur vous attend.

En faisant résonner le fer de sa canne sur les trottoirs d'Autun, le marchand américain s'était fait la réflexion que ce serait un plaisir de se voir ouvrir la porte de l'architecte par la même charmante personne qui l'avait si bien reçu la veille. Ce fut elle. Il y trouva un tel plaisir qu'il n'attacha pas d'importance à l'obséquiosité exagérée du ton. L'idée ne lui vint pas, parce qu'il ne la connaissait pas encore, qu'elle prenait un malin plaisir à se moquer secrètement de sa position sociale, de celle de son maître, de celle de ses visiteurs, de tout ce qui, en définitive, lui faisait une rude vie de domestique qu'elle n'aurait pas supportée sans sa formidable capacité de dérision.

— Monsieur Robert Brampton ! annonça-t-elle cérémonieusement en s'effaçant pour le laisser entrer dans le salon où l'attendait Antoine Donnadieu.

Surpris, l'Américain se retourna vivement et n'eut que le temps d'entrevoir l'œil goguenard qui disparaissait derrière la porte prestement refermée.

— Votre servante parlerait-elle anglais ? s'étonna-t-il. Il est rare que j'entende prononcer mon nom aussi parfaitement.

Donnadieu sourit. Drôle d'entrée en matière.

— Laissez, dit-il. Elle ne parle pas un mot de votre langue, mais vous a entendu simplement vous présenter hier. Elle vous a bien écouté. Elle vient de vous imiter. C'est là un de ses nombreux dons. Mais... je pense...

Ce fut au tour de Brampton de sourire.

— Non, bien sûr, je ne me suis pas permis de solliciter un peu de votre temps pour le seul plaisir de m'entretenir avec vous de votre charmante employée. A vrai dire, c'est une autre femme qui m'a poussé à venir frapper à votre porte. Une femme également fort belle, bien que d'un tout autre genre. Vous l'aurez deviné…

— Eve… l'interrompit Donnadieu en se rembrunissant.

— Oui, Eve, dit Brampton. J'ai découvert sa photo en même temps que l'article que consacre monsieur Michel à votre découverte, dans son *Histoire de l'art…*

— Elle n'est pas à vendre.

Cette fois le ton était franchement cassant. L'architecte s'était redressé contre le dossier de son fauteuil et, sous ses épais sourcils poivre et sel, posait sur son interlocuteur un regard noir sans la moindre aménité. Brampton n'escomptait pas être accueilli à bras ouverts, mais il ne s'attendait pas non plus à ce qui prenait des allures de rebuffade.

— Mon intention n'a jamais été de l'acheter, voulut-il se défendre.

— Alors, que voulez-vous ? Trouver le moyen de nous la dérober ?

Brampton accusa le coup. Il resta un long moment sans voix. Ce fut celui que choisit Blandine pour venir poser sur le guéridon qui les séparait un plateau garni d'une bouteille de vin blanc et de deux verres. Il attendit qu'elle eût refermé la porte derrière elle, puis il se pencha en avant. Les coudes aux genoux, les mains jointes, le regard planté dans celui d'Antoine Donnadieu, il joua son va-tout.

— Ne vous méprenez pas, monsieur Donnadieu. Je sais de longue expérience ce que des hommes tels que vous pensent d'hommes tels que moi. Que vous méprisiez mon commerce vous regarde. Pensez néanmoins que nous ne sommes acheteurs que parce qu'il y a des vendeurs. Si toutes ces merveilles que j'exporte de votre vieux pays vers le mien n'étaient pas à vendre, je n'aurais pas d'autre ressource que de pratiquer un autre métier. Et certainement pas celui d'archéologue, malgré l'amour que je porte aux vieilles pierres, puisqu'il n'existe pas chez nous. Il ne peut pas exister chez nous. Comment voulez-vous qu'il existe dans un pays si jeune ?

Antoine Donnadieu n'avait pas cillé. Très droit contre le dossier de son fauteuil, les bras croisés sur la poitrine, il écoutait en silence.

— Mon métier est donc d'acheter et de revendre, soit, reprit Brampton. Reconnaissez avec moi que beaucoup, pour ne pas dire la plupart des pièces que je négocie ainsi seraient purement et simplement détruites à plus ou moins longue échéance si je ne leur donnais pas ainsi la chance d'une nouvelle vie. Admettez que je n'ai jamais floué qui que ce soit. Je paie, monsieur Donnadieu, et je paie plutôt bien. Telle est du moins la réputation qui m'a été faite. Mais je ne paie que ce que l'on veut bien me vendre. Et rien ne m'empêche de savoir aussi bien que vous admirer une pièce et me délecter au spectacle de sa pure beauté sans que l'idée me vienne de la négocier. Et c'est bien ce que je suis venu faire ici. J'ai entrepris ce voyage, que le récent chemin de fer rend tout de même moins pénible, pour le seul plaisir d'admirer l'Eve de Gislebert. Je ne veux pas croire que vous me le refuserez.

A son tour, il se redressa contre le dossier de son fauteuil et se croisa les bras sur la poitrine. Antoine Donnadieu, parfaitement immobile, le considéra encore un long moment dans le plus grand silence. Puis il se pencha lentement vers le plateau qu'avait apporté Blandine. Il prit tout son temps pour emplir les deux verres comme on pratique un rite.

— Goûtez, dit-il. C'est un vin que je produis dans un petit vignoble que je possède non loin d'ici, dans ce que l'on nomme la vallée des Maranges. Oh ! Ce n'est pas un grand bourgogne, un de ces vins qu'on buvait déjà, voici quatre ou cinq siècles, à Bruges, sur la table flamande des grands-ducs. Mais enfin... Il se laisse boire, n'est-ce pas ? Il a du corps, de la cuisse, comme disent les spécialistes. Ce que j'aime particulièrement, c'est son fruité. Qu'en dites-vous ?

Brampton prit son temps. Bien qu'il fût totalement ignorant de cette étrange culture du vin qu'aimaient afficher les Français, il savait qu'il touchait là à quelque chose d'essentiel. Il creusa les joues, fit rouler le précieux breuvage dans sa bouche, fit claquer sa langue, étira les lèvres et se gargarisa un peu...

— Excellent, dit-il enfin. Tout à fait surprenant. Je n'ai jamais rien goûté de tel, et en effet, ce petit goût de fruits... Vraiment délicieux.

— Allons, dégustons encore un peu de cette excellente bouteille. Puis nous irons rendre visite à l'Eve.

Sans broncher ni montrer la moindre émotion, Robert Brampton tendit à nouveau son verre.

Juste en face de la porte, devant une monumentale cheminée au linteau de marbre délicatement ouvragé, l'Eve reposait sur un long socle en bois blanc. On pouvait difficilement envisager présentation plus sobre. Et pourtant Antoine Donnadieu était maintenant habitué au souffle coupé de tous les visiteurs à qui il avait accordé l'honneur de venir l'admirer.

Robert Brampton ne fit pas exception. Le cliché photographique qu'il en avait vu était pourtant de bonne qualité, mais quel rapport avec la réalité ! Si la nudité des corps n'a rien d'exceptionnel dans l'expression des sculpteurs du XIIe siècle, ce corps-ci, de par sa position, sa sensualité, sa gestuelle et même sa taille, était unique en son genre. Cette femme couchée, appuyée sur son coude, le bassin et la tête de profil, le tronc de face, n'était pas « belle » au sens grec ou romain du terme. Dans ses traits comme dans sa silhouette subsistait ce réalisme un peu fruste des tailleurs de pierre de l'époque romane, qui préféraient à l'abstraction de l'esthétisme la représentation objective d'une humanité confrontée aux rudes réalités du temps.

La beauté de l'Eve d'Autun tenait à l'adresse avec laquelle le sculpteur avait su évoquer la vivante suggestion de la tentation apportée par le diable et à laquelle la femme soumet l'homme. Du diable, on ne voit que la griffe. Avec une infinie délicatesse, elle fait fléchir le rameau auquel pend le fruit de telle façon que celui-ci soit juste à la portée de la main d'Eve qui commence à s'en saisir. De l'homme, d'Adam, on ne peut que déduire une présence, une tête tout près de celle d'Eve qui, avec une expression infiniment douce et rayonnante, lui parle à l'abri de son autre main portée en cornet près de sa bouche.

Ce que ne pouvait évidemment pas rendre la photographie, c'étaient les proportions imposantes de ce bas-relief long d'un mètre et trente et un centimètres, et haut de trois quarts de mètre. Ainsi posé sans le moindre apprêt sur son socle de bois blanc, devant le sombre foyer d'une cheminée éteinte, il occupait à lui seul cette pièce pourtant de grande taille. Robert Brampton y jeta un regard rapide. Elle était encombrée d'un nombre considérable d'autres pièces plus ou moins bien mises en valeur, toutes certainement d'un grand intérêt, mais il n'en était qu'une sur laquelle le regard revenait inévitablement se poser : *La Tentation d'Eve* à la perfection de laquelle rien ne se pouvait comparer.

Il s'en était approché jusqu'à presque la toucher. Il s'était agenouillé et détaillait avec avidité les tours d'adresse et les trouvailles de l'artiste dont on devinait encore, par places, la trace du génial ciseau, dans les volutes des feuillages ou dans le labyrinthe des branchages entre lesquels s'inscrivait élégamment le corps de la femme. Du doigt, il suivit la faille que laissait, à peu près à mi-longueur du bas-relief, la cassure subie probablement lors du sacrilège de 1766.

— C'est miracle qu'elle n'ait pas été plus abîmée que cela, dit posément Antoine Donnadieu.

Brampton avait presque oublié la présence de l'architecte, qui se tenait debout derrière lui et l'observait en souriant. L'émoi de l'Américain lui plaisait et flattait l'orgueil qu'il pouvait légitimement ressentir à la possession d'une telle pièce. Le marchand en tira avantage pour s'aventurer à la question qui lui brûlait les lèvres.

— Le... le reste ? demanda-t-il en désignant de la main les extrémités du bas-relief.

Dans le regard de Donnadieu, dont il devait vite mesurer à quel point il était étranger au moindre sentiment d'aigreur ou de méchanceté, réapparut l'espace d'un instant cette lueur de défiance presque agressive qui l'animait lorsqu'il l'avait accueilli, mais qu'il maîtrisa pourtant rapidement. Qu'elle eût ainsi resurgi, à l'instant où Brampton évoquait la place occupée, à l'origine, par le diable et par Adam, ne lui échappa pourtant pas. Elle fut pour beaucoup, par la suite, dans la conviction qu'il acquit que Donnadieu en disait beaucoup moins que ce qu'il savait.

— Le reste ? répondit-il. Le linteau faisait plus de cinq mètres de long. C'est vous dire s'il restait de la place.

— On n'en sait rien de plus ?

L'architecte eut de la main un geste vague qui semblait plus évacuer la question qu'autre chose.

— Si peu... dit-il. Pas une seule gravure, pas une seule représentation. On ne connaît qu'un texte de 1482 qui précise que sur le tympan était représenté un saint Lazare ressuscité par Dieu. Sur le trumeau, entre divers personnages mal identifiés, il est fait allusion à un autre saint Lazare en costume épiscopal. Quant au linteau, le texte confirme la présence d'Adam auprès d'Eve, mais ne mentionne pas le diable. C'est la main que vous voyez là, faisant doucement ployer le rameau portant le fruit, qui nous fait déduire qu'il était bien le troisième personnage représenté par Gislebertus.

— Et d'eux, on ne sait rien de plus ?... tenta d'insister Brampton.

Donnadieu fit celui qui se méprenait.

— Et de lui ? voulez-vous dire. Pour autant qu'on puisse le savoir, Gislebert l'Autunois, ainsi que nous l'appelons plus couramment, était un seul et unique personnage. Encore qu'on ne sache rien de précis sur lui. A-t-il seulement existé ?

Antoine Donnadieu retint Robert Brampton à déjeuner. Blandine les servit. Ils se quittèrent les meilleurs amis du monde avec en eux la certitude qu'ils auraient souvent à se revoir.

Blandine raccompagna le marchand jusqu'à la porte. Avant de la refermer, elle lui fit encore un gentil petit signe de la main alors qu'il s'éloignait. Puis elle vint rejoindre son maître qui, l'air satisfait, les pouces dans l'échancrure du gilet, du haut des marches du perron, profitait de la douce caresse du soleil.

— Qu'en dis-tu ? demanda-t-il familièrement à sa servante.

— Ma foi, dit-elle, l'homme n'est pas sans intérêt. Reste à savoir ce qui l'amène vraiment. Je n'ai pas assisté à tout votre entretien. Vous devez en savoir plus que moi.

Donnadieu éclata de rire.

— Sûr que je commence à voir où il veut en venir. Mais il ne sera pas dit qu'il m'embobinera. Il peut nous être utile. C'est pour ça que j'ai voulu savoir ce qu'il avait dans le ventre. Pour le reste, il n'est pas près de savoir !

Elle se contenta de lever un sourcil curieux. Il comprit et éclata à nouveau de rire.

— Fine mouche, va ! s'exclama-t-il. Hugo a bien de la chance et je ne suis qu'un ballot de ne pas avoir occupé la place plus tôt.

— Tenté d'occuper la place, rectifia-t-elle. Et rien ne dit que vous y seriez parvenu. Alors ?

— A toute force, il te faudra donc savoir ! Eh bien, c'est fort simple. Le monsieur était curieux de voir l'Eve, soit. Il l'a sincèrement appréciée, fort bien. Mais, au-delà, il y a autre chose. Pour l'Eve, nous avons eu droit à l'amateur éclairé. Mais le marchand n'est jamais très loin.

— Il sait bien que vous ne vendrez pas.

— Qui parle de vendre l'Eve ? Là, tu as raison, il n'entretient aucune illusion. Mais les autres ! Mais le diable et l'Adam ! Alors là, qu'est-ce qu'il est curieux de savoir ce qu'il en est advenu...

— Il n'est pas le seul.

— Et il ne saura pas plus que les autres. C'est par là que nous le tenons. Crois-moi, il sera vite de nos relations régulières et il le restera tant qu'il gardera un espoir, si mince soit-il, de mettre un jour la main sur le diable et sur Adam.

— Espoir que vous allez vous employer à entretenir juste pour le plaisir de le recevoir de temps à autre à votre table, de le montrer dans votre compagnie, d'affirmer vos excellentes relations. Comment un bon bourgeois d'Autun entretenant d'aussi bons rapports avec un riche Américain pourrait-il être soupçonné de comploter contre le pouvoir ?

— Chut ! Entrons. Il y a des choses à ne pas dire à haute voix dehors.

Elle regagna sa cuisine. Il alla verrouiller soigneusement la porte de son musée.

— Vous mangerez ici ce soir, monsieur ? demanda-t-elle.

— Oui, ma belle. Tu me feras un bouillon et une salade. Tu sais que cela me suffit amplement.

— Je vous les ferai, mais vous réchaufferez vous-même votre bouillon, vous tournerez votre salade et vous vous servirez seul.

— Comment cela ? Et pourquoi tu ne me servirais pas ?

— Monsieur a dû oublier qu'il m'a donné congé pour ce soir.

— Jamais de la vie ! Je ne t'ai jamais...

— Oh ! Monsieur ne peut pas avoir oublié. Que dirait Hugo ? Ce pauvre Hugo ! Aurez-vous le cœur de le priver de sa Blandine ?

Il éclata de rire.

— File, gourgandine ! Je me débrouillerai bien tout seul.

— Monsieur est trop bon.

6

Une méchante bise d'automne prenait un malin plaisir à balayer les rues d'Autun de son grand souffle aigre. Cette ville est le résultat d'un regrettable quiproquo ! Peut-être n'avait-on pas dit aux architectes romains à qui Auguste demanda de la concevoir dans les toutes premières années de notre ère qu'il s'agissait bien moins de la protéger des ardeurs du soleil méditerranéen que de l'agression des pluies d'ouest et des vents du nord. Ce sont pourtant ces frimas à l'assaut redoutable desquels est offert le coteau, entre Acaron, Mugne et Arroux, au pied de la montagne de Planoise, sur lequel Auguste fit bâtir la cité qui devait éteindre à tout jamais, par son seul lustre, le prestige de l'antique Bibracte. Il avait compris que jamais il ne pourrait réduire par les armes la vieille cité celte à l'abri des remparts de laquelle César, son père adoptif, avait écrit ses célèbres *Commentaires*.

Sa ruse réussit à merveille. En guère plus de vingt ans, par les effets conjugués du luxe, de la commodité, du confort et de la mode qui voulait qu'en toutes choses on imitât Rome, Autun, qu'on nommait alors Augustodunum, avait supplanté Bibracte. Son but étant atteint, son destin eût pu s'arrêter là. A la rigueur, elle aurait pu se prolonger jusqu'à la première ruine presque totale que lui infligèrent quelques hordes barbares de passage. Surtout qu'ainsi inconfortablement orientée, dès l'origine, elle n'avait rien d'un séjour fort agréable. On la releva pourtant de sa désolation. Ce ne fut que pour mieux l'offrir à la désolation suivante… On la rebâtit. Elle fut à nouveau détruite…

On perd le compte, en définitive, de ces morts et de ces résurrections d'une ville dont rien ne justifiait qu'elle persévérât ainsi à renaître de ses ruines pour mieux s'obstiner à recevoir les monumentales gifles des frimas aux assauts desquels elle restait offerte.

Ni marché, ni industrie, ni carrefour ne pouvait justifier qu'elle fît montre d'une telle opiniâtreté à subir toutes les adversités. Il lui suffit pourtant d'avoir eu l'honneur insigne de recevoir l'un des tout premiers évêchés des Gaules pour qu'aucun envahisseur, aucune tempête descendue du pire septentrion, ne parvînt à la soumettre à raison. Et lorsque, au XIIe siècle, Etienne de Bagé obtint du pape Calixte II qu'on érigeât, en tête de ce coteau battu de tous les frimas, une cathédrale où abriter dignement les reliques, vraies ou supposées telles, de saint Lazare, l'affaire fut entendue.

Sur la colline inspirée de Vézelay, Marie Madeleine, la propre sœur du ressuscité, avait remporté la première manche. Ses reliques attiraient déjà les foules considérables des pèlerins venus lui rendre hommage en même temps qu'ils prenaient le chemin de Saint-Jacques-de-Compostelle. Désormais, avant le terme de leur première semaine de voyage, tous ces coquillards ne feraient qu'ajouter leur nombre à celui, également considérable, de tous les souffrants qui se rendaient au culte du patron des Ladres… Autun avait enfin trouvé son commerce et y excella tant et si bien que Vézelay fut supplantée !

Telle était du moins la façon qu'avait Antoine Donnadieu de présenter l'histoire de sa ville. Il n'avait pas son pareil pour enjoliver et développer de telle façon qu'on oubliât vite les souffrances infligées par le froid pour n'en garder que les raisons qui expliquaient qu'on eût à l'endurer !

La capuche de sa pèlerine rabattue sur le nez, les bras croisés sous l'épaisse étoffe de laine, Blandine allait en souriant. Rarement les propos de son patron auraient pu trouver plus belle occasion de décrisper quelques faces congestionnées de froid. Rarement ses raisons lui étaient apparues plus clairement que par cette sombre soirée de novembre, que les vents hululant entre les murs des ruelles de la vieille ville cherchaient bien moins à s'en échapper qu'à mordre, à assaillir rudement ces espaces qu'elle se dépêchait de parcourir.

Sans hésiter, à la demande d'Antoine Donnadieu, elle avait accepté d'aller porter un pli chez un de ses amis qui avait la malencontreuse idée d'habiter près de la porte Saint-André, de l'autre côté de la ville. Elle avait bien sûr accepté de se réchauffer quelques instants à l'office. La conversation, une tasse de café à la main, s'était prolongée et la nuit tombait lorsque, effarée que le temps eût passé si vite, elle s'avisa de reprendre le chemin de la vieille ville.

Sept coups venaient de sonner à la grande horloge de la cathédrale lorsque, pliée sous les bourrasques, Blandine traversa la place de l'Evêché et s'engouffra dans la rue Bouteiller totalement déserte. Dans son étroit vallon, le faubourg Saint-Blaise, vers lequel elle descendait, était mieux abrité des vents les plus froids. Elle crut pouvoir ralentir le pas et eut même le geste d'élargir son champ de vision en relevant le bord de sa capuche.

Ce fut ce qui lui évita de se heurter violemment à la silhouette qui, jaillissant de l'encre d'un portail, venait de se jeter en travers de son chemin.

— Holà, femme, gronda une voix autoritaire. Ecoute ce que j'ai à te dire.

Il l'avait saisie par le bras et la tenait fermement. Elle voulut se débattre, se dégager. D'un grand moulinet de sa main restée libre, elle frappa au jugé. Elle dut viser juste. L'homme émit un grognement sourd, mais il ne lâcha pas prise, bien au contraire, et ce fut au tour de Blandine d'émettre un long gémissement rageur tant il lui faisait mal. Mieux valait tenter de négocier.

— Que me voulez-vous ? demanda-t-elle.

— A toi, rien, dit l'homme. Rien que du bien, voulut-il plaisanter en esquissant le geste de la serrer de près.

Elle se rebiffa.

— Lâchez-moi.

Il lui tordit le bras. Elle refoula une nouvelle plainte.

— Pas avant que tu m'aies promis de répéter mot pour mot à ton patron ce que je vais te dire et ce qui, à ce que je crois savoir, t'intéressera au moins autant que lui.

La curiosité fut la plus forte. Elle cessa de lui résister.

— Dites et qu'on n'en parle plus.

Il émit un drôle de petit ricanement qui la fit frémir.

— Hugo, tu connais ?

Elle se raidit.

— Oui, bien sûr. Que lui voulez-vous ?

— Ça ne tient qu'à toi. Il a été arrêté, ton Hugo. On a tout ce qu'il faut pour l'envoyer à l'échafaud, ton Hugo. Et peut-être d'autres avec lui. Parce qu'il n'y montera pas avant d'avoir parlé, ton Hugo, tu peux me croire. Tu sais comment on s'y prend pour faire parler les gens ?

Tétanisée, sans plus chercher à échapper à la rudesse de sa poigne, elle faisait face à cette grande silhouette noire qui dissimulait ses traits derrière le col relevé d'une large redingote.

— Que lui voulez-vous ? répéta-t-elle. Il n'a rien fait.

— *Tsst, tsst,* siffla-t-il. C'est ce qu'on verra... Mais tu peux le sortir de là. Il ne tient qu'à toi qu'on te le rende sans l'avoir trop abîmé. Ce serait dommage, tout de même, un si beau gars... Dommage qu'il ne puisse plus servir. Pas vrai, la belle ?

Il la secouait et lui serrait le bras à le rompre, comme s'il eût voulu qu'elle se défende alors qu'elle n'avait d'autre idée que d'entendre ce qu'il avait encore à lui proposer.

— Parlez, dit-elle. Que voulez-vous ?

Il fit celui que soulageait sa reddition.

— Enfin ! dit-il. Tu entends raison. Il n'est que temps. Tu vas rentrer bien sagement chez ton patron. Tu vas aller le trouver. Tu vas lui annoncer la bonne nouvelle... Ben oui, quoi, la bonne nouvelle... Tu sais ce que c'est. Ton Hugo, arrêté. Tu lui préciseras bien qu'on a tout ce qu'il faut pour le faire parler, l'Hugo. Je pense que ça peut l'intéresser, ça, ton patron, d'apprendre qu'Hugo n'est pas loin de tout nous raconter... Et puis tu lui diras de ma part qu'il y a un moyen fort simple pour éviter qu'on en vienne à devoir tirer les conséquences de ce que nous racontera Hugo. C'est vrai, quoi, c'est si désagréable de devoir vivre comme ça, en s'opposant, en se disputant... Il y a un moyen très simple, oui, très simple...

— Eh bien, dites ! s'emporta-t-elle.

— Holà ! Doucement, la belle. Est-ce que je m'énerve, moi ? On cause. On a tout son temps.

— Pas tant que ça. Si monsieur Donnadieu ne me voit pas rentrer, il va venir au-devant de moi.

— Je vois ! Aux petits soins ! Ce que c'est que d'être riche ! Il doit en profiter, le vieux cochon ! Attends que je dise ça à Hugo. Sûr que ça va lui remonter le moral !

Elle se contenta de hausser les épaules. Elle savait bien qu'Hugo ne prêterait aucune foi à de telles médisances, surtout venant de si bas.

— Allons, dit-elle. Que voulez-vous en échange de la liberté d'Hugo ?

— Toi ! dit-il en feignant la passion et en voulant la serrer contre lui.

Elle se dégagea vivement, mais ne chercha pas à s'éloigner. Elle voulait savoir.

— Finissons-en, voulez-vous ? Qu'attendez-vous de moi, de mon patron, pour qu'Hugo soit libre ?

Tout à coup il lui lâcha le bras et s'écarta même légèrement d'elle.

— Ce n'est pas moi, dit-il. Ce sont mes patrons. Ça vient de haut, de très haut, même. Ton patron, il détient des choses… des choses… comment dire ? Des choses trop bien, peut-être, pour un homme comme lui. Des choses qui doivent valoir bien plus que ce qu'on peut raisonnablement posséder dans une petite ville comme la nôtre. Des choses qui ne peuvent être que dans la haute, la très haute…

Elle n'y comprenait rien. De quoi parlait-il ? De quoi s'agissait-il ? Du fond de l'ombre, il la considéra un long moment en silence. Puis il osa les mots qu'on l'avait chargé de répéter, même s'il ne pouvait pas concevoir qu'ils puissent être mis en balance avec la liberté d'un terroriste.

— Eve, Adam, le diable… Ça te dit quelque chose ?

Elle eut un instant d'hésitation. Mais en regard de la liberté d'Hugo, de quel poids pouvaient peser de tels petits secrets ?

— Oui, bien sûr que ça me dit quelque chose. Pourquoi vous me demandez ça ?

Il lui fit préciser, lui demanda des explications, exactement comme si lui-même n'y comprenait pas grand-chose.

— C'est bon, dit-il. C'est bien de ça qu'il s'agit. Alors, voilà. Il paraît qu'à Saint-Germain, près de Paris, l'empereur a un musée comme il n'y en a pas deux en France et peut-être même dans le monde. Tout ce qu'il y a de plus beau, de plus rare, c'est là, dans ce musée-là, que ça doit aller. Nulle part ailleurs. Alors, tu comprends, l'Eve, l'Adam, le diable de ton patron… Il a encore de la chance ! Il peut s'estimer heureux. Aussi bien, on aurait pu débarquer chez lui et les lui confisquer. Il n'a pas le droit d'avoir des choses plus belles que celles de l'empereur. Qu'il se plaigne ! On lui dit : « Tu les donnes, nous on te rend Hugo. » Enfin pas à lui, c'est plutôt à toi qu'on le rend, l'Hugo, mais après, c'est votre affaire. Vous vous arrangez comme vous l'entendez.

A nouveau, en silence, il laissa longtemps son regard d'ombre peser sur Blandine.

— Tu as compris ? lui demanda-t-il enfin, comme si c'était là tout ce qui comptait. Tu as bien compris ? insista-t-il.

Gravement, elle acquiesça d'un geste du menton.

— Tu sauras lui répéter ?

— Mieux que vous, gronda-t-elle. Mais qui m'assure que vous dites la vérité, qu'Hugo sera bien libéré ?

Il ricana.

— Pour toi, bien sûr, il n'y a que ça qui compte ! Vous êtes bien toutes pareilles. T'inquiète. Il sera libéré quand ton patron nous aura donné des gages. De toute façon, c'est à prendre ou à laisser. A toi de voir. Maintenant, file ! Va lui raconter ça, au Donnadieu. Le reste, ça ne te regarde plus. Tu n'as plus qu'à préparer le lit pour quand il reviendra, ton Hugo... A moins que ça nous ait pris de l'abîmer entre-temps !

Elle ne voulait plus rien entendre. Elle se détourna vivement et, en courant, dévala la rue Bouteiller.

7

Antoine Donnadieu fronça les sourcils. Lorsqu'il travaillait dans le silence de son cabinet, il n'aimait pas que des bruits importuns viennent le déranger. Quel besoin avait Blandine de claquer ainsi la porte d'entrée ? Ce ne pouvait être qu'elle, à cette heure tardive. D'ailleurs, elle en avait mis du temps, pour aller porter ce pli ! Par le temps qu'il faisait, ce n'était pourtant pas dans la rue qu'elle avait pu le gaspiller. On avait dû longuement papoter aux cuisines, chez l'ami à qui il l'avait chargée de remettre cette lettre.

Il en aurait bien chargé la petite Louisette, mais il n'avait pas confiance. Une enfant. Gentille, travailleuse, totalement dévouée à Blandine, qui l'avait embauchée, mais enfin une enfant. A force, bien sûr, l'habitude finit par nier le danger. Tout s'est bien passé jusque-là. Pourquoi s'obstiner à peser chaque geste que l'on fait, chaque décision que l'on doit prendre à l'aune de pesantes précautions ? Depuis tant de temps, à quoi ont-elles servi si ce n'est à compliquer la vie ?

Il avait tout de même préféré s'en remettre à Blandine. Même s'il n'aimait pas quand elle s'éloignait de la maison et laissait Louisette livrée à elle-même, il avait trouvé cela plus sûr. Avec Blandine, aucun risque. Il n'est pas besoin de lui expliquer. Elle en sait suffisamment. Elle sait que, dans leur situation, les questions sont à éviter. Elle avait pris l'enveloppe qu'il lui tendait, ne s'était pas étonnée, n'avait montré aucune curiosité.

« J'y vais », avait-elle simplement dit.

Elle avait décroché sa pèlerine, en avait couvert ses épaules, et adressé un tel sourire à Donnadieu qu'il sut qu'elle avait compris. Elle savait ce que contenait l'enveloppe. Ce n'était pas à elle, Blandine, alors qu'elle allait affronter le danger, qu'il fallait expliquer ce qu'elle avait à en faire.

Rassuré, Antoine Donnadieu, avant de repartir s'enfermer dans son cabinet, avait jeté un œil dans la cuisine. Louisette était installée à la grande table, face à une telle quantité d'argenterie à nettoyer qu'il en sourit. Il était tranquille pour l'après-midi !

Alors pourquoi Blandine, par ce geste maladroit, faisait-elle voler en éclats l'atmosphère studieuse dans laquelle il aimait baigner ? Il le lui reprocherait. Il s'appliquait déjà à oublier l'incident et à reprendre le fil de ses pensées lorsque la porte de son cabinet s'ouvrit brutalement sans qu'il ait eu le temps de répondre aux deux coups brefs qu'on y avait frappés.

— Qu'est-ce que c'est ? tempêta-t-il en se redressant vivement dans son fauteuil.

C'était Blandine qui, sans même avoir pris le temps d'ôter sa pèlerine, venait d'entrer.

— Blandine ! s'exclama-t-il. Tu sais pourtant...

Il ne put achever sa phrase. Elle l'interrompit.

— Hugo ! cria-t-elle. Ils l'ont arrêté. Il est en prison.

Alors seulement Antoine Donnadieu remarqua son air hagard. Il se leva si vivement qu'il en renversa son fauteuil.

— Hugo, arrêté ! Que me racontes-tu ? Comment le sais-tu ? Où est-il ?

Elle s'était adossée au chambranle de la porte et, la tête légèrement rejetée en arrière, elle cherchait à reprendre son souffle et à maîtriser ses émotions.

— Parle ! s'emporta-t-il soudain. Dis-moi ce que tu sais. Qui t'a informée ? Allons, répète ce qu'on t'a dit.

Le ton était tout à coup si sec, si dépourvu d'humanité que, malgré son émoi, elle en marqua sa surprise.

— Bien sûr que je vais vous expliquer, dit-elle. Je vais tout vous expliquer.

Elle lui raconta. Tout en l'écoutant, il redressa son fauteuil et se rassit. Il ne lui proposa pourtant pas d'en faire autant. Pendant tout ce temps, elle resta dressée contre le mur, crispée et tendue, le corps parcouru, par moments, de grands frémissements.

— Voilà, conclut-elle quand elle eut expliqué par le détail le marché auquel tenait la vie d'Hugo. Comment allez-vous faire ?

A sa grande stupéfaction, le regard qu'il leva sur elle était hostile et méprisant.

— Parce que tu ne crois tout de même pas que je vais céder à un tel chantage ? C'est ridicule.

Il lui fallut quelques instants pour bien assimiler les paroles que venait de prononcer Antoine Donnadieu.

— Vous voulez dire... prononça-t-elle lentement et détachant bien les mots. Vous voulez dire que vous refusez ?

Il haussa sèchement les épaules.

— Où vas-tu chercher des bêtises pareilles ? Il n'y a rien à refuser ou à accepter. Tout ça n'est que du chantage sans intérêt.

Elle n'en croyait pas ses oreilles.

— Mais enfin, monsieur...

Il tapa nerveusement du plat de la main sur son buvard.

— Mais que viens-tu me casser les oreilles avec cette affaire absurde ? s'emporta-t-il soudain. Tu sais qui t'a abordée, j'espère ? Tu l'as reconnu ? C'est à n'en pas douter ce sinistre jean-foutre de commissaire. Un ambitieux, un petit trafiquant de bas étage à qui tout est bon pour se faire remarquer, qui vendrait père et mère pour une demi-promotion... Ce qui l'intéresse, ce sont mes sculptures. Tu ne crois tout de même pas que l'ordre est vraiment venu d'en haut ? Ce faquin aura appris par je ne sais quel hasard que l'empereur se pique d'aimer l'art ancien. On prétend même qu'il a son musée, à Saint-Germain-en-Laye. Un capharnaüm, un beau désordre dans lequel une vache ne retrouverait pas son veau. Notre roussin y aura vu une belle occasion de se faire valoir. Tu penses, le gentil petit fonctionnaire zélé qui offre de telles merveilles à son empereur bien-aimé... Il ne s'imagine tout de même pas que je vais marcher dans sa petite combine ?

Elle était effarée.

— Mais, monsieur, tenta-t-elle, c'est Hugo... Il ne faut pas qu'il parle. Il sait beaucoup de choses. Il faut tout faire pour qu'il leur échappe...

L'indifférence glacée du regard qu'il leva sur elle l'épouvanta.

— Parce que tu ne t'imagines tout de même pas qu'ils vont le libérer, même si j'accède à leur demande ? Maintenant qu'ils le tiennent...

— Mais enfin, monsieur, vous savez ce que nous risquons, ce que vous risquez...

Il la toisa de la tête aux pieds avec mépris.

— Toi, peut-être, dit-il. Je vous avais prévenus. Vous n'avez pas été prudents, Hugo et toi. Mais moi... Hugo ? Je ne le connais pas. Je n'ai rien, strictement rien en commun avec cet homme dont tu me parles. Pourquoi veux-tu que j'aille céder au chantage maladroit de ce petit fonctionnaire de police sans intérêt ?

Elle commençait à comprendre. Elle se redressa.

— Alors, vous abandonnez Hugo ?

— De quoi me parles-tu ? Je n'abandonne ni ne défends qui que ce soit. Accepter son marché ignoble, ce serait reconnaître que ton Hugo et moi avons partie liée.

— C'est pourtant le cas !

— Modère tes paroles, tu veux ? Il pourrait t'en cuire de me mettre dans l'obligation de démentir tes propos.

Cette fois, le doute n'était plus permis. A l'instant du danger, pour sauver sa carcasse et les apparences, Antoine Donnadieu les abandonnait. Il était même prêt, au besoin, à les charger.

Leurs regards s'affrontèrent un long moment. Celui de Donnadieu avait la froideur de l'acier. Celui de Blandine, d'abord perdu, eut le temps de se ressaisir, de se durcir, de se charger de haine.

— C'est bon, dit-elle. Je sais ce qui me reste à faire.

Elle pivota sur ses talons et disparut dans l'ombre du corridor.

— Blandine ! appela Donnadieu.

Pour seule réponse, il n'obtint que le claquement brutal de la porte d'entrée.

On ne comprit jamais très bien comment Blandine s'y prit pour faire évader Hugo. Le gardien de la prison qui lui accorda de visiter son amoureux jura qu'elle ne portait, en entrant, aucun paquet ou colis qu'il ait pu remarquer. Il maintint formellement qu'elle n'était restée qu'une petite demi-heure dans le parloir et que c'était lui-même qui l'avait reconduite à la sortie peu de temps avant que se termine son tour de garde.

Sur ce dernier point, il fut formellement contredit par celui qui lui avait succédé. Lequel n'en démordit pas : la jeune femme lui avait demandé de lui ouvrir la porte environ vingt minutes après qu'il eut pris son service...

Comment s'y était-elle prise pour introduire dans la prison tout ce qu'il fallait pour qu'Hugo se fît passer pour elle sans qu'on le vît ? Sortit-il en premier ou après elle ? Tout cela d'ailleurs n'avait plus beaucoup d'importance et ne pourrait jamais être tiré au clair tant les deux gardiens craignaient qu'on s'intéressât de trop près aux négligences qu'ils avaient accumulées et dont Blandine avait si bien su jouer.

La seule certitude qu'on eut fut qu'on retrouva la cellule d'Hugo vide. Interrogé, l'employeur de Blandine assura que la jeune femme avait en effet, depuis quelque temps, un comportement curieux et que, à sa plus grande surprise et à son plus grand désagrément, elle lui avait demandé son congé le jour même... Le commissaire, à qui il revint de pratiquer cet interrogatoire, tenta bien d'en savoir un peu plus.

— Elle ne vous a rien dit, demanda-t-il sans se départir du ton de déférence qui convenait à un tel entretien, d'une rencontre qu'elle aurait faite, d'un marché qui lui aurait été proposé ?

— Non... Pourquoi ? s'étonna ingénument Antoine Donnadieu.

— Pour rien, pour rien... Vous connaissiez ce Hugo ?

— Oui, bien sûr. Enfin, connaître, c'est beaucoup dire. Tout dépend ce que l'on entend par connaître. Ce Hugo est maçon et je l'ai fait travailler il y a quelque temps... Strictement dans le cadre de mon métier, bien sûr. Par ailleurs, c'est parce qu'il a travaillé pour moi qu'il a rencontré Blandine. Vous voyez, monsieur le commissaire, j'ai presque une responsabilité !

Ils en sourirent modérément, en gens de bonne compagnie, et le commissaire, assurant qu'il en savait assez, prit congé.

Antoine Donnadieu, lorsqu'il eut verrouillé la porte derrière lui, poussa un profond soupir de soulagement. On pouvait difficilement imaginer meilleure issue à cette pénible affaire. Il était bien placé pour savoir que Blandine et Hugo n'étaient pas près de réapparaître ! Ce qui, d'ailleurs, ne manquait pas, à chaque fois qu'il y pensait, de faire naître en lui des flots lourds de mélancolie. Blandine ne serait plus jamais à son service, c'était l'évidence. Cette brave petite Louisette faisait ce qu'elle pouvait. Jamais elle ne saurait pour autant mettre dans la maison cette pointe de fantaisie un peu insolente dont jouait si bien Blandine et qui n'avait d'égale que la rigueur avec laquelle elle assurait son service.

Pouvait-il se douter, lorsqu'il avait pris auprès de lui la petite sauterelle aux cheveux de paille, espiègle et un peu effrontée qu'était alors Blandine, qu'elle lui manquerait tant le jour où la vie l'éloignerait de sa maison ?

8

Blandine était sortie de la ville par la porte de Breuil. Hugo avait franchi celle d'Arroux peu de temps auparavant. Dans le soir tombant, indifférent au froid humide, il allait maintenant à grands pas le long des chemins qu'elle lui avait indiqués.

De tout ce qui venait de lui arriver, il avait surtout retenu qu'il ne lui fallait pas chercher à comprendre et qu'il lui suffisait de se conformer aveuglément à ce que Blandine avait comploté. Au bonheur qu'avait été son apparition dans sa cellule avait vite succédé la stupéfaction quand il l'avait vue littéralement se dédoubler. Elle portait, enfilés les uns sur les autres ou attachés dans la doublure de sa pèlerine, tous les vêtements et les accessoires qui lui avaient permis d'affubler Hugo de telle façon qu'un gardien de prison un peu pris de boisson et somnolant dans sa guérite n'ait aucune chance de déceler la supercherie. Jouant de son abondante chevelure, elle était même allée jusqu'à se couper une mèche qui, savamment disposée sur le front de son amant, devait déborder négligemment de la capuche de la pèlerine et donner le change.

Elle avait tout prévu et jusqu'au moindre détail de l'itinéraire qu'Hugo devrait suivre seul jusqu'au point de rendez-vous qu'elle lui avait fixé.

« Il fera nuit depuis longtemps quand nous y arriverons. Normalement je devrais y être un peu avant toi. Il y a là une vieille masure à moitié effondrée à la porte de laquelle il nous arrivait de faire étape, lorsque nous remontions de la ville, avec mes parents. Eux voulaient y laisser souffler un peu l'âne qui tirait notre charrette. Nous, les enfants, nous n'avions qu'une idée, aller jouer dans cette ruine. C'est là que je t'attendrai. Il n'y a pas de raison que nous n'y soyons pas seuls, mais, par précaution, tu ne m'appelleras pas. Tu t'assiéras sur les marches du perron comme si tu voulais te reposer un peu. Ça nous laissera le temps d'observer les alentours et de nous assurer que ni toi ni moi n'avons été suivis. Ensuite je viendrai te rejoindre... »

Elle n'avait pu s'empêcher d'exprimer tout le bonheur qu'elle escomptait de ce moment de retrouvailles en sautant au cou d'Hugo. Il l'avait serrée dans ses bras, mais cela avait été bref. Avant d'en venir là, il y avait encore tant à faire, tant d'incertitudes à dépasser. Elle avait décidé qu'il sortirait le premier.

« Tu n'y penses pas ! s'était-il écrié. Si jamais ça ne marchait pas... Tu serais prise à ton tour. Tu serais ma complice. Ils te le feraient payer cher, tu peux me croire. »

Elle ne voulut rien savoir. Elle avait pris les choses en main et n'entendait qu'il dérogeât en quoi que ce fût à l'ordre des choses qu'elle avait décidé.

« Quand j'appellerai, il faut tout de même que ce soit ma voix qu'il entende. Toi, tu serais vite repéré ! »

Il n'y avait pas pensé. Il fallut qu'il consentît. Elle avait appelé. Assis au bord du bat-flanc, tête basse sous la capuche de la pèlerine, Hugo n'avait pas eu à attendre longtemps. La serrure avait grincé, le lourd volet de porte avait pivoté. Le jour déjà déclinait. Le peu de lumière grise tombant de la verrière qui dominait la rotonde n'atteignait déjà plus le fond du cachot où Blandine s'était réfugiée. D'ailleurs, l'homme n'avait même pas cherché à voir.

« C'est l'heure », avait-il grommelé par habitude, comme si ce n'était pas Blandine qui avait demandé à sortir.

Hugo s'était levé lentement, comme à regret, en parvenant à ne pas se précipiter. La tête tournée vers l'obscurité au fond de laquelle il devinait à peine la silhouette de la jeune femme, il était passé lentement devant le gardien. Il avait attendu encore que celui-ci ait refermé la porte et, respectant la consigne donnée par Blandine, il avait glissé dans sa main déjà ouverte la pièce de monnaie qu'elle lui avait donnée. En guise de remerciement, l'autre avait émis un grognement d'ours. Il avait enfilé le couloir, ouvert la porte qui donnait sur la place Saint-Louis, s'était écarté. Toujours en se retenant de montrer la moindre précipitation, Hugo était passé devant le gardien et s'était éloigné sous les châtaigniers, en direction de la cathédrale.

Ce ne fut qu'à l'abri de l'ombre épaisse qui effaçait les contours de certaines encoignures du chevet qu'il osa se défaire de son déguisement. Puis il avait filé aussi vite que possible, refoulant en lui l'inquiétude et le sentiment d'abandonner lâchement au danger la femme qu'il aimait et qui venait de le sauver.

Elle fit si discrètement qu'il s'en fallut de peu qu'il ne la vît pas lorsqu'elle vint s'asseoir sur la marche, près de lui. Elle eut juste, au dernier moment, le geste tendre de se serrer un peu contre lui. Ils éclatèrent de rire.

— Tu vois, dit-elle, ça a marché à merveille.

Elle en riait comme d'une bonne blague qu'elle lui aurait jouée.

— Et comment as-tu fait pour arriver ici avant moi ? s'étonna-t-il.

L'œil pétillant de malice, en se lovant contre son flanc, elle se mit un doigt devant la bouche.

— Tu ne le répéteras pas ? Je suis un peu sorcière sur les bords... Un balai, et puis, hop ! Dans les airs !

Il n'insista pas.

— Ça s'est bien passé ? demanda-t-il.

— Exactement comme je l'avais prévu. Il a juste estimé que j'étais là depuis trop longtemps, et que, selon lui, on avait bien eu le temps de les faire, nos cochonneries !

A nouveau ils s'abandonnèrent à un rire un peu nerveux, par où se débondaient leurs tensions.

— Allez, dit-elle enfin. Ce n'est pas tout ça, mais il ne faut pas rester là. Ce serait bien le diable qu'ils viennent t'y chercher, mais sait-on jamais ?

— Ça ne risque pas. Ils ne s'apercevront pas que je ne suis plus là avant demain matin. On a le temps. Mais où m'emmènes-tu ?

Elle lui fit face, vint se serrer contre lui et lui jeta les bras autour du cou.

— A partir de maintenant, il faut que tu t'y fasses, c'est moi qui vais te conduire. Les chemins qu'on va prendre, je les connais par cœur. Toi, si je n'étais pas là, tu t'y perdrais en moins d'une lieue. Alors, ne m'en veux pas si je te commande. Tu les apprendras vite toi aussi, tu verras. Mais aujourd'hui, ce qui compte, c'est de s'éloigner au plus vite.

— Parce que tu sais où tu vas ?

Elle eut un large sourire un peu moqueur, se mit sur la pointe des pieds et lui posa un rapide baiser sur la bouche.

— Bien sûr que je sais. Je rentre chez moi !

Et elle partit d'un bon pas en laissant traîner sa main grande ouverte derrière elle comme pour qu'il s'y raccroche.

Hugo était un enfant de la ville. Ils étaient encore assez ignorants l'un de l'autre pour qu'elle n'ait pas jugé utile de lui révéler l'extrême modestie de ses origines paysannes. En marchant dans l'obscurité de plus en plus épaisse, elle lui raconta.

De sa naissance, elle ne savait rien. Quelques vagues souvenirs de la tristesse et des angoisses d'un orphelinat, puis le bonheur d'échouer dans une étonnante fratrie de huit galopins auxquels on n'avait pas hésité à l'ajouter en surnombre. L'appât de la maigre indemnité versée par les services de l'Assistance publique avait été suffisant pour que ses parents adoptifs acceptent d'ajouter cette bouche à toutes celles qu'ils avaient déjà à nourrir.

Ce n'était pourtant pas une mince affaire. Le père, un brave homme dont, dans les premiers temps, l'insouciance n'avait d'égale que l'inépuisable bonne humeur, était journalier. Du moins, quand il se trouvait qu'on lui proposât du travail... Le reste du temps, il fallait survivre. Tous les moyens étaient bons pour rapporter à la mère de quoi remplir ses chaudrons. Avec ou sans lui, mais toujours avec sa bénédiction, tous ces jeunes loups affamés eurent tôt fait d'apprendre par cœur la topographie de tous les jardins, des clapiers et des poulaillers où s'aventurer sans trop de risques ! Blandine s'y fit une spécialité de la pose des collets. Elle n'en était pas peu fière !

Ses plus beaux souvenirs, elle les tirait des séjours de plus en plus nombreux qu'ils faisaient en forêt, dans l'un ou l'autre des campements de charbonniers qui la peuplaient. Que savait-elle des raisons qui entraînaient son père, et à sa suite toute sa tribu, vers ces grandes clairières d'où montait en permanence la fumée triste des fourneaux qu'entretenaient quelques pauvres hères à la peau aussi noire que le produit dont la vente leur procurait à peine de quoi survivre ? Au début, elle s'en souciait peu. Elle retrouvait là-haut, dans les collines du Morvan, toute une marmaille encore plus dépenaillée qu'elle ou ses frères et sœurs d'adoption ; des sauvageons qui leur apprenaient la forêt et tous ses enchantements. Blandine était de loin leur meilleure élève !

Parfois, pourtant, elle avait peur. Il arrivait, certains soirs, que tous ces hommes et d'autres, sortis mystérieusement de la forêt, tiennent autour du feu de grandes assemblées. On y parlait fort. On y tendait le poing. On y vociférait des paroles de haine. Blandine, blottie dans un coin d'ombre, était terrorisée, mais ne se serait éloignée pour rien au monde. Elle ne quittait pas son père adoptif des yeux. Il se tenait toujours parmi ceux qui détenaient assez d'autorité pour imposer parfois le silence et tenir de longs discours qu'on applaudissait à tout rompre ou qu'on interrompait de hurlements qui la faisaient se rapetisser encore, derrière les trois bûches ou la brouette qui lui servaient de refuge.

Elle ne reconnaissait pas son père. Lui si humble, si insouciant, devenait tout à coup celui que les autres écoutaient. Il prenait un air grave. Son œil brillait d'une résolution dont elle ne comprenait pas le sens, mais qu'elle sentait d'une telle force qu'elle galvanisait toutes les énergies. Elle admirait éperdument son père.

Un jour, elle avait estimé être assez grande pour lui demander les raisons de ces grandes réunions auxquelles il participait de plus en plus souvent. Ils allaient par les chemins. Lesquels ? Elle ne s'en souvenait plus. Ils allaient si souvent par les chemins, comme s'il n'y avait eu rien de plus important, dans la vie, que d'aller par les chemins. Ce qu'elle se rappelait fort bien, en revanche, c'était le regard grave et attendri qu'il avait posé sur elle. La grande main calleuse avait étreint sa menotte d'enfant avec force.

« Je savais bien que tu me le demanderais. Il faut que ce soit toi, qui n'es pas ma fille, l'enfant adoptée, qui s'étonne. Regarde les autres... Tu crois qu'ils s'en soucient ? »

Alors que la mère, comme d'habitude, allait en queue de troupe, poussant devant elle la bourrique chargée de tout ce qu'ils possédaient, la joyeuse troupe de ses frères et sœurs s'était débandée dans les bois environnants et y menait grand tapage.

Blandine n'avait rien dit. Elle craignait déjà d'avoir déclenché quelque chose, avec sa question, qui allait la dépasser, la broyer.

« Voilà... » avait dit le père.

Elle le sentait hésitant. Il cherchait ses mots, devant elle, une enfant, lui qui ne semblait vraiment à l'aise que lorsqu'il haranguait ces assemblées houleuses presque quotidiennement.

« ... il faut que je te dise, avait-il repris comme pour se convaincre. Puisque tu me demandes, il faut que je te dise. Voilà... »

Il ne savait pas par quel bout commencer ! Elle eut pitié de lui.

« Vous n'êtes pas contents, j'ai bien compris ça. Vous voulez faire la guerre, mais à qui ? »

Il s'était récrié.

« La guerre ! Comme tu y vas ! Encore que... Peut-être bien que c'est toi qui as raison. C'est peut-être une guerre. Peut-être notre tort est de ne pas mener tout ça comme une guerre. Mais c'est si compliqué à te dire. Tous ces hommes que tu vois dans nos assemblées, les charbonniers qui nous reçoivent, mais aussi tous les autres, qui viennent parfois de fort loin, ce sont des gens qui aiment la liberté et qui voudraient se battre pour qu'on la leur rende.

— On la leur a prise ? Qui ? »

L'ingénuité de la question l'avait fait éclater de rire.

« L'empereur, avait-il dit enfin comme s'il avait parlé d'un ogre. L'empereur et toute la clique des aristos et des bourgeois qui profitent du régime et nous étranglent, nous, les petits, les gens du peuple ! »

Il s'enflammait, oubliait qu'il parlait à une enfant, se remettait à déclamer, comme devant les grandes assemblées du soir.

« Alors, nous, on veut se révolter, tu comprends ? On veut les chasser, tous ces gens-là... Mais que fait-on ? Pas grand-chose. On parle beaucoup. On se cache... Mais pour l'action... Il paraît que ce n'est pas le moment... Ce n'est jamais le moment... »

Longtemps, Blandine s'est souvenue de la colère rentrée, de la hargne qu'il réussissait à faire passer à la gamine qu'elle était, par la seule pression de sa main qu'agitaient des gestes d'impuissance. Mais elle n'avait compris vraiment de quoi il s'agissait que plusieurs années après, lorsqu'elle avait vu arriver à l'une de ces grandes réunions un être étrange qui l'avait impressionnée terriblement. Les hommes ne faisaient pratiquement plus que ça. Dans une forêt de plus en plus peuplée, ils allaient d'assemblée en assemblée.

Parfois, le père disparaissait. La mère, fataliste, posait le camp là où il les avait abandonnés et on attendait. Les jours passaient. Un matin, il était au coin du feu, comme s'il ne l'avait jamais quitté. On repartait. Le soir même et tous ceux qui suivaient, il s'égosillait devant des groupes d'hommes de plus en plus importants et de plus en plus vociférants. On sentait qu'ils exigeaient quelque chose que le père ne pouvait pas leur accorder. Peut-être lui avait-on donné l'ordre de les calmer, de les faire attendre. C'était ce que Blandine croyait avoir compris.

De toutes ces années, elle n'en parla plus. Sa première expérience avait été trop forte, trop chargée en émotions pour qu'elle ait vraiment envie de la recommencer. Elle se contentait d'observer, d'écouter, de regarder fixement son père. Elle ne se cachait plus. Le soir, lorsqu'ils se rassemblaient autour du feu, elle se tenait légèrement en retrait, mais toujours de telle façon qu'il pût la voir. Pendant qu'il parlait, il lui arrivait de se tourner vers elle et de lui adresser un sourire. Il lui allait droit au cœur ; il la rassurait. Ils parlaient si fort, ils tempêtaient tant qu'elle craignait toujours qu'il les oublie.

Puis était arrivé cet homme. La première fois qu'elle l'avait vu, elle devait avoir dix ou douze ans et lui ne devait pas être âgé de plus de vingt ou vingt-cinq ans. Très grand, très mince, la joue creuse de l'ascète, l'œil et le cheveu d'encre, toujours vêtu d'une ample blouse noire, il la fascinait autant qu'elle le redoutait. Il parut les suivre de réunion en réunion. Elle le retrouvait chaque soir ou presque près du grand feu autour duquel ils se rassemblaient et elle avait fini par espérer et redouter tout à la fois le mystère de cette présence silencieuse.

Il avait remarqué lui aussi l'intérêt curieux que portait cette enfant à leurs discours alors que tous les autres du même âge s'en échappaient bien vite. Il l'avait terrorisée un soir en l'abordant.

« Que connais-tu à la charbonnerie ? » lui avait-il demandé à brûle-pourpoint.

Il l'avait laissée sans voix, figée de peur devant lui.

« Tu t'intéresses pourtant à nos propos. »

C'était beaucoup dire puisque jamais il n'avait jusque-là exprimé quoi que ce fût en public.

« Ben... Oui... avait hasardé tout de même Blandine.

— Tu t'intéresses et tu ne sais pas ce qu'est la charbonnerie ?

— Ben si... avait-elle cru pouvoir répondre. La charbonnerie, c'est ça, les fourneaux, les gens qui y travaillent et qui nous reçoivent, même qu'ils y ont bien du mérite, parce que c'est un métier bien dur, bien salissant et qui ne leur rapporte que la misère... »

Elle croyait bien faire et avoir mis beaucoup de pertinence dans sa réponse. Il avait éclaté de rire. Le rouge était venu aux joues de Blandine. Pour qui se prenait-il, cet escogriffe tout de noir vêtu ?

« Ben quoi ? s'était-elle défendue en haussant le ton. Qu'ai-je dit de travers dont vous pouvez rire ? Ce n'est pas la vérité que tous ces charbonniers qui nous reçoivent si bien n'en mènent pas moins une vie de misère ? »

Il avait vu sa colère, l'avait admirée et avait entrepris d'en éteindre l'objet.

« Tu as raison et tu as tort à la fois », avait-il commencé de façon bien mystérieuse.

Elle avait haussé les épaules et fait mine de se détourner.

« Attends. Je vais t'expliquer. »

La curiosité avait été la plus forte. Ce qu'elle n'avait pas su demander à son père, cet homme étrange le lui proposait. Tout de même un peu méfiante, elle s'était assise sur le bord d'une brouette et avait attendu. Il avait pris une pose avantageuse, un pied sur un tas de bûches qui traînait là, accoudé à sa cuisse, et, accompagnant son propos de gestes très théâtraux, il avait entrepris d'essayer un discours qu'il n'avait jamais su tenir, malgré l'envie qu'il en avait, devant les rudes hommes qu'il côtoyait à chacune de ces réunions.

De son propos pompeux et embrouillé, Blandine avait surtout retenu qu'il pouvait être des charbonniers qui n'avaient jamais entretenu un fourneau de leur vie et qui, de ce fait, n'avaient pas la peau noire et ne se différenciaient pas du commun des mortels. Ceux-là se nommaient malgré tout ainsi pour se réclamer d'un mouvement clandestin né au début du siècle en Italie, d'où le nom originel de « Carbonari ».

Importé en France sous la Restauration, il avait eu, tout au long du XIXe siècle, l'ambition de lutter pour que triomphent les idées républicaines, anticléricales et panthéistes dont il se réclamait. Il n'était jamais parvenu à provoquer le grand soulèvement populaire qu'il escomptait, mais, en entretenant une certaine insécurité, en recrutant de plus en plus d'insatisfaits dans toutes les classes sociales, y compris dans la bourgeoisie, il avait fini par acquérir une certaine influence en ville comme dans les campagnes. Les plus reculées, d'ailleurs, comme les collines du Morvan, avaient recueilli bon nombre de charbonniers qui, comme Blandine et Hugo, avaient quelques raisons de se mettre hors de portée de la police royale, puis impériale…

Cette fois, Blandine en savait assez. Affranchie de la crainte que lui inspirait le grand mystère de ces réunions, elle était allée retrouver son père et lui avait demandé des explications plus précises et moins illuminées que celles qui venaient de lui être données. Il avait accepté de grand cœur.

« Tu vois, ma fille, lui avait-il dit, je sais bien que je vous fais mener une drôle de vie. Et je me reproche souvent de m'intéresser plus aux problèmes des autres qu'à ceux de mes enfants. Mais que veux-tu ? Il en va ainsi quand on s'est trouvé, comme ce fut mon cas, dans la situation d'embrasser une cause. Que tu t'y intéresses et que tu me donnes ainsi l'occasion de me justifier est pour moi un très grand bonheur. »

Ils s'étaient trouvé un endroit confortable, ensoleillé et tranquille, à proximité du camp de charbonniers où ils tenaient réunion ce jour-là, et il lui avait parlé. Sans s'arrêter à son jeune âge, mais en s'en remettant plus à son grand désir de savoir, avec ses mots à lui, il n'avait pas hésité à lui parler de Giordano Bruno ou de Spinoza. Elle avait ouvert de grands yeux captivés quand il lui avait expliqué ce qu'il entendait lorsque, s'inspirant des écrits de ces deux grands philosophes, il défendait sa vision panthéiste du monde.

Il lui avait raconté comment un certain John Toland avait régénéré toutes ces vieilles philosophies longtemps persécutées par le clergé et notamment par l'Inquisition, qui avait même envoyé Giordano Bruno au bûcher. Il l'avait passionnée et conquise en lui racontant ce qu'avaient été, au XVIIIe siècle, le *Druid Order* en Angleterre et le rite forestier des Fendeurs et des Fendeuses.

Comme la pierre et son travail étaient les symboles de la franc-maçonnerie, la forêt et le travail du bois étaient ceux de ces marginaux et de ces utopistes. Ils refusaient la transcendance d'un Dieu et les dogmes imposés. Ils ne voyaient qu'immanence dans un univers où tout est marqué par la présence divine. « Tout est dans Dieu, Dieu est dans tout. »

L'enfant Blandine avait reçu tout cela comme une belle histoire dont elle ne comprenait pas tout, mais dont la mélodie que son père avait su y mettre la charmait. Il n'en avait pas fallu plus pour que les semences ainsi déposées dans le terreau de son esprit trouvent le moyen de s'y développer et d'y préparer une éclosion qui ne pouvait qu'être exceptionnelle.

S'en était-il remis au hasard ou cela avait-il été un calcul de la part du brave homme qui l'avait élevée ? Il avait compris ce jour-là que brûlait en elle la même soif de savoir, de liberté et de justice que celle qui animait tous ces hommes et ces femmes prêts à se battre pour leurs idées. Il ne fallait pas que cela se perde.

Lorsque, à quelque temps de là, il l'avait prise par les épaules, un soir, et qu'il l'avait entraînée à l'écart des bruits et des conversations qui animaient le campement, elle avait cru qu'il allait à nouveau l'entretenir des raisons de son combat. Il s'agissait de bien autre chose.

« Voilà, lui avait-il dit avec de drôles de tremblements dans la voix. Tu es assez grande maintenant. Tu sais combien il nous est difficile, à ta mère et à moi, de vous entretenir tous. Déjà, deux de tes frères ont été placés. Voilà que vient ton tour. Je crois que tu as de la chance. Je t'ai trouvé une bonne place. Si tu sais t'y prendre, tu y seras heureuse. L'homme chez qui tu vas travailler est un grand savant. Je sais ta curiosité de savoir. Tu verras, il t'apprendra des tas de choses. »

Antoine Donnadieu avait accepté sans enthousiasme d'embaucher cette gamine que lui recommandait un ami. Il était devenu franchement sceptique lorsque, en fait d'aide au couple de domestiques vieillissants qui tenaient sa maison, était arrivée une véritable sauvageonne à l'œil de braise et aux cheveux de paille dorée ébouriffés comme jamais il n'en avait vu.

« Mon nom est Blandine, lui avait-elle annoncé avec aplomb. C'est vrai que vous êtes un savant ? »

9

La lune s'était levée sur leur cheminement. Bien qu'elle fût parfois voilée par de longues nuées grisâtres qu'un puissant vent d'altitude poussait vivement d'un bord à l'autre du ciel, sa douce lumière inondait le paysage et en soulignait les contours.

Dès lors, ils allèrent d'un pas plus alerte. Ils marchaient côte à côte, chacun suivant une des bandes du chemin désherbées par les roues des voitures. C'était la première fois qu'ils allaient ainsi. Leurs rapports, jusque-là, avaient été ceux d'amants dont la seule préoccupation était de s'abstraire du monde, de se trouver une cache où abriter leur bonheur d'être ensemble.

Ils allaient à grandes enjambées. Sans avoir à l'exprimer, chacun d'eux, à aller ainsi du même pas, savait le plaisir que ressentait l'autre. De temps à autre, il lui prenait la main. Elle se tournait brièvement vers lui. Leurs sourires se rencontraient et s'accordaient.

Pour elle, c'étaient des retrouvailles et la fierté d'emmener l'homme qu'elle s'était choisi vers cet horizon qu'elle aimait tant. C'était exactement comme si elle eût franchi avec lui le seuil de la maison où toute sa famille attendait de le connaître. C'était leur amour qui changeait de dimension. Il imposait au monde son existence.

Pour lui, c'était l'émotion de la découverte. Ce n'était que par ce qu'elle venait de lui raconter qu'il avait pu comprendre qu'elle l'emmenait chez elle. Il s'abandonnait à sa conduite. C'était comme s'il la découvrait une nouvelle fois, comme si d'elle-même, sans qu'il le lui ait demandé, elle lui offrait ce que, jusque-là, sa pudeur avait préservé. Il la suivait aveuglément et lui était profondément reconnaissant de le conduire ainsi au cœur de ce qui lui était le plus cher.

Il aurait voulu pouvoir lui promettre la même offrande, mais il n'avait rien de semblable à lui offrir. Enfant de la ville, fils d'un ouvrier maçon et d'une couturière, qu'avait-il fait d'autre que de suivre tout naturellement les traces de son père ? Il ne s'en plaignait pas. Il aimait son métier. Il avait eu la chance de rencontrer Antoine Donnadieu alors qu'il avait été embauché sur le chantier de la cathédrale. L'architecte l'avait remarqué. Il avait demandé à plusieurs reprises, par la suite, que ce jeune maçon courageux, bon ouvrier et curieux de comprendre ce qu'on lui faisait faire, soit attaché à son service sur les chantiers dont il s'occupait.

C'était là, en somme, tout ce qu'il aurait eu d'exceptionnel à raconter si Antoine Donnadieu n'avait pas assez vite ajouté à la qualité de leurs rapports professionnels la dimension d'une confiance qui les dépassait largement. Bien qu'ils fussent issus de milieux totalement différents, bien qu'une grande différence d'âge les séparât, les relations qui s'étaient établies entre les deux hommes tenaient beaucoup plus, sinon d'une forme d'amitié, du moins d'un grand respect mutuel. Usant sans retenue de sa franchise naturelle, le simple maçon en était venu à exprimer à l'architecte et même à l'archéologue des points de vue et des opinions que bien d'autres lui auraient sévèrement reprochés.

Bien au contraire, ce comportement avait plu à Antoine Donnadieu. Il avait longuement écouté le jeune maçon. L'idée s'était peu à peu imposée à lui qu'il se devait d'attirer cet élément de valeur dans le combat qu'il menait avec beaucoup d'autres. L'affection qu'il portait au jeune maçon lui avait fait longtemps différer sa décision. Avait-il le droit de l'entraîner ainsi dans les risques d'une telle aventure ? Il s'était décidé à lui parler lorsqu'il avait compris que le plus grand désir d'Hugo était d'entrer dans la lutte. Plutôt que de laisser sa jeune fougue risquer de se brûler à quelque acte inconsidéré, il avait pensé qu'il était plus judicieux de le faire accéder aux rangs d'une organisation bien rodée et pleine d'expérience.

Le bouillonnement des idées était tel, dans ces années-là, que l'oppression de pouvoirs aux formes archaïques devenait de plus en plus insupportable. Entre des dirigeants d'un autre temps et une population travaillée par de puissants courants démocratiques, le décalage avait fini par devenir intolérable. Les pouvoirs successifs n'avaient pas eu d'autre solution que de s'entourer d'une police de plus en plus féroce au fur et à mesure que se révélait l'évidence de leur fragilité.

Loin d'éteindre l'ardeur avec laquelle se propageaient ces puissants désirs de changement, la répression n'avait fait qu'attiser la volonté d'en découdre. Contraints à la clandestinité, tous ces hommes résolus au renouveau avaient vite appris à s'organiser et leurs mouvements s'étaient structurés.

C'était ainsi que les charbonniers avaient créé, dès la Restauration, sur tout le territoire national, un réseau très dense de ce qu'ils appelaient des « ventes ». Très hiérarchisées, cultivant l'obsession du secret, elles rassemblaient un nombre considérable de Fendeurs et de Fendeuses se réclamant d'une mystérieuse « pensée de la forêt ». Allant chercher ses sources dans le lointain celtisme, elle fut pendant un certain temps le symbole de la liberté et de la lutte contre tous les impérialismes.

Antoine Donnadieu, sous ses dehors de grande respectabilité, n'en était pas moins un des principaux dirigeants de la vente locale. Il avait expliqué tout cela à Hugo et lui avait proposé d'adhérer. Le jeune homme n'avait pourtant pas accédé tout de suite à la demande de l'architecte. Ses passions, à l'époque, étaient ailleurs. Il n'avait pas encore définitivement acquis le goût du risque à prendre pour l'idée à défendre.

S'il avait fini par accepter, c'était surtout parce qu'il avait très vite compris que, dès lors qu'Antoine Donnadieu s'était exposé au danger de lui révéler l'existence de cette société secrète et s'était ouvert à lui quant au rôle qu'il y tenait, il n'avait plus d'autre possibilité que de lui donner des gages de confiance. Il ne pouvait plus qu'adhérer. S'il ne l'avait pas fait, la crainte de la trahison n'aurait pas tardé à s'installer dans l'esprit de son aîné et Hugo tenait à son amitié.

C'est ainsi, presque par accident, qu'il était devenu Fendeur. Avec le temps, sa loyauté à l'égard du mouvement des charbonniers s'était confortée au fil des combats auxquels il avait été amené à participer. Il était pourtant de ceux qui regrettaient amèrement que l'ordre du soulèvement général ne soit jamais venu. Il y croyait, mais admettait aussi que d'autres, loin au-dessus d'eux, pouvaient disposer d'éléments qu'eux-mêmes ne connaissaient pas. Des années durant, il avait donc rongé son frein, dans l'ombre d'Antoine Donnadieu qui n'y faisait jamais la moindre allusion, mais n'en pensait pas moins.

Et maintenant, Blandine et Hugo fuyaient... Ils fuyaient les sbires du régime, mais ils savaient bien que, s'ils ne fuyaient pas à proprement parler, l'un comme l'autre, cet homme auquel, durant des années, ils avaient accordé une confiance aveugle, ils s'éloignaient de lui de façon irrémédiable.

Les chemins que Blandine empruntait successivement et sans la moindre hésitation se faisaient de plus en plus escarpés. Ils allèrent longtemps de vallon en vallon au travers de forêts dans l'épaisseur desquelles ne pénétrait plus la lumière blafarde de la lune. Hugo, alors, se résignait à suivre la jeune femme et il arrivait que l'ombre se fasse si dense qu'il devait tendre le bras et lui toucher l'épaule pour s'assurer qu'elle était toujours devant lui. Puis ils atteignirent de petits torrents qu'ils longèrent, entre des prés bordés de haies. Dépouillées de leur feuillage par la saison, entre les forêts accrochées aux pentes des collines, elles étaient comme le maillage sombre et hostile d'un filet dont il semblait à Hugo qu'il resserrait peu à peu son piège sur eux.

Elle dut le sentir. Elle savait ce que la profondeur de ces bois, surtout la nuit, peut avoir d'inquiétant pour qui n'y est pas né. Dès qu'elle le put, elle s'écarta légèrement et le laissa venir à sa hauteur. Ce fut elle, cette fois, qui lui prit la main.

— Il n'y en a plus pour bien longtemps. On est presque arrivés, dit-elle.

— Où ? demanda-t-il.

— Chez un de mes frères. Je n'y suis jamais venue, mais je sais qu'il a créé une petite auberge. Il nous accueillera bien.

— Il en est ?

Elle eut un bref instant d'hésitation. Elle revenait simplement au pays. Elle n'avait pas imaginé que la clandestinité la poursuivrait jusque-là. Hugo, lui, n'avait pas d'autre raison de fuir ainsi.

— Non, dit-elle quand elle comprit. Du moins je ne crois pas. En fait, je ne sais pas. Ça fait des années que nous ne nous sommes plus vus. Des gens à qui il arrive de passer par ici et que je rencontrais sur le marché d'Autun me donnaient parfois de ses nouvelles. Ils se chargeaient, au retour, de lui dire que j'allais bien. Lui transmettait à mes autres frères et sœurs, ceux qui sont encore de ce monde. Comme ça, on existe encore les uns pour les autres.

— C'est bon, dit-il, l'esprit toujours occupé de son état d'évadé de fraîche date. Je serai prudent. Mais je suis censé faire quoi, là, moi ?

Elle tourna vers lui un sourire un peu perplexe. Elle n'y avait pas pensé. Au fond, la question allait se poser tout aussi légitimement pour elle. Ils marchèrent un moment en silence. Elle finit par hausser les épaules.

— On verra bien, dit-elle. Mon frère, il acceptera tout ce que je lui dirai. Ce sont les autres... Tout dépend de qui sera chez lui... Il faudra se méfier.

Il eut un bref mouvement de recul lorsque, d'un chemin étroitement couvert, ils débouchèrent sans transition sur la large trouée blanchâtre d'une route.

— C'est là, dit-elle. Je crois. Un peu plus loin.

D'instinct, ils choisirent de suivre le bas-côté que n'éclairait pas la lune. Ils firent encore quelques centaines de mètres jusqu'à ce que, au milieu d'une étroite clairière, leur apparussent de l'autre côté de la route les contours vagues d'une modeste construction. Elle était plongée dans l'obscurité la plus complète.

— C'est ça ? s'étonna Hugo.

— Je crois, dit Blandine.

Ils s'étaient exprimés à voix basse, mais cela suffit à alerter un chien dont les aboiements firent tout à coup voler en éclats le silence de la nuit. Le bruit de leurs pas avait dû le mettre en éveil. Ces quelques mots échangés lui avaient confirmé leur proximité. Il fut tout de suite furieux. Immobiles dans l'ombre, ils attendirent son assaut. Rapidement, Hugo se fit rassurant.

— Il est attaché. On ne risque rien.

— Il va réveiller toute la maison.

— C'est aussi bien. Ne bouge pas. A l'heure qu'il est, si quelqu'un vient, ça ne peut être que l'aubergiste. Tu verras bien si c'est ton frère. Si ce n'est pas lui, on peut lui demander de nous recevoir. Après tout, c'est son métier.

Il y eut du bruit dans la maison. On tirait les verrous en grommelant. La porte s'ouvrit. Dans l'ombre, ils devinèrent une silhouette penchée en avant, qui devait scruter l'obscurité.

— Qu'est-ce que c'est ? cria-t-on. Il y a quelqu'un ? Saloperie de chien. Tu vas te taire ? Un renard, vouai. Cette charogne-là m'aura réveillé pour un renard qui passait par là…

Blandine observa attentivement la silhouette.

— C'est mon frère, murmura-t-elle.

— Tu es sûre ?

— Je crois.

Hugo s'avança de deux pas, jaillissant dans la lumière pâle dont la lune baignait la route.

— On est là, dit-il. Pardon d'arriver si tard. On a eu un accident. Vous pouvez nous héberger ?

— Restez où vous êtes. Vous êtes combien ?

— On est deux, ma femme et moi.

— Attendez.

Le ton était agressif, mais certainement plus inquiet que franchement hostile. Une lueur jaunâtre vacilla dans le rectangle d'ombre de la porte et, presque aussitôt, un falot tenta en vain de percer l'obscurité jusqu'à eux.

— Raymond ! C'est moi, Blandine.

Il y avait tant d'émotion dans la voix de la jeune femme qu'Hugo, sidéré, se retourna. Elle se tenait toujours dans l'ombre, mais il put voir l'étonnante décomposition de ses traits.

— Blandine ? demanda l'homme dont la silhouette avait disparu derrière la tache de lumière du falot. Blandine... répéta-t-il comme s'il n'osait pas achever sa phrase.

— Oui, Blandine, ta sœur.

— Blandine !

Il posa son lumignon sur le seuil de la porte et se précipita.

— Venez ! Venez vite.

Il l'avait prise dans ses bras et la serrait convulsivement en l'entraînant vers la cabane au-dessus de la porte de laquelle la lumière jaune du falot faisait apparaître un modeste écriteau. On s'était appliqué à y juxtaposer les lettres du mot *ESTAMINET*.

— Installez-vous. Faites comme chez vous. Blandine, ma sœur ! Si je m'attendais...

Deux tables et quatre bancs formaient l'essentiel de l'ameublement de la pièce.

— Et lui, c'est qui ? demanda Raymond en désignant Hugo.

On sentait dans sa voix un reste d'inquiétude.

— Il est avec moi. Tu n'as rien à craindre, tenta-t-elle de le rassurer.

Il eut du menton un geste de méfiance.

— Est-ce qu'on sait ? dit-il. Il s'en passe de tellement drôles. En réveillant comme ça le chien, à pareille heure, vous m'avez flanqué une trouille...

— On aurait pu attendre le matin, c'est vrai. Mais à marcher comme ça, toute la nuit ou presque...

Il les considéra gravement, l'un après l'autre. Il cherchait manifestement à comprendre.

— Ton patron t'a donné des congés ? demanda-t-il enfin.

Elle eut un petit rire nerveux.

— Que sais-tu de mon patron ? Et puis, d'abord, ce n'est plus mon patron.

Il sursauta.

— Donnadieu n'est plus ton patron ? Qu'as-tu fait ? Il t'a chassée ?

Elle n'en revenait pas. Il connaissait Antoine Donnadieu !

— Ce serait plutôt l'inverse. Mais peu importe. On est partis d'Autun dans la soirée. Je me suis dit que tu pourrais nous accueillir pour la nuit et peut-être...

Il commençait à comprendre.

— Vous fuyez, c'est ça ?

Elle acquiesça d'un petit geste inquiet du menton. Raymond parut tout de suite plus à l'aise. A nouveau, il désigna Hugo.

— On peut parler devant lui ?

— C'est mon homme. J'en réponds comme de moi-même.

— Bon, ça ira. Si vous m'avez fait peur à ce point, tout à l'heure, c'est qu'on ne sait plus à qui se fier. On voit traîner par ici plus souvent qu'à leur tour des espèces d'argousins qui sèment la terreur derrière eux. J'ai déjà eu comme ça deux débarquements. Et toujours dans ces moments-là de la nuit. Alors, tu comprends... Par chance, ils n'ont rien trouvé. Mais il suffirait d'une fois...

— Ils cherchent quoi ?

— Ne fais pas l'innocente. Tu le sais aussi bien que moi. Je sais que tu en es...

Il hésita un instant, laissa un regard encore vaguement soupçonneux s'égarer brièvement vers Hugo. Puis il osa se lancer.

— ... comme moi, dit-il.

Elle n'était pas habituée. Elle ne comprit pas sur le coup. Hugo fut plus rapide. Ses mains fusèrent littéralement devant lui et vinrent enserrer celles de Raymond.

— Tu en es, dit-il avec émotion. Mais moi aussi, j'en suis. Nous sommes entre Fendeurs !

Et comme il restait une lueur de méfiance au fond du regard de Raymond, tout en continuant à lui secouer doucement les mains, il se dévoila.

— Hugo, dit-il. Mon nom est Hugo. Cela ne te dit rien ?

Cette fois, Raymond se détendit pour de bon.

— Hugo, répéta-t-il. Oui, j'ai entendu parler de toi... Il n'y a pas si longtemps...

Il n'en dit pas plus. Ils auraient aimé qu'il leur parle de ses rapports avec l'architecte. Ils auraient aimé épancher un peu leur peine d'avoir dû rompre avec lui de si anciennes alliances, mais ils n'en eurent pas le temps.

— Ce n'est pas tout ça, dit tout à coup Raymond en se levant. Vous devez mourir de faim. On est là à bavarder... Attendez voir... Il doit bien me rester de quoi... Oui...

Déjà il allait et venait dans la pièce aux angles de laquelle, en la réveillant de son énergique tisonnier, il avait fait en sorte que la cheminée repousse les ombres. Sous ce plafond bas, dans les nuances de cet éclairage aléatoire, il paraissait immense, les épaules démesurément larges, les mains gigantesques manipulant pourtant avec une étonnante douceur les couverts qu'il poussait devant eux et ses ustensiles de cuisine.

Tout à coup, il se figea entre les deux tables, se dressa de toute sa hauteur et appela.

— Jean ! cria-t-il. Je t'avais oublié, mon pauvre Jean. Viens donc. Il n'y a rien à craindre. Et il va y avoir à manger.

Il sortit une assiette de plus et fit tinter la cuillère qu'il y posa.

— Viens donc, Jean. Je sais que tu es là. Ils sont des nôtres. Tu peux venir.

Alors, du coin le plus sombre de la pièce, du rectangle d'obscurité d'une porte dont, jusque-là, ils n'avaient même pas soupçonné l'existence, parut naître l'ombre d'un immense oiseau de proie. L'homme qui s'avança lentement vers eux se cachait dans les plis d'une vaste blouse noire et derrière le large bord d'un chapeau de feutre, de ceux que portaient les bouviers. Il se glissa lentement, comme à regret, prêt, peut-être, à bondir en arrière au moindre geste menaçant, sur le banc au bout duquel se tenait déjà Hugo.

— Je vous connais, dit l'homme avec douceur, comme s'il voulait amadouer.

Il désigna Blandine de la main.

— Tu as donc perdu la langue de vipère que tu faisais si bien vibrer jadis ? Et toi… dit-il, en se tournant vers Hugo. Toi… Tu ne me reconnais donc pas ?

D'un geste un peu trop théâtral, il ôta son chapeau.

— Jean ! s'exclamèrent-ils ensemble.

Tout à coup, il parut à Blandine que ce visage émacié et ce regard un peu fou, un peu illuminé, lui étaient connus depuis bien avant les visites au musée d'Antoine Donnadieu qu'il lui arrivait de hanter.

A nouveau, il pointait un doigt maigre sur elle.

— Et toi, dit-il, tu ne t'en souviens pas ? Là-haut, les camps de charbonniers… Les assemblées que menait si bien feu ton père… Paix à son âme. Un homme de bien. Tu n'étais pas plus haute que ça. Elles te captivaient, ces assemblées-là. Elles te faisaient aussi peur qu'elles t'attiraient. Un soir, j'ai pris la peine de t'expliquer. C'est tout ce qui t'en reste, ingrate !

Si elle se souvenait ! Bien sûr qu'elle se souvenait. Les larmes en même temps que le rire de l'émotion lui en venaient aux yeux.

— C'était donc vous !

— Moi... dit-il avec emphase. Moi et peut-être un autre... Moi d'avant cette vie-là. Tu étais une fillette. J'étais moi aussi bien jeune. J'avais tout à apprendre. Je brûlais de passion. C'est Donnadieu qui m'avait envoyé là-haut, chez les charbonniers. Il voulait me frotter à la rude réalité de la vie dans les bois. Or, qu'était-elle en regard des luttes que nous espérions ? Elles ne sont jamais venues... Baste... J'ai tout de même beaucoup appris, là-haut, au contact de ton père et de quelques autres. Quand je suis revenu à Autun, le hasard a voulu que Donnadieu dise devant moi qu'il cherchait une servante pour prendre le relais de ses vieux serviteurs. J'ai repensé à toi, ou plus exactement à ton père qui ne parvenait pas à nourrir décemment sa « petite » famille. Je savais qu'il avait le projet de te placer. J'ai parlé de toi à Donnadieu.

Il émit un drôle de rire un peu croassant.

— Tu n'étais pourtant pas trop présentable ! Un vrai moineau écorché ! Le séjour chez l'architecte t'a profité. De tout ce temps, tu ne m'avais donc pas reconnu ? J'étais persuadé du contraire. J'étais convaincu que tu savais tenir ta langue, tout simplement, et c'est ce qui m'avait amené à te faire admettre dans le secret de la vente. Je suis déçu...

Elle se rebiffa.

— Ai-je démérité ?

— Ai-je dit ça ? Toujours la même. Toujours sur tes ergots, comme un vrai petit coq !

Il se tourna vers Hugo.

— Et toi, Hugo ! Au fond, nous ne nous sommes pas souvent rencontrés. Mais en ces rares occasions, on a bâti de quoi ne plus s'oublier, pas vrai ? Pas comme cette petite ingrate de Blandine !

Ils rirent et se donnèrent l'accolade au risque de renverser la soupe épaisse et odoriférante que venait de leur servir Raymond.

10

Lorsque, déçu qu'elle ne soit pas venue m'ouvrir la porte, je m'étonnai auprès d'Antoine Donnadieu de la disparition de sa si vive et jolie soubrette, il eut une façon de s'assombrir qui m'étonna et ne manqua pas de me mettre la puce à l'oreille.

— Elle a quitté mon service, grogna-t-il en se détournant.

C'était là, manifestement, un sujet qu'il ne désirait pas aborder. Blandine avait pourtant pris, dans cette maison, une telle importance qu'il avait bien fallu une raison sérieuse, sinon grave, pour qu'elle s'en éloigne. J'étais curieux de la connaître.

— Ah bon ? m'étonnai-je. Le mariage, peut-être…

Je prêchais le faux pour savoir le vrai, mais il se rattrapa à la branche que je lui tendais pour mieux évacuer la question.

— C'est ça, dit-il. Un homme, bien sûr…

Je compris que je n'en saurais pas plus ce jour-là. Nous passâmes à autre chose… En quelques mois et de façon totalement inattendue, en tout cas pour moi, l'étranger peu soucieux des affaires politiques du pays qui m'hébergeait, l'Empire s'était effondré. Je m'étais fait surprendre loin de Paris par la déclaration de guerre puis par le désastre de Sedan. A mon habitude, je vagabondais en Auvergne, puis en Bretagne, pendant que se déroulaient tous ces événements. Lorsque je m'avisai qu'ils étaient de nature à mettre en péril mon commerce, il était trop tard. Les Prussiens étaient en train de mettre le siège devant Paris. Trochu leur en avait ouvert la route en donnant l'ordre aux 40 000 hommes de Vinoy de s'y replier plutôt que d'en assurer la défense. Je préférai ne pas courir le risque de me faire arrêter par des troupes d'occupation auxquelles, dans ce contexte de guerre, mon seul accent aurait pu paraître suspect.

Je choisis au contraire de m'éloigner de la capitale et vins me réfugier à Autun, sans me douter que l'histoire allait m'y rejoindre. Le 1er décembre 1870, les éléments les plus avancés des troupes prussiennes sont venus se heurter à la petite armée française que commandait Garibaldi. On tira du canon, on y alla de quelques escarmouches. L'affaire, en définitive, fut assez peu claire. Certains vous diront que Garibaldi a pour de bon arrêté les Prussiens à Autun. D'autres vous maintiendront que ces derniers n'avaient aucune envie de s'enfoncer plus avant dans l'occupation d'un territoire bien trop vaste pour qu'ils puissent espérer le contrôler. Autun était donc le point ultime qu'ils s'étaient fixé. Le hasard voulut qu'avant de rebrousser chemin, ils puissent observer à la jumelle les effets de leur canonnade sur les colonnes de Garibaldi en train de se replier…

Pour mon compte, j'avais déjà bouclé mes bagages et j'aurais filé vers le sud si l'opportunité m'en avait été donnée. Je ne dois d'être resté à Autun qu'au désordre qui a régné en ville durant toute cette journée mémorable. Et lorsque, au matin du 2 décembre, il s'avéra qu'il ne restait rien, dans la région, des troupes belligérantes, hormis les quelques pauvres débris des escarmouches de la veille, j'éclatai du rire nerveux que font naître les peurs rétrospectives et les situations souvent grotesques qui en découlent. Pour fêter le triple anniversaire d'Austerlitz, du couronnement de Napoléon Ier le Grand, et le coup d'Etat de son neveu, Napoléon le Petit, ainsi que Victor Hugo en établit la hiérarchie, la petite bourgeoisie de province dont le hasard voulut que je sois l'observateur se retrouva seule face à elle-même. Plus exactement encore, nez à nez avec elle-même, tant, sans en connaître les orientations, les origines et les puissances, je la sentais parcourue de violents courants contraires, antagonistes.

Je m'étais, jusque-là, trop peu intéressé à la politique intérieure de la France et considérais que ma situation d'étranger me faisait un devoir de ne surtout pas m'immiscer. Il me fut donc impossible d'aller au-delà de ce constat et d'en démêler les tenants et les aboutissants. Je devais pourtant constater très rapidement un profond changement d'attitude d'Antoine Donnadieu à mon égard. Il me fallut des années pour comprendre que, du jour où s'est effondré l'Empire, l'amabilité qu'il me manifestait ne lui était plus dictée par la nécessité. Il pouvait, de ce fait, la mettre à l'épreuve d'une familiarité et d'une franchise dont il aurait pu craindre, jusque-là, que j'en prisse ombrage.

Ce n'était pas dans ma nature et j'appréciais trop à sa juste valeur la qualité de l'accueil qu'il me réservait pour me formaliser en quoi que ce fût. Je n'en restais pas moins surpris du changement et de l'espèce de liberté de langage qu'il établit entre nous. Il recommença à me reprocher fréquemment et même en public mon état de marchand et profita de toutes les occasions pour mettre en doute la réalité de mon intérêt pour l'archéologie, ou pour s'interroger sur les vraies raisons de mes séjours à Autun.

Je m'étais pris d'une réelle amitié pour lui. Jamais, d'ailleurs, l'idée ne me vint de la remettre en cause.

Dès cette époque-là, j'ai cru sincèrement, comme je le crois toujours, qu'il m'accordait, de son côté, le bénéfice d'une amitié au moins aussi solide. C'étaient là des fondations sentimentales assez fortes pour que la répétition de ces petites attaques ne puisse pas vraiment les ébranler. Je m'étonnais pourtant de ce comportement et me permis à plusieurs reprises de m'en ouvrir à lui. A chaque fois, il eut la même réaction. Loin de se formaliser, il arborait un sourire aussi large que mystérieux, me considérait longuement comme s'il cherchait ses mots, et finissait par hocher la tête, d'un air entendu.

« Laissez donc, me disait-il. Est-ce que je sais moi-même la raison qui me pousse à vous houspiller ainsi ? Existe-t-il, d'ailleurs, une vraie raison ? »

Voyant bien qu'il ne parvenait évidemment pas à me convaincre avec de si minces arguments, il évacuait le débat d'un geste de la main.

« Allons, me disait-il. Qui aime bien châtie bien, vous le savez ! Ces piques que je vous adresse trop souvent, j'en conviens, ne sont-elles pas la preuve de l'amitié que je vous porte ? Peut-être sont-elles à mettre au compte d'un esprit trop taquin... »

Je dus m'en contenter. Je le fis sans regret, mais sans illusions. Taquin, l'esprit d'Antoine Donnadieu ? Je connais bien de ses amis qui auraient éclaté de rire en entendant de tels propos ! Et si je prenais de bonne grâce ses piques, ainsi qu'il les appelait, pour des preuves d'une amitié dont je n'ai jamais douté, la liberté qu'il s'était accordée de me les adresser avait trop nettement correspondu aux événements de 1870 pour que je ne fisse pas le rapprochement.

Le siège de Paris puis les dramatiques événements de la Commune m'amenèrent, ces années-là, à prolonger bien plus que de raison mes séjours à Autun. J'aurais pu, bien sûr, aller me perdre dans l'une ou l'autre des provinces du Sud ou du Sud-Ouest où j'aimais tant aller pister l'objet rare dont Donnadieu me reprochait de nourrir mon commerce. Ces régions-là étaient assez éloignées du théâtre de ces agitations. Je crois que j'y aurais trouvé une ambiance favorable à mes activités ordinaires. Mais qu'aurais-je fait de tous mes achats ? Aurais-je pu les faire acheminer sans problème jusqu'au Havre, comme je le faisais ordinairement ? Et, dans le grand port normand, aurait-on pu travailler sans inconvénient à leur conditionnement et à leur expédition outre-Atlantique ? Je n'eus pas envie de tenter l'expérience. Mon commerce, avant ces événements, avait été assez florissant pour que je puisse sans inconvénient lui accorder cette trêve. Je ne doutais évidemment pas que ces troubles auraient une fin. Il me semblait que, ne pouvant atteindre Paris, j'étais aussi bien à Autun où je commençais à me compter quelques amis.

Je me mentis longtemps en m'assurant que c'étaient là les vraies raisons de mon choix. Le séjour d'Autun, si belles soient la ville et les collines du Morvan qui l'entourent, n'est pas, par ailleurs, d'une telle gaieté qu'il puisse prévaloir sur bien d'autres. Et, au fond, comme je devais d'ailleurs en prendre la mesure à quelque temps de là, ces amitiés que j'avais cru conquérir n'étaient rien d'autre que ce qui m'arrangeait qu'elles soient. A l'exception de celle de Donnadieu, elles ne devaient pas résister longtemps à l'adversité. C'est peu de dire que ces pays de montagnes, enfermés sur eux-mêmes et qu'aucun échange n'a jamais porté à l'attention des autres, se livrent peu et tiennent en défiance tout ce qui n'est pas issu d'eux-mêmes.

La vraie raison de mon attachement à Autun, c'était bien sûr la force de l'amour que je portais à *La Tentation d'Eve* et plus encore l'attrait du mystère entourant la disparition d'Adam et du diable, abattus au XVIIIe siècle par l'hypocrite pudibonderie des chanoines. Qu'étaient-ils devenus ? Il serait faux de croire, contrairement à ce qu'aimait à maintenir Antoine Donnadieu, que je persistais à me passionner pour cette affaire dans le seul espoir de faire un coup de commerce.

Soyons francs. Ils me seraient tombés sous la main dans de telles conditions qu'il eût été possible de les négocier, je crois que je l'aurais fait. Mais ce n'était pas là la raison principale et encore moins unique de mon obstination à les rechercher. L'épaisseur du mystère était telle, autour de cette affaire, qu'elle pouvait justifier à elle seule l'étendue de ma curiosité. Celle-ci pourtant ne put que croître et se conforter lorsqu'il commença à m'apparaître que d'autres intérêts tournaient dans l'ombre autour de ces deux personnages. J'eus du mal à y croire, mais lorsque j'eus accumulé suffisamment d'indices troublants de ces intérêts, on comprend que mon envie de m'éloigner de cette ville, en admettant que cette envie eût jamais existé, se soit éteinte.

Ce furent mes excellents rapports avec le patron de l'hôtel où j'avais mes habitudes qui me permirent à tout le moins de commencer à me poser des questions. Son établissement, le plus coté de la ville à cette époque, tirait une grande fierté d'avoir reçu et hébergé Bonaparte rentrant d'Italie puis Napoléon Ier, de retour de l'île d'Elbe. Situé à un jet de pierre de la belle et grande place autour de laquelle s'organise la ville nouvelle, il était un peu, par la force des choses, la plaque tournante de tout ce qui se passait à Autun.

J'étais devenu un client assez régulier pour que le patron me gratifie de son intérêt. Sans atteindre à la notoriété de l'empereur, mon état de citoyen américain ne pouvait que me signaler à la curiosité d'une ville si peu courue, on s'en doute, par mes concitoyens que je faisais presque figure de pionnier ! Il m'accueillait avec une ostentation qui m'aurait gêné si elle ne m'avait pas amusé. Je lui devais bien ça et ce n'était pas cher payer, de mon point de vue, les longues conversations que nous avions certains soirs, autour d'une bonne bouteille de vin blanc, dans le petit salon où nous savions ne pas risquer d'être dérangés.

Il m'apprit ainsi beaucoup de choses sur sa ville, sur ses habitants et aussi sur notre ami commun, Antoine Donnadieu. L'hôtelier, homme d'origine modeste qui n'avait dû qu'à son travail et à ses mérites de parvenir à la direction de cet établissement de prestige, n'en était peut-être pas encore totalement revenu. Il trahissait ingénument sa fierté d'avoir pu ainsi se faire reconnaître parmi la bonne société de la ville, en faisant facilement étalage de ses liens avec tel ou tel de ses bourgeois. C'est ainsi que je n'eus pas à me montrer curieux pour apprendre qu'il faisait partie de la même société qu'Antoine Donnadieu. Quelle était cette société et de quelle nature était-elle ? Je fis preuve, pour ma part, d'une grande naïveté en lui en faisant question, car il dut réaliser à ce moment-là qu'il s'était trop avancé ! Il prit des airs de grand mystère pour ne pas me répondre. Je n'insistai pas, mais compris qu'il y avait là un solide secret qu'il pourrait être intéressant de percer.

Autant que je m'en souvienne, ce ne fut pas lors de ce long séjour à Autun que, pour la première fois, l'impression me vint que je n'étais pas le seul, loin s'en fallait, à me soucier de ce qui était advenu d'Adam et du diable. Ce fut probablement à l'occasion d'un de mes passages suivants que je découvris qu'on m'avait peut-être caché beaucoup de choses en la matière, et qu'il existait fort vraisemblablement un lien entre tout cela et cette « société » à laquelle l'hôtelier était si fier d'appartenir en même temps qu'Antoine Donnadieu.

J'étais pourtant annoncé lorsque, arrivant chez mon ami l'archéologue, la petite Louisette dut faire l'erreur de m'introduire directement dans le musée. Il est vrai que, voyant la porte grande ouverte au bout du sombre corridor par lequel on y accédait, je ne lui demandai pas son avis et ne fis même pas mine d'hésiter devant la porte du petit salon où on attendait parfois le maître de maison. Devant une telle détermination, la soubrette, qui n'avait pas l'à-propos de Blandine, dut penser que je savais mieux qu'elle ce que j'avais à faire. Elle s'éclipsa.

J'allai directement rejoindre Antoine Donnadieu dans son sanctuaire. Lorsque j'entrai dans la pièce, il se tenait debout, de dos devant l'une des fenêtres qui donnaient sur le jardin. Au bruit que je fis, il se retourna vivement et ne put dissimuler une contrariété qui me surprit. Je n'eus pas à attendre longtemps pour comprendre ce qui la motivait. Il y eut à nouveau des bruits de pas dans le corridor et surtout les éclats d'une voix forte qui me parut écarter sans ménagement cette pauvre Louisette que les événements semblaient dépasser.

Lorsque la haute silhouette d'un étrange personnage aux allures d'oiseau de proie apparut sur le seuil du musée, nous étions manifestement un de trop dans la vaste pièce encombrée des trésors d'Antoine Donnadieu. J'eus l'intuition que je me trouvais en face d'un de ces illuminés se prenant pour l'incarnation d'un nouveau messie. Leur race avait tendance à prospérer depuis que la République avait instauré une véritable liberté d'association. Une forme d'anticléricalisme tendait à monter dans le peuple des villes. Elle devait aboutir aux lois d'interdiction des congrégations et de séparation de l'Eglise et de l'Etat, dans les toutes premières années du XXe siècle.

Jamais, jusque-là, mon ami l'architecte et inspecteur des édifices diocésains n'avait admis qu'une tierce personne partageât le rite des visites que nous rendions, à chacun de mes passages, à *La Tentation d'Eve*. Méfiance à mon égard ou, au contraire, souci de ne pas perturber le plaisir que je prenais à ces moments d'enchantement ? Je ne sais et ne me suis d'ailleurs jamais vraiment posé la question.

Ce jour-là, l'intrusion subite de ce personnage, que je n'aurais probablement pas dû rencontrer si Louisette avait respecté la consigne, parut grandement le contrarier. Ce fut à peine s'il prit le temps de faire les présentations. Il les bâcla si vite que je ne compris pas le nom qu'il m'annonça. Je jugeai inutile de le lui faire répéter et devais longtemps m'en repentir. Puis, prétendant vouloir me laisser à l'admiration de l'Eve, il prit fermement son visiteur par le coude et l'entraîna vers le fond de la salle.

Je fis l'affront à l'Eve de me détourner d'elle ! Quelque chose me troublait dans le comportement de cet homme très grand, très maigre, tout de noir vêtu, la joue creuse de l'ascète et l'œil un peu exalté, le cheveu en bataille. Il semblait très bien connaître la maison et plus encore le maître de maison avec qui il discourait d'abondance.

A vrai dire, Antoine Donnadieu semblait beaucoup moins enthousiaste. Il jetait des coups d'œil inquiets dans ma direction, tentant de me faire comprendre, par ses mimiques, qu'il était désolé mais n'y pouvait rien. Il essayait de faire baisser le ton de son interlocuteur ; en vain ! Je ne cherchai pas à saisir ce qu'ils se disaient, mais j'admis vite que la situation ne pouvait pas durer. Il me revenait de prendre l'initiative d'abréger cette visite. Je quittai donc l'Eve à laquelle je n'avais guère prêté attention et me dirigeai vers eux. Accaparé par son volubile visiteur qui l'avait saisi à l'épaule, Antoine Donnadieu me tournait le dos et faisait face aux tentures qui couvraient d'un bout à l'autre le mur du fond du musée. Il ne vit donc pas que je me dirigeais vers eux.

— Vous m'avez promis ! s'exclama l'homme. Pourquoi attendre ? On ne peut plus attendre. Pourquoi les garder ainsi dissimulés, alors qu'au grand jour, ils me permettraient de faire éclater la vérité ?

Pourquoi ai-je tout à coup interrompu le geste par lequel j'allais signaler ma présence à mon ami ? Pourquoi, alors que je me souciais peu, jusque-là, des propos qu'ils échangeaient, ceux-là m'ont-ils figé dans l'écoute indiscrète de leur conversation ?

— Taisez-vous ! lui enjoignit sèchement Antoine Donnadieu. J'ai promis, certes, et je tiendrai. Mais j'ai fixé l'échéance et n'en reviendrai pas. N'en parlons plus, voulez-vous ?

Il se détourna vivement. Nous nous trouvâmes nez à nez. Il ne parut pas s'inquiéter de ce que j'avais pu entendre.

— Ah, vous voilà ! dit-il, visiblement soulagé de la diversion que je lui offrais. Allons. Que diriez-vous d'un petit rafraîchissement au jardin ? Dans notre pays, les beaux jours ne durent pas tant qu'on puisse remettre à plus tard le plaisir d'en jouir. Venez. Suivez-moi.

Il nous entraîna du plus vite qu'il le put loin de sa salle d'exposition, son « musée », ainsi qu'il l'appelait, et dont il devait lui déplaire au plus haut point qu'il soit le théâtre de tels échanges. Avant que nous sortions, j'eus encore le temps de voir l'étonnant personnage s'arrêter tout à coup, se tourner vers la tenture de gauche, les bras tendus écartés de chaque côté de son long corps, les mains, qu'il avait très fines et très longues, grandes ouvertes et tournées vers l'avant, comme en un signe d'offrande. Puis il recommença le même geste vers la droite. Je fus saisi par l'expression de dévotion de son visage. De son regard un peu exalté, il fixait la tenture avec une intensité tout à fait étonnante.

Cela ne dura que l'espace d'un instant. Je le suivis dans l'ombre du couloir. Antoine Donnadieu verrouilla la porte derrière moi. Il ne put voir mon émoi. Dès cet instant, pourtant, j'aspirai à vite me retrouver seul pour tenter d'analyser et de comprendre tout ce à quoi je venais d'assister. Il fallut que s'écoulent encore quelques heures dont le souvenir n'est pas près de me quitter pour qu'enfin j'y parvienne !

11

Pour me faire oublier, peut-être, la mauvaise impression qu'aurait pu me laisser l'incident, Antoine Donnadieu tint à me retenir à dîner. Son étrange visiteur avait pris congé depuis longtemps. Nous passâmes un moment exquis à deviser autour des sujets qui nous passionnaient tant. Il faisait délicieusement doux. A l'ombre des grands arbres qui peuplaient son jardin, il me conta l'histoire de sa maison. Comme presque toutes les belles demeures qui entourent la cathédrale, tout en haut de la vieille ville, elle avait été résidence de chanoine. C'était en un temps où leur pouvoir était tel qu'ils menaient grande vie. A l'abri des hauts murs dont ils avaient pris soin de clore leurs propriétés, ils s'encombraient peu des rigueurs de la règle ecclésiastique qu'ils veillaient à faire scrupuleusement respecter à l'extérieur !

Comme s'il lui fallait compenser les moments que nous venions de vivre, il fut drôle, ce qui n'était pas dans ses habitudes. Il foisonna de détails, d'anecdotes plus croustillantes les unes que les autres. Il évoqua quelques fresques, quelques médaillons encore existants dans l'une ou l'autre de ces maisons, dont les sujets libertins et même parfois franchement érotiques ne laissaient aucun doute sur la façon très profane qu'avaient les chanoines d'occuper leur temps !

A la lueur des chandelles et en buvant de son excellent vin des Maranges, nous passâmes une soirée délicieuse. Ce fut certainement un des plus beaux moments que j'eus le plaisir de partager avec lui.

Je le quittai fort tard et dans une humeur telle que je ne me préoccupais plus guère de me torturer l'esprit à tenter de décrypter ce à quoi j'avais assisté et ce que j'avais entendu l'après-midi même. J'avais, pour rejoindre mon hôtel, à suivre des ruelles que la lune éclairait mieux que les quelques rares lampadaires. Je m'en souciais peu. La ville était déserte et l'exceptionnelle douceur de cette nuit de juillet me faisait une promenade de ce trajet.

Je n'en sursautai pas moins lorsqu'il m'aborda. Jaillissant de l'ombre de quelque porte cochère, il se rua sur moi et me saisit le bras. Dans la pénombre, il semblait encore plus grand, plus mince, plus exalté.

— Excusez la liberté que j'ai prise d'attendre que vous passiez ! s'exclama-t-il comme si c'était là une proclamation de la plus haute importance.

Plus intrigué qu'autre chose, je me fis la réflexion que, pour qu'il ait patienté tant de temps, il fallait qu'il eût de bonnes raisons. Je me gardai bien pourtant de les lui demander, attendant qu'il se dévoile. Au lieu de quoi il commença par m'interroger !

— Vous êtes américain, n'est-ce pas ?

Je confirmai sans enthousiasme, commençant à m'inquiéter du temps que ce gêneur allait encore prendre sur mon sommeil déjà bien amputé.

— C'est le Seigneur qui vous envoie ! continua-t-il.

Parlant à mi-voix comme si l'heure et le lieu exigeaient cette précaution de comploteur, il parvenait néanmoins à user du ton emphatique que son exaltation mettait dans les propos les plus anodins.

— Vous avez, monsieur, en vos mains, le sort de quelques pauvres hommes que persécute leur mère patrie au seul motif qu'ils veulent lui faire don de la sagesse qu'ils détiennent !

En toute autre circonstance, j'aurais vite trouvé le moyen de me débarrasser de l'importun. Je ne gardai mon sérieux et ne continuai de faire mine de m'intéresser que par curiosité et dans le vague espoir d'en apprendre un peu plus.

— Vous me surestimez, protestai-je mollement. Je ne suis qu'un simple marchand et ne vois pas...

Il n'était évidemment pas d'argument de taille à le détourner de son but.

— Qu'importe ! dit-il. Ecoutez-moi. La communauté dont j'ai l'insigne privilège d'être le fondateur est en butte à toutes les tracasseries et à toutes les brimades que l'ignoble régime qui sévit en ce pauvre pays invente pour le persécuter. Vous êtes citoyen du seul Etat encore libre en ce monde. Avant qu'on nous extermine ici, notre vœu le plus cher est de rejoindre cette terre bénie des dieux. Aidez-moi, aidez-nous à tracer cette voie de la rédemption à notre communauté et vous serez élu parmi les bienheureux !

Si je m'attendais ! Il parlait purement et simplement de faire émigrer toute sa communauté en Amérique ! Lubie ou vrai projet ? Il se tut, me lâcha le bras et se dressa de toute sa longue taille devant moi, les mains à nouveau ouvertes le long du corps, un peu comme il s'était tenu un bref instant devant les tentures, dans la salle d'exposition d'Antoine Donnadieu. Ainsi dressé, dans la vague lumière lunaire, on eût dit une de ces longues silhouettes taillées dans le bois le plus brut que les artistes anciens disposaient au pied des autels ou à la rampe des chaires. J'en eusse donné un bon prix !

Pour l'heure, la tentation me vint d'écarter la sollicitation fumeuse en lui faisant simplement valoir qu'il n'était pas de pays plus ouvert aux immigrants que le mien et qu'il n'avait donc nul besoin de mes services pour s'y rendre. Il me parut pourtant qu'il pouvait y avoir là matière à pousser un peu plus loin ma connaissance de l'étrange personnage et peut-être à lui faire expliciter ce que je l'avais entendu dire à Antoine Donnadieu.

— Je crains que mon aide ne puisse pas vous être d'une grande utilité, commençai-je prudemment. Mais enfin, peut-être faut-il que nous en parlions. Qu'attendez-vous au juste de moi ?

— Peu de chose, très peu de chose, voulut-il me rassurer. Comprenez pourtant le désarroi de pauvres compagnons devant l'immensité du monde, dans laquelle l'hostilité de quelques ignorants les contraint de se lancer. Nous savons que la grandeur d'âme de votre pays le rend particulièrement accueillant aux persécutés de la vieille Europe. Nous y rendre ne sera pas un problème. Mais une fois là-bas, que faire, où aller ? Comment trouver le nouveau lieu où remercier l'Amérique de nous recueillir en l'irradiant de notre foi ? Vous que votre profession met en contact avec tant de gens qu'intéresse l'art sacré, vous ne pouvez pas ne pas connaître quelques personnes de bonne volonté et de grande influence entre les mains bienveillantes desquelles je pourrais remettre le sort de notre humble communauté…

Tiens donc ! Voulait-il, cet illuminé, me faire perdre tout crédit auprès de mes relations dans le monde des affaires d'outre-Atlantique ? Il me demandait là sans le moindre scrupule de cautionner sa communauté dont je ne savais rien sauf que, comme à l'égard toutes ses pareilles, la première précaution à prendre, lorsqu'on avait à entrer en contact avec elles, était de faire preuve de la plus extrême prudence. Consentir à lui accorder l'aide qu'il me demandait aurait eu pour effet immédiat d'écorner suffisamment la confiance qu'on m'accordait là-bas pour remettre en cause tout mon commerce.

Je n'avais pas la moindre intention d'accéder à sa requête. Cyniquement, je n'en continuai pas moins à l'entretenir dans l'illusion d'un accord possible et jouai le tout pour le tout en lui mettant en main un marché dont j'étais fort loin de détenir toutes les pièces.

— Ce serait à voir, avançai-je. L'affaire pourrait peut-être s'envisager. Notre pays est grand. La place n'y manque pas, qui pourrait vous recevoir. Mais peut-être, en contrepartie, pourriez-vous m'apporter l'aide de vos grandes connaissances…

La flatterie avait fait mouche, bien que je sentisse qu'il se raidissait.

— Si je peux… dit-il.

Ce fut à mon tour de prendre le ton de la plus grande confidence.

— Voilà, dis-je. A force d'enquêtes, je crois pouvoir soutenir que si notre ami commun Antoine Donnadieu a eu le grand mérite de mettre en valeur comme il se devait *La Tentation d'Eve* retrouvée dans les conditions que nous savons, il n'en est pas du tout de même des deux autres éléments du linteau de Gislebert, qu'abattirent jadis les chanoines. Pourquoi dissimule-t-il l'Adam et le diable qu'il a retrouvés aussi, n'est-ce pas ? Je sais combien vous les appréciez et je suis persuadé que vous ne seriez pas insensible à la perspective de les rassembler, de reconstituer cette étonnante trinité osée, au XIIe siècle, par le grand Gislebert. Il se trouve que je suis le seul à pouvoir disposer des moyens nécessaires à une telle entreprise et que vous êtes le seul à pouvoir m'aider à la conduire à bien. Il va sans dire qu'elle vous vaudrait une grasse rétribution.

Antoine Donnadieu, s'il m'avait entendu, m'aurait arraché les yeux ! L'homme qui se tenait devant moi, dans la douce nuit estivale d'Autun, réagit pour sa part de façon étonnamment neutre. Il ne bondit ni ne se récria. Son regard, simplement, plongea dans le mien à la façon d'une lame et je pouvais tout en augurer. Il laissa s'éterniser un silence. Puis il détourna lentement les yeux. Il avait pris son parti et n'allait pas tarder à me le signifier... J'étais tendu comme une corde, malade du culot qu'il m'avait fallu pour jouer un tel coup de poker.

— Soit, lâcha-t-il enfin. Vous me demandez beaucoup, mais ai-je le choix ? La trinité, à laquelle vous faites allusion et à laquelle m'attachent des raisons autrement élevées que les vôtres, sera un jour prochain rétablie. Et vous y serez associé... si tout se passe bien.

On ne pouvait pas être à la fois plus clair et plus ambigu. Adam et le diable n'étaient pas les objets de mes seules obsessions. Ils existaient bel et bien puisque l'homme semblait soutenir qu'il pouvait en disposer. Si je l'aidais à réaliser son entreprise d'installation en Amérique, le linteau réapparaîtrait du même coup de l'autre côté de l'Atlantique. Mais comment s'y prendrait-il ? Quelles mains en disposeraient ? Quel droit y aurais-je ? Je choisis de jouer le jeu et de montrer un enthousiasme raisonnable.

— Fort bien. Voilà un accord tout à fait constructif, comme je les aime. Mais, vous me voyez bien embarrassé ! Il faut bien que nous le concrétisions. Vous n'avez pas plus mes coordonnées que je ne connais les vôtres. Si vous le voulez bien, venez avec moi, jusqu'à mon hôtel. J'y ai tout ce qu'il faut pour pallier ce petit ennui.

Il se raidit encore plus. Je lui proposais là de se lier et il n'en avait certainement pas plus l'intention que moi de le recommander à mes relations américaines !

— Croyez-vous que ce soit bien nécessaire ?

Avais-je le choix ? Il allait se défiler, bien sûr, mais que valait sa proposition si elle n'était pas écrite au-dessus de nos deux signatures ?

— Je crois. C'est ainsi que nous avons l'habitude de travailler et nous nous en trouvons fort bien.

Il était déçu et certainement en proie à une sombre colère qui devait lui faire vouer aux gémonies notre rigueur paperassière ! Le lourd regard qu'il faisait peser sur moi me donna quelques instants l'illusion qu'il balançait, mais il ne céda pas. Une heure quelconque dont je ne me souviens pas sonna à l'horloge de la cathédrale. Il en prit prétexte pour rompre.

— Pas ce soir, dit-il sèchement. Je n'ai plus le temps. Nous aurons bien l'occasion de nous revoir, chez Donnadieu ou ailleurs. Cela vous laissera le temps d'envisager le moyen de notre installation dans votre beau pays...

Il me tourna le dos et s'enfuit à grandes enjambées.

Dans le silence nocturne, mon appel parut éclater comme une formidable fausse note.

— Attendez ! Mais attendez donc. Je n'ai ni votre nom, ni votre adresse...

Sur fond de ciel laiteux, je le vis agiter au-dessus de sa tête un long bras, comme une aile de corbeau semblant rejeter loin, très loin de lui, tout ce que nous venions de nous dire. Puis il disparut, happé par l'ombre épaisse d'une ruelle.

Sidéré, je restai un long moment immobile sur le même coin de trottoir où nous venions de converser et où, en somme, en prêchant ce que j'ignorais pour savoir le vrai, j'avais amené l'homme à me donner la preuve que je ne délirais pas totalement. Adam et le diable existaient bien quelque part. Sauf à supposer qu'il ait menti encore plus que moi, il savait où ils se cachaient.

Mais de lui je ne connaissais rien, pas même son nom. Antoine Donnadieu me l'avait bien dit, quelques heures auparavant, mais dans le désir si évident que je ne le retienne pas que je ne l'avais pas compris. J'avais jugé inutile de le lui faire répéter. Aller lui demander à nouveau ? Il y avait si fort à parier qu'il n'y consentirait pas que l'idée ne me vint pas d'en tenter l'aventure !

12

Lorsque la nouvelle de la chute de l'Empire les atteignit, Blandine et Hugo dansèrent de joie comme tous leurs compagnons de misère. Enfin la liberté ! Enfin la République et le triomphe des idées pour la défense desquelles ils avaient voulu se battre !

Ils avaient surtout fui. Ils avaient mené une vie d'errance, toujours sur la défensive, toujours dans la crainte de l'arrestation brutale. La police de l'empereur avait des ramifications partout. Il ne fallait surtout pas parler, à qui que ce soit. Savait-on si on n'avait pas affaire à un indicateur ? Hormis Jean le Bon Cousin, qui apparaissait parfois là où on l'attendait le moins pour redisparaître presque aussi vite et aussi mystérieusement, Raymond n'avait pas pu les mettre en rapport avec grand monde. Le secret était devenu une telle nécessité que plus personne ne se nommait, plus personne n'indiquait d'où il venait ni où il allait. On se rencontrait ; quand on ne pouvait pas faire autrement, on échangeait le mot de passe ; on se quittait sans rien savoir de l'autre. Surtout ne rien savoir. Il devenait chaque jour plus dangereux de savoir.

Poussés comme des bêtes traquées à s'enfoncer toujours plus avant dans l'anonymat de la forêt, ils y avaient erré des jours durant, se nourrissant à peine du petit gibier qu'Hugo parvenait à prendre. Le plus souvent, ils dormaient blottis l'un contre l'autre au dévers de quelque talus, dans l'anfractuosité d'une roche ou, comble du luxe, sur un lit de fougères sèches laissé au fond d'un abri rustique par un chasseur ou un chemineau, avant que surviennent les mauvais jours.

Puis ils étaient enfin tombés sur le camp de charbonniers qu'ils espéraient. Comme ils s'y attendaient, on ne leur avait rien demandé. On s'était un peu plus serré, on avait un peu plus partagé pour eux. Au moins avaient-ils pu s'y refaire un peu. Mais ils n'avaient évidemment pas supporté de vivre plus de quelques jours au crochet de ces gens qui possédaient déjà si peu.

Au moment de les quitter, le patriarche avait fait quelques pas avec eux en direction de la forêt.

« Allez en direction d'Eloy, leur avait-il dit. A mi-parcours, à peu près, en amont de la vieille voie qui y conduit, il y a un camp de charbonniers. Vous ne pouvez pas le manquer. Le vent rabat toujours l'odeur sur le chemin. Allez-y comme vous êtes venus ici. Sans rien dire. Nous ne sommes pas censés nous connaître. Ça n'empêche. Je sais qu'ils vous accueilleront bien. »

Tel, bien sûr, avait été le cas. Mais ce n'était pas plus pour satisfaire le jeune couple, qui n'entendait ni se satisfaire d'une vie d'errance, ni d'être toujours ou presque redevable à d'autres de son existence et de sa relative sécurité.

Nul n'avait pensé que l'Empire pût être sur le point de s'effondrer lorsque l'idée avait commencé à faire son chemin. Ils étaient nombreux à courir les bois ainsi en tous sens, soit parce qu'ils avaient toutes les raisons de craindre qu'on les recherchât, soit dans l'attente de ce soulèvement, cette révolte contre le régime qu'ils appelaient tous de leurs vœux et dont l'ordre ne vint jamais. Il y avait bien eu, de-ci, de-là, quelques actions plus ou moins énergiques et quelques coups de colère qui étaient parvenus souvent à faire mal. Mais, au-delà de l'injustice ponctuelle, de l'acte intolérable vengés, jamais ces actions n'avaient pu prendre une ampleur suffisante pour inquiéter réellement le régime. Elles n'en avaient pas moins été réprimées avec une violence extrême.

Peut-être, d'ailleurs, le désespoir auquel étaient réduits ceux qui avaient eu le courage ou l'inconscience de se lancer dans de telles opérations avait été ce qui avait motivé le plus de vocations d'ermites et donné corps avec le plus de force aux idées communautaires qui commençaient à se répandre. Plutôt que d'errer ainsi d'un refuge à l'autre, dans la précarité, la gêne et la peur perpétuelles, pourquoi ne pas se retrouver, s'assembler, unir ses maigres forces ? Pour quoi faire ? A quelle fin ? Moins on le savait et plus on mettait d'énergie et d'apparente détermination à se raccrocher à des projets fumeux et pour la plupart totalement irréalistes.

Hugo et Blandine ne s'étaient pas précipités. Ils ne pourraient pas continuer éternellement cette vie d'errants et n'espéraient plus reconquérir leurs droits à une existence normale par le moyen de l'insurrection toujours annoncée, toujours promise, mais jamais décrétée. Ils redoutaient pourtant de se laisser entraîner dans ces mouvements plus ou moins inconsidérés, nés du vide des existences et des lendemains, puisqu'ils n'avaient rien autour d'eux qui puisse nourrir décemment le moindre projet.

On n'en était encore qu'à quelques bruits de bottes entre la France de Napoléon III et la Prusse de Bismarck lorsque, pour la première fois, ils avaient entendu parler d'un projet de phalanstère qui ne leur avait pas paru, dans un premier temps, moins farfelu que le reste. Le bruit, pourtant, s'était vite fait insistant. Sans s'avancer, ils s'étaient faits attentifs. Quelle serait la réalité de cette activité communautaire projetée ? Où s'installerait-elle ? De quels moyens disposerait-elle ? Telles étaient quelques-unes des questions auxquelles ils attendaient d'entendre des réponses concrètes avant de se départir de leur grande réserve.

Ce fut dans cet état d'esprit que les trouva la double nouvelle de la déroute de Sedan et de l'instauration de la République. L'espoir et l'enthousiasme furent immenses. Toutes ces vues de l'esprit, dont on se consolait la veille encore, furent aussitôt oubliées. On n'en parla plus. Et ce fut à qui émettrait le projet le plus mirobolant à développer dans le cadre nécessairement idyllique de la nouvelle société dont ils ne doutaient pas qu'elle allait se concrétiser.

Il suffit de quelques jours pour que la forêt se vide. Elle redevint le sanctuaire des charbonniers, ceux qui, sans autre projet que la continuation quotidienne et laborieuse de leurs tâches, n'avaient pas d'autre motivation que le maigre espoir d'en retirer, en fin de compte, de quoi ne pas mourir de faim. Hugo et Blandine pensèrent à reprendre eux aussi le chemin de la vallée. Quelque chose pourtant les fit hésiter. Ils ne se ruèrent pas. Et ce fut chez Raymond, dans le petit estaminet où ils prolongeaient sans beaucoup de raisons une étape prudente, qu'ils comprirent que le temps n'était pas encore venu de retrouver leur place dans la société.

L'établissement était modeste. Ce n'était guère plus qu'une cabane dont seuls l'industrie et le caractère aimable de Raymond avaient réussi à faire un lieu actif de passage et de rencontres. Il suffisait d'y tendre l'oreille pour être informé de toutes les affaires, sinon du monde, du moins de toute la région. Avant d'entreprendre le voyage de retour vers la ville, sur les conseils prudents de Raymond, Blandine et Hugo ne manquèrent pas de se prêter à l'exercice. Et la conviction leur vint vite qu'ils n'avaient pas grand-chose à espérer de la part de la société émergeant des décombres de l'Empire.

Qui se souviendrait qu'ils avaient osé braver son pouvoir ? Qui leur en serait reconnaissant ? Qui, surtout, s'intéresserait aux grandes idées qu'avait défendues la charbonnerie ? « Tout est dans Dieu, Dieu est dans tout. » Durant ces années de maquis, ils avaient tiré le courage de tenir bon d'idées simples et néanmoins passablement abstraites, telles que le panthéisme ou l'immanence du divin, que leur soufflaient quelques penseurs un peu illuminés. Ils y avaient tellement cru, ils s'en étaient tellement imprégnés qu'ils ne pouvaient pas douter que la société républicaine à laquelle ils croyaient aborder en ferait ses règles de conduite.

Or, non seulement la République tardait à venir, mais il était évident que la nouvelle société qui était en train de naître allait être dominée par la bourgeoisie et aurait la course à l'enrichissement pour préoccupation majeure. Dès lors, les anciens proscrits qu'ils étaient réalisaient que jamais les places auxquelles ils avaient cru pouvoir prétendre ne leur seraient réservées.

Leur prudence se mua d'ailleurs en alarme lorsqu'ils apprirent qu'aucune amnistie n'avait été prononcée à leur sujet et qu'Hugo était toujours sous le coup d'un mandat d'arrêt pour s'être évadé de la prison d'Autun.

Dès lors, ils surent que la route de la ville leur était barrée. Il allait falloir y renoncer et reprendre le chemin des vallées les plus reculées, les plus tranquilles. Pour y faire quoi ? Ni l'un ni l'autre ne le savait. L'impasse leur semblait si définitive qu'il leur arrivait de passer des heures l'un près de l'autre, immobiles et silencieux, sur le banc rustique que Raymond avait installé le long du mur le plus ensoleillé de sa cabane.

Sans savoir pourquoi, Blandine, dans ces moments de découragement, voyait immanquablement surgir de sa mémoire la même image qui finissait par l'obséder. L'Eve de Gislebert, telle qu'elle lui avait été si familière, dans le « musée » d'Antoine Donnadieu. Dans sa position presque lascive, tenant déjà de la main gauche le fruit que lui tendait le diable, elle semblait, de la droite mise en cornet devant sa bouche, ne plus s'adresser à Adam, mais à elle, Blandine. La jeune femme n'aurait jamais avoué la nature de ce rêve étrange à son compagnon immobile à ses côtés et pris dans ses propres pensées. Elle ne pouvait pourtant pas s'empêcher de tendre l'oreille et se désespérait à chaque fois de voir le songe s'estomper sans avoir pu saisir le message dont elle se persuadait qu'Eve le lui destinait... Ce songe la laissait à chaque fois rompue, vaincue, désespérée et au bord des larmes. Hugo ne s'en apercevait pas. Elle se reprenait, restait silencieuse le temps qu'il fallait pour que plus rien ne paraisse de son émoi, puis elle se trouvait quelque chose à faire pour mieux donner le change.

— Blandine, Hugo ! Quelle bonne surprise ! Quelle chance de vous trouver là ! les surprit un jour une voix qui les fit sursauter.

— Jean le Bon Cousin !

Ils ne l'avaient pas vu arriver. Il se tenait debout, près de la porte de la petite auberge, et les dévisageait gravement.

— C'est de vous, s'exclama-t-il à son habituelle façon un peu trop théâtrale, c'est de vous que j'ai le plus grand besoin…

13

Depuis qu'ils vivaient là, depuis qu'ils avaient accepté de suivre Jean le Bon Cousin, à plus d'un quart de siècle de là, dans l'aventure de la communauté qu'il voulait créer, Hugo avait pris des habitudes de silence. Le travail de la terre ne demande pas de longs discours. Il y avait eu surtout ce poids énorme de l'ambiance collective et des tensions qui l'avaient peu à peu minée. La terre lui avait appris plutôt deux fois qu'une à retenir sa langue.

Maintenant qu'ils étaient presque seuls, que ne restaient avec eux que celui qui tenait à ce qu'on continuât à l'appeler « Maître » et ce brave Amédée qui comptait pour si peu, l'habitude était prise. Hugo était devenu un taiseux sauf peut-être pour Blandine qui n'avait pas besoin qu'il l'abreuvât de paroles pour qu'ils continuent de se comprendre.

Il faisait doux. Un beau soir d'avril, quand le printemps commence à prendre le pas pour de bon sur l'hiver. Il s'assit sur la plus haute marche du perron. Il aimait, en rentrant de son travail, se détendre un peu ainsi en plein air, face à la grande cour de la communauté et au spectacle toujours changeant, au-delà du mur qui la fermait, des prés partant à l'assaut des collines à mi-pente desquelles la forêt leur faisait encore barrage.

Il en avait fallu du travail et de la peine pour qu'elle consentît à céder un peu de place ! Quand ils étaient arrivés là, il n'y avait rien que la friche au fond de la vallée et la forêt la plus dense les narguait au pied des premières pentes. Désespérant de la République qui hésitait encore à s'installer pour de bon et qui, de toute façon, ne serait jamais celle de leurs aspirations, ils avaient tenu bon. Le monde pour l'avènement duquel ils avaient accepté toutes les privations et l'insécurité de la lutte ne verrait jamais le jour. C'était maintenant une chose entendue, une conviction ancrée en eux. C'était cette certitude de ne plus avoir leur place dans la société qui leur avait donné l'énergie nécessaire pour mener à bien l'invraisemblable entreprise dans laquelle les avait entraînés Jean le Bon Cousin.

Comment s'y était-il pris pour dénicher ce vallon désert ? D'où lui était née l'idée d'y installer une sorte de phalanstère à l'image des communautés familiales dont les dernières s'éteignaient doucement dans le Charolais voisin ? Nul ne le savait, pas même Hugo et Blandine dont il avait longtemps fait ses seconds, mais à qui il n'avait pas tout dit pour autant. D'où venait-il, d'ailleurs, ce militant acharné du panthéisme le plus radical qui, jusqu'au bout, avait œuvré pour que l'insurrection nationale soit décidée ? Son vernis de culture, en même temps que l'aisance que lui donnait un certain charisme, en avait fait un chef un peu dérisoire au moment même où les causes pour la défense desquelles il aurait pu démontrer sa bravoure s'éteignaient les unes après les autres.

Faisant preuve d'un opportunisme qu'on n'attendait pas nécessairement de lui, il avait vite compris, après l'effondrement de l'Empire, que ce qui manquait à ses camarades de maquis, ce n'était plus des armes, dont ils n'auraient d'ailleurs pas su se servir, mais un toit et du travail. Son projet de communauté n'avait pas éveillé un enthousiasme délirant jusqu'à ce qu'il fasse savoir à ceux, comme Hugo et Blandine, qu'il avait mis dans le secret qu'il les attendait tel jour et à telle heure en un lieu où ils allaient s'installer.

Faute de mieux, ils s'y rendirent. C'était un désert, une friche épouvantable, un fond de vallée marécageux où même les bêtes ne séjournaient pas plus de temps qu'il ne leur en fallait pour s'abreuver au fil d'un maigre ruisseau. Jean le Bon Cousin ne leur en montra pas moins ses actes de propriété. Il avait acheté des dizaines d'hectares aux alentours et décrivait déjà le havre de paix et de bien-être qu'il comptait ériger là.

Si personne ne se hasarda, ce jour-là, à lui demander d'où il tenait l'argent qui lui avait permis cette acquisition, il ne fit pas mystère, par la suite, de l'aide importante que lui avaient apportée quelques anciens fortunés de la vente d'Autun. Il leur avait fait valoir la dette qu'ils avaient à l'égard de tous ces laissés-pour-compte d'un combat qui n'avait jamais été vraiment engagé, mais dont, pour autant, personne ne pensait à les absoudre.

Antoine Donnadieu, selon lui, avait été un des principaux pourvoyeurs de fonds de son entreprise. « Pour se donner bonne conscience ! » avait grommelé Blandine. Pour elle, il ne faisait aucun doute que son ancien patron avait bel et bien trahi la cause des charbonniers. Sinon, quand Hugo avait été arrêté, comment aurait-il pu impunément refuser d'obtempérer à ce qu'elle avait elle-même été chargée de lui présenter comme un désir, sinon un ordre, de l'empereur en personne ? Sans cela, comment expliquer que le commissaire ne s'en soit pas pris directement à lui puisqu'il savait qu'il faisait partie de la même vente qu'Hugo ? Pourquoi s'en était-il abstenu, si ce n'était pas sous l'effet d'ordres qu'elle imaginait venus de bien plus haut ?

Ils n'eurent pas de scrupule pour autant à travailler et à s'installer, peu à peu, dans ces lieux et ces bâtiments dont ils pensaient qu'ils les devaient pour une bonne part à la mauvaise conscience de l'architecte autunois. Il leur fallut des années d'un travail acharné et d'une lutte de tous les instants pour que, petit à petit, à l'inconfort extrême dans lequel ils durent vivre dans les premiers temps, se substituent des conditions d'existence moins rudes. Essarté, drainé, le vallon vit bientôt se dessiner les fondations puis les murs d'un long bâtiment bas, d'une vaste grange et d'une étable dont la disposition au carré délimitait une vaste cour. Elle fut vite le lieu désigné de tous les événements, heureux ou malheureux, paisibles ou houleux, ponctuant la vie de leur communauté.

S'inspirant de ces « couvents d'agriculteurs mariés » que décrit Michelet et qui prospérèrent longtemps en Charolais et dans le Nivernais, Jean le Bon Cousin leur fit bâtir sept petits logements identiques au haut bout desquels se dressa bientôt la maison plus vaste et plus confortable qu'il se réservait. Ainsi se répartissaient jadis les familles regroupées sous l'autorité d'un patriarche à qui était réservée la maison du maître. Les couples eurent droit à un de ces petits logements ; les célibataires, plus nombreux, s'entassèrent dans ceux qui restaient.

Pour en arriver là, il avait fallu subir plusieurs hivers dans la précarité de cabanes dressées à la hâte sur un petit terre-plein dominant le marécage. Il avait l'avantage d'être sec et l'inconvénient d'être battu de tous les vents. En s'engouffrant dans les innombrables fissures des maigres parois de ces abris de fortune, ils rendaient tout chauffage inutile et les faisaient vivre d'octobre à avril révolu dans les courants d'air les plus redoutables. L'épreuve fut audessus des forces de plusieurs, qui renoncèrent.

Jean le Bon Cousin tempêta et se mit dans de telles colères que ceux qui restaient commencèrent à s'alarmer. Blandine, elle, n'hésita pas. Au lendemain d'une de ces défections et du drame épouvantable qu'elle avait provoqué, elle alla trouver celui qu'ils avaient accepté comme chef et dont certains commençaient à douter.

— Nous avons accepté de te suivre jusqu'ici et de vivre autant de temps qu'il le faudra dans des conditions anormalement dures pour qu'existe cette communauté dont tu as éveillé le rêve dans nos cœurs. Nous n'avons pas pour autant accepté de devenir tes serviteurs. Rappelle-toi les grandes règles de la charbonnerie. Aucune transcendance, fût-elle celle d'un chef. Nous sommes tous rigoureusement égaux. Tu n'as pas le droit de t'emporter comme tu l'as encore fait hier. Nous te reconnaissons un rôle de décision parce qu'il faut bien que quelqu'un s'en charge. Nous ne te sommes pas soumis pour autant. Tu nous dois le même respect que celui que nous te portons.

Il avait d'abord prétendu se détourner, ne pas vouloir entendre. Elle avait tenu bon. Il avait fini par céder et même par reconnaître le bien-fondé de son discours. Elle comprit ce jour-là que le chef qu'ils avaient cru se donner était plus imprégné de son importance et de ce qu'il pensait être sa supériorité que doué d'une véritable autorité. Elle comprit surtout l'étendue des avantages qu'elle pouvait tirer de la grande solitude dans laquelle il se trouvait et des inquiétudes que lui procurait le devenir de ce qu'ils étaient en train de bâtir.

— Te parler, lui avoua-t-il un jour avec quelque candeur, est pour moi un grand soulagement. Tu ne sais pas à quel point il est lourd de devoir toujours garder par-devers soi toutes ces préoccupations. Ce n'est pas le matériel qui me soucie le plus. Ces bâtiments, si pesante que soit la gestion de leur construction, nous les achèverons. Nous nous y installerons. Les friches et les bois qu'il faudra essarter, nous les essarterons. Nous en ferons les prés dont nous aurons besoin pour élever notre bétail et les champs sur lesquels nous ferons pousser de quoi nous nourrir et nourrir ce même bétail. Ça, nous le ferons. Je n'en doute pas. Ce qui m'inquiète le plus, c'est le devenir de cette communauté lorsqu'elle s'installera dans le confort et la sécurité. Il n'y a rien de plus émollient que le confort et la sécurité. Comment, alors, pourra-t-on maintenir ne serait-ce qu'un semblant d'harmonie dans ce groupe ? L'individualisme renaîtra. L'égoïsme reprendra le dessus. Chacun voudra sa part et la jugera insuffisante au regard de celle du voisin… Voilà le vrai sujet de mon inquiétude et peut-être un peu la raison de ces colères auxquelles il m'arrive de m'abandonner à mon plus grand regret.

Elle en resta sans voix. Elle ne s'attendait pas, de sa part, à tant de clairvoyance. Elle sut dès lors dans quelle direction il lui fallait pousser pour asseoir son pouvoir sur cet homme bien plus faible qu'il ne le paraissait. Prudente, elle attendit le temps qu'il fallut pour qu'apparaissent les premiers symptômes du mal prédit par Jean le Bon Cousin et qu'elle soit assurée des moyens de son entreprise.

Il avait raison, bien sûr. Il fallut que passent des années pour que, parmi les membres de la communauté, au souci de la précarité qui les poussait à faire front commun, se substitue insidieusement la satisfaction du confort acquis de haute lutte. Après tant de privations, celui-ci avait si bon goût que la tentation était grande d'en vouloir toujours plus !

La communauté ressemblait, en ce temps-là, à un véritable petit village grouillant d'activité et égayé par les rires et les chants d'enfants de plus en plus nombreux. Deux garçons puis une fille étaient venus à Blandine et Hugo. Dans la hiérarchie qui s'était établie au sein de leur groupe, cette progéniture leur conférait une place de choix qu'ils avaient su, l'un comme l'autre, consolider encore par l'influence qu'ils exerçaient sur les décisions de Jean le Bon Cousin. La construction des bâtiments avait bien sûr été l'affaire d'Hugo le maçon. Il y avait acquis une autorité certaine que personne n'eut l'idée de lui contester lorsque, celle-ci achevée, il se tourna comme les autres vers les activités de la terre. D'autant plus que, bien avant qu'ils puissent se prétendre « parsonniers », vivant dans leurs « parsonneries », ainsi que le faisaient les membres des anciennes communautés familiales, Blandine avait acquis sur le groupe un certain ascendant qu'aucun n'aurait pensé lui discuter. Ainsi, insensiblement, avaient-ils pris le rôle du ménage prépondérant, celui vers qui on se tournait tout naturellement lorsqu'il s'agissait de décider quelque chose ou d'aller solliciter l'avis du Maître.

Plus le temps passait et moins Jean le Bon Cousin leur en imposait. Il inquiétait bon nombre des membres de la communauté, que déroutait son comportement. Alors, on s'en remettait à Hugo et Blandine qui n'avaient pas de ces préventions et connaissaient d'ailleurs le Maître depuis assez longtemps pour prétendre jouer d'égal à égal avec lui.

Avec le temps, pourtant, cela finit par devenir de plus en plus difficile. Il semblait qu'un fossé sans cesse plus large et plus profond se creusait entre les parsonniers et celui qu'Hugo répugnait à appeler

« Maître ». Il ne voulut pas s'y astreindre et n'eut jamais d'autre façon de le nommer que « Jean le Bon Cousin ». Celui-ci n'osa pas le reprendre, mais ce seul différend durcit peu à peu leurs relations et finit par leur donner un ton cassant et dur dont Blandine s'inquiétait.

« C'est ridicule, disait-elle à Hugo. Vous finirez par vous accrocher. Et à quoi ça servira ? Tu ferais mieux de l'appeler "Maître", puisqu'il y tient. »

Bien mieux qu'Hugo, elle savait où elle allait. Et pour atteindre ses buts, il lui importait peu de savoir de quelle façon leur chef, dont elle commençait à douter de la raison, se faisait appeler. Il n'en allait pas de même pour Hugo qui devait au jour le jour préserver sa situation. Il était pris entre le groupe des parsonniers dont il faisait figure de chef et Jean le Bon Cousin qu'affolaient de plus en plus ses responsabilités.

Au fil des ans, la situation ne fit qu'empirer. La communauté avait fini par se trouver un équilibre matériel tout à fait satisfaisant. On y vivait bien, même si cela était au prix d'un dur travail, auquel d'ailleurs aucun ne rechignait. Mais Blandine sentait bien que montaient les remarques et les allusions qui finiraient par devenir des remises en cause fondamentales de leur statut. Il fallait vite qu'elle pallie l'incapacité dans laquelle se trouvait Jean le Bon Cousin d'affronter un orage dont il redoutait tant la violence qu'il se caparaçonnait de plus en plus dans une attitude de refus obstiné.

Elle en perdait le sommeil. Au côté d'Hugo qui ronflait paisiblement, elle passait de longues heures de ses nuits, les yeux rivés au plafond, à tenter d'imaginer le moyen par lequel elle établirait tout à la fois leur pouvoir sur le Maître et sur le reste de la communauté. Tel était son objectif et telle était sa certitude que le moment était venu d'agir.

Avec obstination et un peu de la rage que fait naître la crainte de passer à côté de la décision essentielle, elle échafaudait toutes les hypothèses, toutes les machinations les plus machiavéliques, mais ne se satisfaisait d'aucune. Il lui arrivait parfois que le sommeil vînt l'effleurer sans vraiment se saisir d'elle. Alors les idées les plus surprenantes émergeaient ; les souvenirs les plus lointains refaisaient surface. Evocations fugaces dont la mémoire ne résistait que rarement à son réveil. Pourtant, quand tel était le cas, elle restait longtemps avec cette idée en tête, la tournant et la retournant en tous sens comme un objet dont on veut comprendre l'utilité.

Ce fut ainsi, dans un moment de demi-sommeil, qu'Antoine Donnadieu surgit dans son esprit. Pourquoi ? Elle l'en eût bien chassé, tant la haine qu'elle continuait de nourrir à son égard était à l'échelle de l'attachement qui l'avait liée à lui jusqu'à ce qu'il la trahisse. Elle eut pourtant tout de suite conscience que cette intrusion de l'architecte dans son insomnie ne devait rien au hasard. La solution du problème qu'elle se posait depuis des semaines était là, à portée de son esprit.

Il y avait d'ailleurs une certaine ironie à ce que la pensée de son ancien patron s'impose ainsi à elle alors qu'elle cherchait le moyen de supplanter l'homme qu'elle avait si souvent introduit sans y attacher d'importance dans son petit salon ou dans son musée. Elle savait qu'ils avaient gardé de très bons rapports et elle soupçonnait même Jean le Bon Cousin d'avoir quelques vues sur l'Eve et peut-être bien aussi sur l'Adam et le diable dont il s'était persuadé qu'Antoine Donnadieu les détenait également.

« Tu sais s'ils existent. Tu sais où ils sont, avait-il déjà dit à plusieurs reprises à Blandine. Dis-moi. Soulage-moi de cette angoisse. Tu me dois la vérité. »

Il y mettait une telle fougue, il s'exprimait avec tant de feu dans la voix que Blandine avait repensé à ce que disait Hugo de sa raison, dont il prétendait qu'elle s'en allait... A quoi elle répondait que ce n'était que façon d'être, mais il lui arrivait à elle aussi de douter.

Qu'importait d'ailleurs à Jean le Bon Cousin de savoir si l'Adam et le diable existaient ? La lubie l'avait-elle pris de les installer dans les murs de la communauté ? De la part d'un homme prêchant qu'il n'existe aucune transcendance, que le divin n'est nulle part ailleurs qu'en chacun de nous, l'espèce de vénération qu'il exprimait à l'égard de ces rêves de pierre avait de quoi faire sourire...

Mais, au fait... La nuit de Blandine tout à coup s'illumina. Elle était là, l'idée. Mais c'était évident ! Du même coup, elle mettrait pour le moins Antoine Donnadieu dans l'embarras. Il y avait là une petite vengeance à assouvir à côté de laquelle il eût été dommage de passer...

Figée dans son lit, les yeux grands ouverts sur l'obscurité, elle vécut là quelques minutes d'intense jubilation. Un plan s'échafaudait de lui-même ou presque. Ses éléments s'emboîtaient successivement les uns aux autres sans effort et dans un ordre parfait. Puisque Jean le Bon Cousin tenait tant à ces sculptures, elle allait lui donner une envie plus grande encore de les détenir. Elle allait même lui démontrer l'évidente et urgente nécessité de les faire venir jusque-là. Et s'il lui opposait la difficulté de l'entreprise, elle lui donnerait le moyen d'amener Antoine Donnadieu à le remercier de l'avoir délivré d'un tel danger.

Au-dessus de l'encre des forêts, la nuit commençait à blanchir, à l'est, lorsque Blandine s'endormit. Il lui restait bien peu de temps avant que vienne l'heure du réveil. Peu lui importait. Elle était tellement apaisée qu'il lui sembla, quand Hugo bougea à côté d'elle, qu'une nuit complète et d'un sommeil profond l'avait lavée de toute fatigue. Elle sauta du lit et s'en fut allumer la chandelle. Il vint à elle et la prit dans ses bras.

— Tu es bien belle, ce matin, lui dit-il à l'oreille. Tu es lumineuse, comme si tu n'avais pas à subir toutes les fatigues de notre vie ici.

Elle ronronna quelques instants sous ses caresses, puis s'en dégagea doucement.

— Merci de me dire que je suis belle, murmura-t-elle en s'éloignant. Mais qui te dit que la vie ici me pèse ? Elle aussi, elle peut être belle, la vie que nous menons ici.

Sa chandelle à la main, elle s'était arrêtée devant le lit où reposaient les trois enfants et admirait le rythme régulier de leur souffle, du fond de leur profond sommeil.

14

Il restait à Blandine à attendre. Elle savait que ce ne serait pas long. Les raisons de se défier les uns des autres se faisaient chaque jour plus nombreuses. Ce par quoi Jean le Bon Cousin, faisant preuve d'une clairvoyance inattendue, avait prétendu justifier ses premiers mouvements de colère, devenait leur quotidien. D'une parsonnerie à l'autre, on se jalousait, on prétendait valoir plus que ça, on annonçait haut et fort qu'on allait réclamer sa part et qu'on partirait...

Ce n'était que par là que tenait encore la communauté. Evaluer le montant de ce qui aurait pu revenir à un seul de ces candidats à la sécession et le lui payer aurait signifié l'éclatement final. Chacun aurait exigé que lui soit réservé le même traitement et n'aurait plus eu d'autre idée que de fuir. Jean le Bon Cousin, heureusement, le comprit fort bien et fut intraitable. Mais, en même temps, il sentit les nœuds de la nasse se refermer sur lui. Faute d'avoir trouvé le moyen de donner une cohésion d'esprit à leur groupe, il n'en avait fait qu'une froide juxtaposition d'individualités qui ne s'étaient assemblées que pour faire face à l'adversité. Celle-ci vaincue et trop vite oubliée, ce qui les avait sauvées ne leur apparaissait plus que comme une contrainte chaque jour plus insupportable.

Le jour ne tarderait pas à venir où tous s'affranchiraient du vague serment qu'ils avaient prêté, aux premiers temps de leur entreprise, de diluer leurs individualités dans le seul intérêt du groupe. Jean le Bon Cousin redoutait avant tout les problèmes et les inévitables disputes que ne manquerait pas de provoquer la certitude ancrée en chacun que le temps et la peine qu'il avait donnés à la communauté lui étaient dus. Comment trancher ? Comment désintéresser toutes ces énergies et ces bonnes volontés qui avaient souffert là durant des années sans broncher ? Il n'en avait évidemment pas les moyens et s'affolait moins de ce qu'il adviendrait ensuite de cette belle entreprise qu'ils avaient créée ensemble, que de cette seule échéance.

Hugo et Blandine voyaient beaucoup plus loin !

— Qu'ils partent ! grommela Hugo à la fin d'une des premières algarades qui avaient embrasé une de leurs soirées. Pour ce qu'ils font… poursuivit-il. Qu'ils laissent travailler ceux qui ont envie de travailler. On sera moins nombreux, mais ça suffira bien.

— Quand bien même nous resterions seuls… renchérit Blandine.

Il sourit.

— Attends… Pas encore… Mais peut-être, un jour…

Ils échangèrent le même sourire entendu et n'en parlèrent plus. Le moment était peut-être venu de remettre l'affaire sur le tapis. Deux hommes, la veille au soir, en étaient venus aux mains. C'était la première fois qu'un tel drame survenait. Deux hommes qui avaient lutté des années durant pour la même cause puis travaillé côte à côte sans que jamais l'ombre d'un différend vienne les séparer. L'un était célibataire. Il voulait à tout prix partir et avait maintenu peut-être avec un peu trop de force qu'il n'était que justice que les autres, avant qu'il les quitte, lui reconnaissent ce qu'ils lui devaient. L'énergie un peu brutale qu'il mettait à réclamer ce qui n'était que son dû n'avait d'égale que sa conscience de l'impossibilité dans laquelle se trouvaient les autres de lui répondre. Et la brutalité emportée avec laquelle, tout à coup, lui avait répondu un homme marié n'avait d'égale que la peur montant en lui de voir remis en cause par de telles demandes ce qu'il pensait avoir bâti pour ses enfants…

Il avait fallu les séparer. Avant qu'on y soit parvenu, Jean le Bon Cousin s'était éclipsé.

« Demain, j'irai le voir », avait dit Blandine à Hugo lorsqu'ils s'étaient retrouvés seuls.

Elle le trouva occupé à quelques travaux de rangement. Il semblait très affairé, très agité.

— Ce n'est pas le moment… crut-il bon de la mettre en garde.

Elle repoussa la porte et s'y adossa.

— Je voulais simplement t'avertir… dit elle.

Il se redressa vivement, parut tout à coup à bout de souffle, agitant l'air de ses deux bras comme les ailes disjointes d'un étrange moulin.

— M'avertir… m'avertir… Ne me laisserez-vous donc jamais en paix ? Faudra-t-il toujours qu'il y ait à m'avertir ? Et de quoi entends-tu m'avertir ? Parce que tu crois que je n'ai pas vu, que je n'ai pas entendu, hier soir ?

Sans plus attendre qu'il l'y invitât, elle vint jusqu'à la table qu'il avait encombrée de papiers, de dossiers et de livres en désordre. Elle se glissa sur le banc.

— Si tu m'avais écoutée… dit-elle.

— T'écouter... t'écouter... De quel droit ? Pourquoi toi plutôt qu'un ou une autre ? Que te crois-tu ? N'oublie pas que je sais d'où tu viens. Tu n'étais jamais qu'une servante...

Elle eut un sourire entendu.

— Justement, dit-elle, la servante d'Antoine Donnadieu.

Surpris, il s'immobilisa tout à coup au milieu de la pièce.

— Qu'est-ce à dire ? demanda-t-il avec ce brin de préciosité dont il ne dédaignait pas d'user devant ceux qu'il regardait de haut, comme s'il eût été l'ultime barrage dressé entre leur condition et la sienne.

Il n'y avait là rien qui puisse impressionner Blandine.

— Il y a que tu aurais peut-être dû porter plus d'attention à ce que te disait monsieur.

Elle avait volontairement usé du même « monsieur », à la fois déférent et tellement chargé d'estime, par lequel, jadis, elle désignait son patron. Interloqué, debout entre elle et la cheminée, il la considérait en roulant de gros yeux tout ronds.

— Explique-toi, dit-il.

— C'est pourtant simple. Comment veux-tu tenir assemblés tant d'hommes, de femmes et d'enfants autrement que par la lutte solidaire contre la misère ?

— Aurait-il fallu que je vous y maintienne ? s'étonna-t-il.

— Non, bien sûr. Tu nous as permis d'en sortir et c'est ton mérite. Mais tu as fait l'erreur de ne pas prévoir l'inévitable. Maintenant, ou bien il faut assumer l'éclatement de la communauté, ou bien il faut trouver le moyen de la réunir, de la souder à nouveau autour d'un autre rêve...

Il se raidit.

— Jamais, dit-il, je ne tolérerai que l'égoïsme de quelques-uns fasse pâtir les autres de l'éclatement de la communauté. Ensemble nous sommes, ensemble nous devons rester.

— Pourquoi me dis-tu ça à moi ? Pourquoi n'as-tu pas prononcé ces belles paroles hier soir, avant que ces deux hommes en viennent à se battre ?

Il haussa les épaules, enfouit les mains au fond des poches de sa vieille redingote noire et lui tourna le dos.

— Parce que tu savais très bien qu'elles n'auraient pas eu d'autre effet que d'aggraver encore les choses, insista-t-elle. Va expliquer à ce jeune gars qui sait bien qu'il ne créera jamais un foyer ici qu'il lui faut pourtant y rester. Ou alors...

Il pivota lentement sur lui-même et posa sur Blandine un regard charbonneux.

— Ou alors ? répéta-t-il.

Elle lui sourit.

— Viens t'asseoir là.

Au-delà des papiers en désordre sur la table, elle lui désignait le banc en face d'elle. Elle se sentait très calme, très forte. Elle l'avait amené exactement là où elle entendait qu'il vînt. Il hésita quelques instants, puis comprit qu'elle ne parlerait que s'il obtempérait. Il vint s'installer à la table, là où elle le voulait, mais ne put calmer les gestes erratiques de ses bras et de ses mains qui ne connaissaient plus de repos. En s'appliquant à ne plus les remarquer, elle se pencha vers lui et ancra son regard dans le sien.

— Peut-être... dit-elle. Peut-être n'est-il pas trop tard. Il y a longtemps que tu aurais dû prévoir. Mais enfin, sait-on jamais ?

— Que me dis-tu là ? A quoi penses-tu ? Explique-toi !

Puisqu'il le lui demandait...

— Tu les as unis, dans un premier temps, autour de l'énormité des tâches qu'il leur fallait accomplir pour s'en sortir. Par orgueil autant que par nécessité, ils se sont accrochés. Ils n'ont jamais été autant liés les uns aux autres que dans les périodes de plus grande adversité. Plus rien ne subsiste de ce temps-là. Il aurait fallu, il faut très vite, s'il en est encore temps, leur réinventer une raison d'unifier leur groupe dans une même foi.

Il l'interrompit.

— La même foi, dis-tu ?

Il parlait avec véhémence.

— Mais nous l'avons, la foi. Elle nous unit déjà.

Elle afficha ostensiblement une moue dubitative.

— Ah bon ? dit-elle.

Il bondit littéralement sur son banc. Elle ne lui laissa pas le temps d'ouvrir la bouche.

— Tu la vois où, toi, notre foi ? Tu la vois s'exprimer ? Tu les vois, tu les entends s'en réclamer, de notre foi ?

— Que te faudrait-il ? Que nous érigions des autels ? Comme les chrétiens ? Tu sais bien que c'est contraire à nos principes.

— Pas d'autels, bien sûr ! Nous ferions de sacrés paroissiens ! Mais, tout de même… Il n'y a rien à faire, tu ne pourras pas éviter…

Elle faisait celle qui ne trouvait pas ses mots, qui ne parvenait pas à expliquer le fond de sa pensée. Il s'impatientait.

— Non, dit-il en haussant les épaules. Ce serait renier ce que nous sommes, et le meilleur moyen de nous perdre…

— Qui te dit ça ?

Dans ces quatre mots, elle avait mis toute la gentille douceur dont elle était capable. Il se calma.

— Explique-moi, lui consentit-il.

— Voilà, dit-elle en se penchant vers lui. Tu sais, au fond, la grande différence entre les autres et nous, c'est que, eux, ils courent après l'enrichissement individuel. Ils se battraient, ils se battent pour ça, pour avoir toujours plus. Alors que, pour nous, tu le sais bien, tout ce qui compte, c'est...

— ... le bien-être de tous dans l'égalité. Je sais tout ça. Pourquoi me le rabâches-tu ? Ça ne nous mène nulle part.

— Si, justement.

— Alors, dis.

Elle fit celle qui réfléchissait, qui cherchait ses mots avant de se lancer.

— Tiens, dit-elle enfin comme si une idée venait de lui traverser l'esprit. Une image qui me vient... Elle est juste. Elle va bien te parler, je crois. Eux, c'est après le veau d'or qu'ils courent en permanence, avec obstination, sans se lasser, même si, au mieux, ils ne feront jamais que l'effleurer... Nous, ce qu'il nous faut, c'est un Graal, un but, une représentation dans laquelle mettre tous nos espoirs, toutes nos aspirations ; un même Graal pour tous, non pas à conquérir, mais à simplement respecter comme le lieu où rassembler toutes nos énergies pour le bien-être de chacun, le lien auquel nous atteler tous pour qu'aucun de nous ne soit laissé au bord du chemin...

— Fétichisme ! laissa-t-il tomber froidement.

— Fort bien, dit-elle en se levant. Puisque, selon toi, il n'y a pas de solution, Hugo, les enfants et moi, il faudra bien que nous partions aussi...

Elle fit mine de sortir. Il la laissa aller jusqu'à la porte.

— Attends, dit-il avant qu'elle ne l'ouvrît.

— Il faudrait savoir, gronda-t-elle en revenant vers la table. Que veux-tu ? Te décideras-tu, à la fin des fins ?

— Dis ton idée.

Il n'avait pas bougé. Elle vint se rasseoir sans se faire prier, avec une lueur de triomphe dans les yeux. Cette fois, elle savait qu'elle l'emporterait.

— Voilà, dit-elle. Il aurait fallu y penser il y a longtemps, parce que ce n'est pas facile. Il ne faudra pas que tu te trompes, mais c'est à toi et à toi seul qu'il revient de nous offrir ça, ce Graal, cet objet, ce symbole, je ne sais pas, moi ! Il faut qu'à simplement le voir aucun de nous ne puisse ignorer la règle qu'il te faudra écrire et qui établira que chacun de nous possède individuellement cette maison et tout ce qu'elle contient en même temps que tout cela est indivisiblement à nous tous. Il faut faire vite. Il faut que tu t'y mettes. Si tu veux, je t'aiderai ; je t'aiderai surtout à faire en sorte que s'établisse cette règle et que plus personne parmi nous n'ait l'idée ou l'envie d'y déroger.

Il la regardait, bouche bée, l'air sidéré.

— Te rends-tu compte de ce que tu me demandes ?

Elle acquiesça.

— Ce sera ta grandeur d'y être parvenu.

— Et ce Graal... cet objet... Que veux-tu ?...

Elle aurait pu le lui souffler. Elle trouva plus judicieux d'attendre qu'il s'imagine avoir inventé l'idée lui-même. Elle eut une moue dubitative.

— Ça, dit-elle, ce sera ton choix. C'est à toi de voir.

Il ne la vit pas sortir. Resté seul à sa table, plongé dans l'océan de réflexions où elle l'avait jeté, il tentait d'imaginer sur quel nouveau Graal focaliser l'attention de ses compagnons et leur faire oublier les tentations de l'extérieur.

15

Jean le Bon Cousin ne douta jamais que l'idée lui était venue dans la solitude de sa chambre, au petit matin d'une nuit d'insomnie.

— Ce fut comme une illumination ! dit-il à Blandine et Hugo.

Agité, ému jusqu'aux larmes par l'ampleur du projet qu'il avait imaginé, il n'avait pas résisté à la tentation de venir leur en exposer le détail.

— Demain, leur annonça-t-il triomphalement, je vais partir. Je resterai certainement absent trois ou quatre jours. Peut-être plus. Certainement pas moins. Mon ami Donnadieu, lorsque je viens frapper à sa porte, même si ce n'est plus toi, Blandine, qui viens me l'ouvrir, me reçoit toujours fort bien. Et l'idée que je lui apporte est d'une telle importance qu'il ne va pas manquer de vouloir me retenir. Mais je sais pouvoir m'en remettre à vous, mes amis, pour que tout se passe bien, ici, à la communauté.

Hugo leva sur Blandine un regard aussi amusé qu'interrogateur. Elle ne lui avait rien dit, mais il lui suffisait de voir l'excitation un peu infantile de Jean le Bon Cousin pour se persuader que sa femme était pour quelque chose là-dessous. Elle osa un clin d'œil discret.

— Bien sûr, dit-elle. Tu sais que tu n'as rien à craindre. Nous veillerons à ce que tout se passe bien. Notre seule crainte… ajouta-t-elle en baissant le ton.

— Que redoutes-tu ?

Elle eut l'air très ennuyée.

— Je n'ai pas aimé, tu le sais, ce qui s'est passé l'autre soir. Je ne voudrais pas que cela recommence.

Il se pencha vers elle et lui enveloppa les mains dans les siennes.

— Je sais, dit-il. Moi non plus je n'ai pas aimé. Et c'est justement pour que cela ne puisse jamais se reproduire que j'entreprends ce voyage chez mon ami Donnadieu.

Elle fit mine de ne pas voir le rapport. Il prit un air entendu, se pencha plus encore vers elle, mais ne put s'empêcher de porter un bref regard de défiance sur Hugo.

— Allons, tu sais que tu peux parler devant lui. De toute façon, nous nous disons tout, alors…

— C'est bien, dit-il. Je sais que vous êtes un couple solide. D'ailleurs, Hugo est bien placé, après tout, pour savoir de quoi il s'agit !

Il jubilait, prenait des airs de faux mystère, faisait volontairement durer le plaisir.

— Alors ? fit semblant de s'impatienter Blandine.

Il se redressa vivement et prit appui des deux mains sur le bord de la table.

— Le Graal, dit-il. Ton Graal…

— Eh bien oui, mon Graal…

— D'abord, dès demain ce ne sera plus ton Graal, mais celui de toute la communauté, dans l'égalité la plus absolue, symbole de tout ce qui nous unit et de tout ce que nous partageons.

— Magnifique ! dit gravement Hugo, qui commençait à comprendre et entrait dans le jeu de sa femme.

Jean le Bon Cousin se rengorgea.

— N'est-ce pas ? C'est ce que je m'en vais expliquer à Antoine Donnadieu. Après tout, ça fait longtemps qu'il m'a promis que le linteau serait reconstitué ici même, sur les murs de la communauté. Un peu plus tôt que prévu, quelle importance ? Quand je lui aurai exposé les raisons de ce léger contretemps, nul doute qu'il adhère. Viendra ensuite le problème du transport et de l'installation. Mais il sera bien temps de voir…

Ils abondèrent dans son sens avec gravité.

— C'est vrai, dit Blandine. Tout ça, ça a assez traîné chez lui à ne servir à rien. Il peut d'ailleurs s'estimer heureux. Ça aurait pu tourner mal.

Hugo et Jean le Bon Cousin posèrent sur elle un regard surpris.

— « Tourner mal » ? dit Hugo. Et pourquoi donc ?

Elle parut gênée, comme si elle réalisait tout à coup qu'elle en avait trop dit.

— Oh, c'est son affaire… dit-elle en affectant de baisser le nez vers ses tâches ménagères. Mais, tout de même, il y en a, ils auraient pu…

C'était tellement peu dans le style de Blandine, ces sous-entendus, ces non-dits, qu'Hugo se douta qu'elle jouait une nouvelle fois la comédie. Il préféra laisser Jean le Bon Cousin tomber dans le piège.

— Qui auraient pu quoi ? ne manqua-t-il pas de demander.

Elle leva sur lui un étrange regard blanc, comme si son audace l'effarouchait.

— Rien, dit-elle. Ce n'est rien. Des vieux trucs… Si on commence à tout dire…

— Eh bien justement, il faut dire. Peut-être qu'il me faut savoir.

Elle jouait à merveille la gêne des propos inconsidérés l'entraînant à révéler ce qu'elle n'aurait même jamais dû savoir…

— Oh, et puis d'ailleurs, il n'y a pas de secret, lâcha-t-elle tout à coup. Tu dois le savoir, toi, ce que le musée du Louvre, à Paris, a proposé pour l'Eve. Tu l'as su, non ?

— Oui, je l'ai su. C'était colossal. Mais Donnadieu leur a ri au nez. Et après ?

Hugo ne put s'empêcher de sourire lorsque sa femme leva un regard étonné, plein de candeur, sur Jean le Bon Cousin.

— Oh, après, rien, bien sûr, dit-elle en semblant remballer son étonnement. Puisqu'il n'a pas réagi...

— Qui ? Donnadieu ?

Elle parut les découvrir, l'un après l'autre, en levant très brièvement les yeux sur eux.

— Non, bien sûr, pas Donnadieu. Le bourgeois, celui du magasin dans le mur duquel tu l'as trouvée, l'Eve, Hugo. Celui qui a tout donné à monsieur... S'il était au courant, peut-être bien qu'il regretterait d'avoir donné... Surtout que monsieur, lui, ne peut pas dire qu'il ignorait ; il savait parfaitement tous les sous que ça représentait, tout ça...

Les yeux baissés, elle avait prononcé ces dernières phrases sur un ton monocorde qui ne lui ressemblait guère. Pour un peu, ils auraient pu croire que ça la gênait d'avoir à énoncer ces évidences. Hugo avait parfaitement compris, mais il se garda bien de relever. Jean le Bon Cousin, lui aussi, savait maintenant à quoi s'en tenir. Il lui manquait peut-être encore qu'elle exprimât clairement le fond de sa pensée.

Il s'avança légèrement vers elle.

— Tu veux dire...

— Oh, moi, je ne veux rien dire du tout... C'est peut-être lui, ce bourgeois-là, qui dirait, s'il savait ! Admettons qu'il apprenne ; que quelqu'un lui dise... Peut-être bien qu'il les réclamerait, ses sous. Tu ne penses pas ?

— C’est du chantage ! Tu veux que je fasse chanter Donnadieu ?

Elle se redressa vivement et réussit à ce que le rouge de l’outrage lui vienne presque spontanément aux joues.

— Je veux… je veux… Je ne veux rien du tout ! C’est toi qui dis ça. Moi, tu me demandes, je t’explique ce que je sais, voilà tout. Pour le reste, tu fais bien ce que tu veux !

Jean le Bon Cousin était resté absent cinq jours et il était remonté sans les sculptures. Il avait évité Blandine et celle-ci s’était bien gardée d’aller lui demander des nouvelles de la sulfureuse trinité du linteau de la porte des Ladres de la cathédrale Saint-Lazare d’Autun. La Femme, l’Homme et le diable ! Peu lui importait de savoir ce qu’il était advenu de cet étonnant ménage à trois. Tout ce qui comptait, pour elle, c’était l’état du semis qu’elle avait effectué dans l’esprit un peu faible de celui dont il l’amusait de plus en plus qu’il tienne à se faire appeler « Maître ».

S’il se garda bien de lui raconter ce qui s’était passé entre Donnadieu et lui, elle n’eut aucun mal à mesurer, dès son retour, les effets de l’obsession à laquelle tournait l’idée du Graal qu’elle lui avait soufflée. Il n’aurait pas toléré qu’elle en revendiquât l’origine. C’était lui et nul autre à qui était apparue la véritable vision de cet homme et de cette femme symbolisant, à ses yeux, l’osmose parfaite dans laquelle pouvait vivre une communauté comme la leur. Peu lui importait que le diable, troisième larron, soit déjà à l’œuvre pour semer ses ferments de tentation et de discorde. Ce n’était, pour lui, que facétie d’artiste. Seuls étaient à retenir la force de la représentation de l’union et ce qu’il estimait être la prédestination de l’œuvre. Il finissait par identifier la pioche du brave maçon du XVIIIe siècle, ne faisant qu'obéir aux ordres iconoclastes des chanoines, à l'instrument du destin aux coups duquel nul objet ordinaire n'aurait pu survivre. A coup sûr, ceux-là n'avaient échappé à la destruction que pour mieux parvenir jusqu'à la communauté et lui apporter leur message de force dans l'union.

Dès qu'il eut achevé cette réflexion, nul n'aurait pu en faire revenir Jean le Bon Cousin. Lui qui, auparavant, jetait aux orties la moindre évocation, si édulcorée soit-elle, de tous les cultes auxquels s'abandonnent les hommes, lui qui prêchait l'absolue égalité des uns et des autres dans le divin équitablement réparti entre tous, êtres et choses, annonçait déjà haut et fort l'imminence de l'arrivée de ces objets inspirés.

Il était tombé dans le piège que lui avait tendu Blandine. Les choses auraient-elles été bien différentes s'il était remonté d'Autun avec les nouveaux objets de sa vénération ? Il est permis d'en douter. De toute façon, les hommes et les femmes de la communauté n'étaient plus disposés à l'écouter. Il y avait là d'ailleurs une certaine injustice. Quand il s'était agi de se raccrocher à la branche qu'il leur tendait, quand les uns et les autres en étaient à se demander de quoi leurs lendemains seraient faits, aucun n'avait pris ombrage de ses façons un peu messianiques de se comporter. Il était comme ça. Que pouvait-on y changer ? Mais lorsque, prétendant troubler leur paisible repos de gens repus, il avait voulu les lancer à la quête de ce nouveau Graal, ils l'avaient tout simplement éconduit sans même vouloir écouter les propos inspirés du discours qu'il leur avait préparé.

Hugo prit pitié de lui, mais Blandine fut intraitable.

— Et après ? dit-elle. Je lui ai donné une bonne idée. Je lui ai donné les moyens de la mettre en œuvre. Je ne sais pas pourquoi il n'y est pas parvenu et d'ailleurs ça ne m'intéresse pas. Il s'y prend comme un manche. On n'y peut rien. De toute façon, ils veulent partir, tu n'y changeras rien. Et d'ailleurs, peut-être bien que ce sont eux qui ont raison... Peut-être bien que les événements vont leur donner raison...

Elle faisait allusion à la montée de l'anticléricalisme dans l'opinion publique. C'était curieusement un des fondements de la république qu'ils avaient espérée. On leur en avait refusé le bénéfice. Il allait maintenant leur être défavorable. Leur rassemblement n'avait rien d'une congrégation et encore moins d'une communauté monastique. Il avait pourtant suffi que leur organisation sociale fût différente de celle des villages qui les entouraient pour qu'on les désignât à la vindicte des anticléricaux. Souvent, d'ailleurs, ce ne fut là qu'un moyen de détourner leur attention et de prolonger autant que faire se pouvait l'immunité qu'on cherchait à procurer aux quelques bonnes sœurs ou aux deux ou trois moines occupés, dans les villages, à quelques bonnes actions telles qu'on les concevait jadis.

Jamais Jean le Bon Cousin et ses parsonniers ne furent réellement inquiétés. La crainte de l'être un jour leur fut pourtant bien réelle. L'exil lui parut un temps une solution envisageable. Il alla jusqu'à oser aborder l'ami américain d'Antoine Donnadieu pour lui demander son aide. L'autre en fit un tel objet de marchandage que Jean le Bon Cousin préféra fuir. Quant aux parsonniers, ce qui, naguère, eût été de nature à renforcer leur union n'eut pour effet que de les conforter dans l'idée que les temps n'étaient plus à de telles communautés. Il leur fallait vite s'en libérer avant qu'il ne soit trop tard.

Il leur suffisait, pour s'en convaincre, de constater les difficultés qu'ils rencontraient, chaque jour un peu plus, pour commercialiser les produits qu'ils tiraient de leur labeur. Les animaux de leurs élevages, les légumes de leurs jardins, les fruits de leurs vergers avaient pourtant acquis une grande réputation de qualité. On se les était longtemps disputés sur le marché d'Autun. Puis, peu à peu, les clients s'étaient faits plus rares, plus pointilleux, marchandant âprement ce que, jusque-là, ils avaient acheté les yeux fermés.

Les contraindre à abandonner leur communauté dont la mode avait passé aurait nécessité l'inconfort d'un acte d'autorité. On avait trouvé plus simple et moins périlleux de répandre le bruit qu'il y avait quelque chose de suspect et de peu fréquentable dans leur association. On les avait mis à l'index et on s'était désintéressé de leur cas. On les avait oubliés au fond de leur vallée comme on laisse un outil dont on a perdu l'usage s'enfouir doucement sous les orties et les ronces.

Les premières défections provoquèrent les mêmes colères de Jean le Bon Cousin que quelques années plus tôt. Les motifs, simplement, en avaient changé. Ceux qui avaient renoncé, dans les débuts, ne s'étaient pas senti la force d'endurer la misère durant tout le temps qu'il avait fallu pour la vaincre. Ceux qui partaient maintenant craignaient surtout qu'elle revînt. Ils avaient goûté aux plaisirs de l'opulence et ne voulaient plus y renoncer.

« Laisse, disait Blandine. Jean le Bon Cousin peut toujours hurler, s'époumoner, ça n'y changera rien. Il n'a plus rien en main pour les retenir. »

Hugo acquiesçait de la tête. Eux ne montraient aucune intention de partir.

« Ne t'inquiète donc pas, disaient-ils à Jean le Bon Cousin. Nous, nous ne partirons pas. Nous sommes bien ici. Laisse-les filer. Ce sont autant de bouches en moins à nourrir. Nous nous en sortirons bien entre nous. »

Il savait que c'était l'évidence. Il ne pouvait pourtant pas s'empêcher de clamer sa déconvenue. C'était son rêve d'unité, ses illusions d'entente parfaite entre les hommes qui s'effilochaient. Que lui importait de savoir qu'Hugo ne redoutait pas de se retrouver presque seul à conduire la ferme qu'ils avaient créée ? L'homme était assez solide et sa femme assez industrieuse pour qu'ils n'aient pas à redouter de manquer. Mais qu'étaient-ils, réduits ainsi à quatre ou cinq personnes dans ces vastes bâtiments qui avaient si longtemps résonné des bruits de leurs activités, des rires et des chants de leurs enfants ?

Bientôt ne resteraient plus que les deux gars et la fille d'Hugo et de Blandine. Quant aux hommes, un seul ne semblait pas vouloir s'éloigner. C'était le brave Amédée. Quel âge avait-il ? Nul ne le savait très bien et lui pas plus que les autres. Ouvrier insouciant, jadis, il n'avait jamais très bien compris comment il s'était retrouvé mêlé à un mauvais coup, monté contre la police impériale par quelques-uns de ses amis. Ils l'avaient entraîné avec eux juste à temps pour qu'il ne tombe pas entre les mains des nervis de l'empereur.

La charbonnerie, pour lui, n'avait jamais eu de sens bien précis. Mais il s'était trouvé bien, dans leurs groupes, en forêt, durant des années, et lorsque, après la chute de l'Empire, il avait été question de redescendre vers les villes, il n'y avait montré aucun enthousiasme. Il avait suffi qu'un de ses compagnons de clandestinité choisisse de rallier le projet de communauté de Jean le Bon Cousin pour qu'il décide de lui emboîter le pas.

Maintenant, le temps avait passé. Amédée, qui n'avait rien, ni famille, ni biens, ni véritables souhaits, avait décidé qu'il était bien là et qu'il n'en bougerait plus, quoi qu'il arrive.

« Ça fera au moins de la main-d'œuvre, avait estimé durement Blandine quand elle avait appris qu'il resterait avec eux. Comme il ne faut pas trop compter sur Jean le Bon Cousin pour donner le coup de main... » avait-elle ajouté pour faire bonne mesure.

Comme à son habitude, Hugo n'avait pas commenté. Qu'avait-il à dire ? Ce n'était là que le constat de la situation dans laquelle ils se trouvaient alors que s'envolaient les derniers restes de la communauté. Il savait pourtant, comme Blandine, que ce n'était là qu'un état transitoire. Et ils savaient parfaitement, l'un comme l'autre, les raisons précises qui les avaient poussés à se tenir à l'écart du débat qui avait présidé à l'éparpillement de la communauté.

Restait à savoir combien de temps durerait ce qui restait de raison à Jean le Bon Cousin. Amédée, là-dedans, ne comptait pour rien. Sans que jamais la guerre ait été déclarée, la lutte pour le pouvoir et pour la détention des terres, des bois et des bâtiments était désormais ouverte entre la maison du Maître et la parsonnerie où se concentrait toute la vie qu'Hugo, Blandine et leurs enfants n'entendaient pas laisser s'éteindre.

— Dommage, dit Hugo un soir, que l'affaire d'Eve, d'Adam et du diable en soit restée là ! Va savoir comment il aurait réagi si c'était allé un peu plus loin...

Les enfants jouaient dans la cour, devant la parsonnerie. Blandine était venue s'asseoir près de lui, sur les marches du perron que baignaient les rayons dorés d'un beau soleil couchant de juin. Il faisait délicieusement doux et la pierre leur rendait agréablement toute la chaleur qu'elle avait accumulée dans la journée.

— Qu'est-ce que tu en sais ? dit-elle comme si elle continuait sa propre réflexion.

— Qu'est-ce que j'en sais quoi ? s'étonna-t-il.

— Si ce n'est pas allé plus loin, beaucoup plus loin. Ça le travaille, tu sais. Je suis sûre que ça le travaille ; tous les jours, ça le travaille un peu plus.

— Tu crois ?

Elle lui adressa un regard amusé.

— Tu n'y vois donc rien ? Une obsession ! Ça tourne à ça. Peut-être, ça aidera...

— ... à le rendre fou ?

Elle émit un petit rire acide.

— A le rendre fou !

16

Antoine Donnadieu eut un geste d'exaspération. Il n'en attendit pas moins d'avoir entendu la porte d'entrée se refermer sur les talons de Jean le Bon Cousin pour laisser éclater sa colère.

— Ce type est devenu fou ! C'est invraisemblable. Il faut tout de même une fameuse dose de culot ou d'inconscience pour aller me sortir des choses pareilles sans même ciller.

Il gesticulait et parlait fort en allant et venant le long de l'étroit passage qu'il avait préservé entre toutes les pièces rares qu'il entreposait dans son musée.

— Du chantage... A mon égard... Moi sans qui leur communauté n'aurait jamais pu exister. Moi qui ai pris toutes les dispositions pour que, à ma mort, l'essentiel de tout cela, l'Eve comprise, leur revienne. Il le sait pourtant. Je ne lui en ai jamais fait mystère.

Louisette, discrètement, vint tirer la porte du musée. Il s'en aperçut et réalisa que, dans son trouble, il parlait tout haut. Il s'efforça de se calmer. L'âge se lisait sur ses traits émaciés que couvrait un fin réseau de rides. Il n'avait rien perdu pour autant de ses capacités à s'emporter, mais ses redoutables colères, qui, jadis, l'avaient fait craindre, avaient écarté de lui la plupart de leurs auditeurs possibles. Louisette, avec le temps, avait appris à s'en préserver.

Lorsqu'il avait ainsi motif à tempêter, il se retrouvait presque toujours seul et s'abandonnait à cette vilaine habitude d'aller et venir en gesticulant et en criant très fort ses mécontentements.

— Qui ? s'exclama-t-il. Qui a bien pu lui mettre une idée pareille en tête ? En a-t-il seulement mesuré les conséquences ? Bien sûr que non. Pris comme il l'est par son délire, comment pourrait-il réfléchir aussi loin ? Non, il n'y a pas à en revenir, il perd la raison. Je le savais assez illuminé et peu réfléchi, mais là... Tout cela passe la mesure...

Tout à coup, il s'arrêta. Il se trouvait près de l'Eve sur laquelle il posa la main.

— Non, dit-il comme s'il parlait à la jeune femme née du ciseau de Gislebert l'Autunois. Non, ce n'est pas possible. Ce serait lamentable, bien trop triste...

Il alla à la porte, l'ouvrit et appela Louisette. L'enfant un peu écervelée qu'avait jadis embauchée Blandine était devenue une grande femme sèche au regard triste, toujours habillée de gris, le cheveu sévèrement tiré dans un étroit chignon qu'elle portait sans le moindre charme sur le haut de son crâne. Pendant toutes ces années, l'idée ne lui était jamais venue qu'il puisse exister autre chose, dans le vaste monde, que le service d'Antoine Donnadieu. Lui-même n'avait d'ailleurs rien fait qui eût été de nature à l'éclairer.

Elle apparut dans l'ombre du corridor, s'essuyant les mains aux plis de son tablier.

— Monsieur m'a demandée ?

Il alla droit au but.

— Dites-moi, Louisette : avez-vous eu des nouvelles de Blandine ? Savez-vous si elle est toujours dans cette communauté ?

Si elle s'attendait à une question pareille ! Elle en resta sans voix. Et pourquoi Antoine Donnadieu la lui posait-il à elle plutôt qu'au grand escogriffe noir qu'elle venait de reconduire à la porte. Pourquoi ? Ce n'était plus lui, le chef de cette communauté ? Elle dut hésiter trop longtemps à son goût. Il la reprit sèchement.

— Je vous ai posé une question, Louisette. Si vous pouviez avoir l'amabilité de me répondre…

Sûr que, justement, à la Blandine, il ne se serait pas permis, mais Louisette, comme toujours, en se faisant cette réflexion, perdait tous ses moyens. Il suffisait d'un mot plus haut que l'autre de la part de son maître pour que les larmes lui viennent aux yeux. Et il n'y avait pas de meilleur moyen pour exaspérer Donnadieu et le pousser à plus d'injustice encore.

— Ah ! Si vous voulez bien cesser cette comédie ! Enfin, ce n'est pas difficile. Je vous demande de me dire si, à votre connaissance, Blandine est toujours là-haut, avec Hugo et les autres. Vous le savez ou pas ?

— Je… je ne sais pas, bredouilla-t-elle. Je n'ai plus de nouvelles depuis longtemps…

Il la congédia d'un geste. Elle fila rejoindre l'abri de sa cuisine. Donnadieu savait ce qu'il voulait. Si Blandine avait quitté la communauté, ce qui était peu vraisemblable, la nouvelle en aurait couru et n'aurait pas manqué d'arriver aux oreilles de sa servante.

Il retraversa la pièce, caressa au passage la longue silhouette couchée d'Eve, et vint se planter devant une des larges fenêtres qui ouvraient sur le jardin. Etait-il possible que Blandine continuât à lui vouer une telle haine ? Car il ne doutait évidemment plus que ce soit elle qui ait glissé une telle idée à l'oreille de cet exalté de Jean le Bon Cousin. Celui-ci était bien trop inconséquent, bien trop enfermé dans ses fantasmes pour assumer un tel machiavélisme. Pour cela, il fallait avoir les pieds sur terre ; il fallait savoir calculer, toutes choses dont il était incapable… Et même de moins en moins capable… Il fallait qu'on lui eût soufflé tout cela.

Et qui d'autre ? Et à quelle fin ? La question valait d'être posée. Elle requit toute l'attention d'Antoine Donnadieu. Il en avait oublié sa colère et trouvait même une sorte de plaisir un peu pervers à tenter d'entrer dans la logique de son ancienne servante. A quoi pouvait-il lui servir de semer la discorde entre Jean le Bon Cousin et lui ? Il fallait bien qu'elle y vît son avantage ! D'après ce qu'il en savait, les choses n'allaient pas trop bien, là-haut, à la communauté. A quoi pouvait-il lui servir de lancer ainsi son « Maître », ainsi qu'il s'entêtait à se faire appeler, sur une piste dont elle savait pertinemment qu'elle ne pourrait pas aboutir ? Et quand bien même il aurait obtenu ce qu'il prétendait être son dû, qu'en aurait-il fait ? En quoi ces pierres exposées là-haut, dans une partie ou l'autre de ces grands bâtiments à usage de ferme, auraient-elles pu influer sur le destin des hommes, des femmes et des enfants qui y avaient trouvé refuge en d'autres temps, mais que plus rien, maintenant, ne pouvait y retenir ?

Non, décidément, Antoine Donnadieu ne voyait pas d'autre réponse à ses interrogations que le calcul cynique de Blandine. Le peu qu'il savait de ce qui se passait là-haut se confirmait donc. Hugo et elle ne manifestaient aucunement l'intention de suivre l'exemple de tous ceux qui étaient déjà partis. Bien au contraire, ils s'installaient. Dès lors, comme ils n'allaient pas tarder, si ce n'était pas déjà fait, à devoir prendre en charge la gestion complète de l'exploitation agricole, il était évident qu'ils allaient se trouver en concurrence avec Jean le Bon Cousin.

Si on ne pouvait pas retirer à ce dernier le mérite d'avoir été à l'origine de la communauté, il était tout aussi évident que ce n'était certainement pas l'efficacité de son travail manuel qui l'avait enrichie ! Le délire dans lequel il sombrait peu à peu, l'obsession de la persécution dont il se croyait victime depuis que ses compagnons l'abandonnaient les uns après les autres n'arrangeaient rien.

Antoine Donnadieu n'en aurait jamais convenu devant qui que ce fût, mais, par-devers lui, il devait bien admettre qu'il y avait quelque logique dans le comportement de son ancienne servante. Hugo et elle, bien sûr, se voyaient déjà à la tête d'une des plus belles fermes de la région. Déjà, ils s'impatientaient de l'entêtement de Jean le Bon Cousin à occuper cette fonction. Selon eux, sa déraison lui avait fait perdre toute légitimité. Blandine, simplement, n'avait pas résisté à la tentation d'une forme de vengeance à son égard à lui, Antoine Donnadieu, en même temps qu'elle lançait l'esprit malade du « Maître » sur une piste où elle espérait bien qu'il allait s'essouffler et perdre le peu de bon sens qui lui restait.

Il ne put s'empêcher d'en sourire. Les années étaient passées, mais l'affection qu'il avait portée à la jeune femme était restée intacte. Peut-être même, avec le temps, avait-elle gagné le lustre que le souvenir accorde facilement aux événements du passé. Pris par son métier, par sa passion pour l'archéologie et par son dévouement à la cause de la liberté, Antoine Donnadieu avait laissé passer la vie en oubliant d'aimer. A l'exception de Blandine. Il n'en serait certainement pas convenu, mais elle n'en était pas moins la seule femme, après sa mère, qui ait jamais compté pour lui. A ce titre, il était prêt à tout lui pardonner, même de le haïr au point de chercher sa perte.

Antoine Donnadieu était d'autant plus disposé à ne pas lui en tenir rigueur qu'il ne redoutait pas grand-chose. Il lui parut pourtant prudent de prendre quelques précautions. En se gardant bien de lui mettre la puce à l'oreille en lui demandant une entrevue, il se mit aux aguets d'une occasion de rencontrer le quincaillier chez qui l'Eve avait été trouvée.

C'était un brave homme sur la face rubiconde duquel se lisait sans mal l'unique préoccupation qui l'animait. Son commerce était toute sa vie. Le reste lui importait peu. Pourvu que l'effondrement du monde ne vînt pas nuire à son commerce, il s'en serait totalement désintéressé s'il avait dû se produire ! C'était dire à quel point il gardait un souvenir confus de ces pierres emportées, plus de trente ans auparavant, par l'architecte dont il lui souvenait surtout qu'il avait dû batailler avec lui pour que les travaux ne lambinent pas.

L'âge venant, il avait accepté de laisser quelque peu la bride sur le cou de son héritier et potentiel successeur, et s'autorisait quelques sorties en ville. Ce fut ainsi qu'Antoine Donnadieu le remarqua installé, en compagnie de quelques autres bourgeois, à une des meilleures tables du Grand Café. Il n'en fut pas surpris. C'était là, au coin de la grande place qu'on appelait le Champ-de-Mars et de l'avenue qui descendait à la gare, que se rencontrait chaque soir ou presque la fine fleur de la bourgeoisie locale.

Il se montra sans trop d'ostentation, puis attendit patiemment que l'autre en eût fini avec sa compagnie. Au bon moment, il sut se mettre sur son passage.

— Tiens ! Quelle bonne surprise ! Depuis le temps... Alors, dites-moi, ce magasin ? La façon que j'ai eue de l'agrandir vous a-t-elle convenu ?

Le marchand feignit la surprise, puis le plus grand plaisir.

— Maître Donnadieu ! Si je m'attendais ! Eh bien... eh bien...

— Venez donc vous asseoir. Il faut, à la main, un verre bel et bien rempli pour deviser correctement.

Sans se préoccuper de ses fausses protestations, il l'entraîna vers une table libre où ils s'installèrent.

— Alors, que devenez-vous ? C'est tout de même fou, nous habitons une bien petite ville et nous arrivons pourtant à ne jamais nous rencontrer…

Ils échangèrent ainsi quelques platitudes, Donnadieu préparant le terrain et l'autre ronronnant déjà de plaisir comme un vieux matou.

— Savez-vous que, grâce à vous, je pourrais être riche ? lâcha tout à coup le vieil architecte.

Le marchand reprit son sérieux, comme il se devait dès qu'il était question d'argent.

— Riche ? s'étonna-t-il. Par mon fait ?

— Par votre fait, en quelque sorte, admit Donnadieu. Vous souvenez-vous des pierres qu'on a trouvées dans votre mur, lorsque nous l'avons démonté ?

La moue dubitative du gros homme rassura Donnadieu. Il n'était donc pas au courant.

— Mais si, insista-t-il. Souvenez-vous. Je vous ai demandé quelques-unes de ces pierres. Vous m'avez fort aimablement accordé de les emporter. Eh bien, imaginez-vous qu'on m'en a offert des sommes considérables.

— Ah bon ?

Lui qui connaissait le prix du travail qu'il fallait pour s'enrichir par le commerce des faitouts, des casseroles et autres écumoires, il ne pouvait pas concevoir qu'on pût parler d'argent au sujet de simples pierres. Il y avait là tout de même un feu dont Antoine Donnadieu estima qu'il était inutile d'éveiller la flamme.

— J'ai refusé, bien sûr, s'empressa-t-il d'ajouter. Vous savez, les musées ne sont pas raisonnables. Comment celui-là, même si c'est le Louvre, le plus grand et le plus beau de France, peut-être du monde, pouvait-il imaginer que l'argent pourrait régler cette affaire-là ? Ces pièces sont chez moi. Elles y resteront jusqu'à ma mort et reviendront ensuite à notre musée, celui de notre ville. Il n'est évidemment pas question qu'elles s'en éloignent.

Le marchand opina gravement du chef. Un musée ? Il existait donc un musée à Autun ? Ah oui, un musée ! Il lui revenait à l'esprit qu'il en avait entendu parler. D'ailleurs, il s'était dit que c'était décidément un signe de leur époque de dépenser ainsi des sous pour rien, et il était passé à autre chose.

— Ah oui, le musée ! se réveilla-t-il. Vous en avez été le fondateur, si je ne me trompe ?

Donnadieu se récria.

— Le fondateur, comme vous y allez ! Non, je fais partie de la société savante que nous avons créée en partie à cette fin. Monsieur de Charmois en assure fort bien la présidence et je n'en suis qu'un membre modeste.

— Ah bon, dit le gros homme que cela n'intéressait absolument pas.

— Je vais prendre les dispositions nécessaires, n'en continua pas moins Donnadieu, pour que, après ma mort, lorsque tout cela sera au musée, une plaque rappelle que la ville doit de posséder de telles merveilles à votre générosité. Non, non, ne me remerciez pas. C'est la moindre des choses !

Ils se quittèrent là-dessus. Antoine Donnadieu s'éloigna en ressentant un véritable soulagement. Non pas que le chantage suggéré par Jean le Bon Cousin ait fait long feu, mais qu'il ait suffi de cette conversation au demeurant assez brève pour en écarter une fois pour toutes la menace.

L'automne resplendissait. Un dernier goût de belle saison déversait sur la petite ville la douceur d'un soleil encore vaillant. La belle transparence de sa lumière s'accordait à la perfection avec les ors, les bruns et les roux dont les arbres des rues et des parcs, au-delà des murs d'enceinte, s'étaient parés. Le vieil homme, debout sur le bord du trottoir, jouant à faire virevolter sa canne, s'emplit le regard de la beauté de sa ville. Remonter sans se presser jusqu'à la rue Bouteiller, dans le camaïeu d'ombres et de lumières des petites rues, allait être un vrai plaisir.

Demain, se promit-il, il faut que je convoque mon notaire. Un simple codicille, rien de plus. Voilà tout ce que Jean le Bon Cousin aura récolté. J'hésitais. Il y tenait tant... Eh bien, l'Eve et le reste iront au musée. Ce sera aussi bien ainsi.

Il s'engagea à pas mesurés dans la traversée de la place. Et après tout, si cela devait aider Blandine... Ce serait aussi bien. Il aurait aimé recueillir le large sourire, peut-être le cristal de l'éclat de rire par lequel elle l'aurait remercié, si cela avait été possible. Quel dommage que ce ne le fût pas !

Il passa au pied du kiosque à musique, monta les quelques marches qui le séparaient de la promenade. Il marchait lentement, les yeux au sol, appuyant son pas sur sa canne, perdu dans ses pensées. Il apprécia l'ombre déjà un peu moins opaque des feuillages des châtaigniers.

Il en dépassa un, puis deux, mais n'atteignit pas le troisième.

Il glissa doucement au sol, sans bruit, comme si cela eût été un geste tout à fait naturel. Seul, en heurtant la bordure du trottoir, le pommeau de sa canne rendit un son métallique que personne n'entendit.

A midi, dans les petites villes, chacun se retire chez soi pour le repas en famille.

17

Je n'appris la disparition de mon ami Antoine Donnadieu qu'au retour d'une longue expédition que j'avais menée en Limousin et en Saintonge. J'étais, ce matin-là, d'une humeur tout à fait plaisante et peu disposée aux tracas. J'étais encore, à vrai dire, dans l'euphorie de mon voyage dont je n'étais rentré que depuis deux jours. Tant il est vrai qu'il faut savoir partir pour connaître le plaisir de retrouver son chez-soi, j'étais heureux de reprendre mes habitudes dans mon appartement de la rue Brémontier.

Malgré la fraîcheur des matins d'octobre à Paris, j'avais ouvert la fenêtre en grand. J'aimais à me mouvoir dans la lumière des premiers jours d'automne qui baignait la pièce. De l'autre côté de la rue, autour de l'église Saint-François-de-Sales, les platanes viraient doucement au brun et à l'or. Moment fugace de couleurs aux harmonies aussi délicates que rares, dont je savais qu'il fallait vite profiter avant que le retour de la pluie efface tout.

Je m'étais bien calé au fond de mon fauteuil auprès duquel j'avais posé la corbeille à papier, et, armé d'un coupe-papier, j'ouvrais une à une les enveloppes d'un volumineux courrier accumulé depuis mon départ. Je jetais un coup d'œil rapide à leur contenu et le rangeais nonchalamment sur l'un des tas disposés sur mon buvard. De la grande urgence à « on verra ça... », il y avait ainsi toute une gradation des travaux qu'il faudrait bien entreprendre sans trop tarder, mais dont, pour l'heure, je me souciais fort peu.

C'est ainsi que m'est arrivée dans la main sans même que j'y prenne garde l'enveloppe bordée de noir d'un faire-part. J'ai dû froncer les sourcils. Mon coupe-papier s'est fait plus incisif. J'ai sorti le bristol. Il m'annonçait la mort d'Antoine Donnadieu, survenue quelques semaines plus tôt.

J'en fus atterré. Je n'avais pas eu l'occasion d'entreprendre le voyage d'Autun depuis longtemps, mais je gardais le souvenir d'un homme que l'âge marquait, bien sûr, mais qui n'en semblait pas moins en pleine santé. Nous avions correspondu à plusieurs reprises et rien ne pouvait me laisser présager une telle nouvelle. Effondré dans mon fauteuil, il fallut bien que je me rende à l'évidence. Nous nous connaissions depuis vingt-huit ans. Nous n'avions pas vu le temps s'écouler et mes passages à Autun avaient été trop rares pour que je le voie vieillir. Le triste bristol que je tenais à la main en témoignait pourtant : Antoine Donnadieu était mort dans sa soixante-seizième année.

Mon premier réflexe fut d'écarter les piles de courrier qui encombraient mon buvard pour rédiger un mot de condoléances à sa famille. Je n'allai pas au bout de mon geste. L'émotion était trop forte. Je me levai, contournai mon bureau et franchis les quelques pas qui me séparaient de la fenêtre. Il y avait un tel contraste entre la tristesse qui m'envahissait et l'aimable tableau que m'offrait ce beau matin d'automne sur Paris que j'en fermai les yeux et dus prendre violemment sur moi pour me ressaisir.

A l'émotion suscitée par la brutalité de la nouvelle, il fallait que je substitue les interrogations plus matérielles qu'elle devait logiquement soulever. Après tout, c'était à *La Tentation d'Eve* que nous devions de nous être rencontrés. Ce n'était pourtant pas pour elle que je m'inquiétais. Antoine Donnadieu ne m'avait-il pas précisé, dès son premier courrier, vingt-huit ans plus tôt, que, le temps venu, elle reviendrait tout naturellement au musée d'Autun ? Il me l'avait d'ailleurs répété souvent, comme s'il tenait à ne me laisser aucune illusion !

Mais l'Adam ; mais le diable ? Je m'étais tellement convaincu qu'à tout le moins il savait pertinemment où ils se trouvaient, et j'avais tellement désiré qu'ils soient tout bonnement en sa possession que je sentis la panique se saisir de moi. J'avais plus de trois semaines de retard. Qu'était-il advenu de ses biens pendant ce laps de temps ?

Cette fois, je n'attendis pas. Toutes affaires cessantes, abandonnant sur mon bureau mon courrier à demi consulté, je refermai mon bagage à peine entrouvert et me précipitai gare de Lyon. Je pus attraper un train à destination du Midi, que j'abandonnai à Chagny d'où une correspondance me déposa à Autun au soir tombant, le dos rompu et la mine peu fraîche. Sans même prendre le temps de passer par l'hôtel, en veillant à ne pas céder à l'émotion, je refis aussi vite que je le pus le chemin tant de fois parcouru de la maison de mon ami. Elle était bien entendu close. Personne ne vint lorsque, à tout hasard, j'agitai la cloche.

L'heure était bien trop tardive pour que je pusse entreprendre quelque investigation que ce fût. Je dus me résoudre à ronger mon frein jusqu'au lendemain matin. En m'accueillant à bras ouverts, comme il le faisait toujours, mais avec, cette fois, des mots qui me touchèrent, le patron de l'hôtel me fut tout de même d'un grand réconfort.

— Monsieur Brampton ! s'exclama-t-il. Que je suis heureux de vous voir. Nous nous inquiétions. J'avais beau dire que vous deviez être en voyage, tout de même, qu'on ait porté en terre votre ami Donnadieu sans que vous vous manifestiez, ça nous chagrinait.

Je lui expliquai. Il parut soulagé, comme s'il avait craint quelque ingratitude de ma part.

— Je savais bien que vous viendriez.

Il gardait pourtant un œil sombre, peu dans sa nature, qui m'intriguait. Il m'attira vers un salon.

— Venez, dit-il. Vous avez le temps avant le dîner. Il faut que je vous mette au courant.

Ce fut ainsi que je pris connaissance des ingrédients de l'invraisemblable imbroglio dans lequel nous allions nous enliser. Antoine Donnadieu avait pour toute héritière une sœur de quelques années sa cadette. Mariée à un fonctionnaire des Finances, elle résidait dans la région parisienne. J'avais entendu Donnadieu à quelques reprises faire allusion à cette sœur sans manifester autre chose que beaucoup de mépris à l'égard de son mari. Il le tenait pour un jean-foutre incapable de gérer ses affaires. De sa part, c'était là le genre de jugement qui, une fois porté, ne supportait plus de discussion ! Je n'avais d'ailleurs aucune raison de chercher à en savoir plus et ne m'y intéressai donc pas.

J'eus grand tort ! Car il se trouvait qu'en dénigrant ainsi son beau-frère, Antoine Donnadieu savait ce qu'il disait. Ce personnage peu brillant avait en effet accumulé des dettes. Il en était couvert et je dois à la vérité de dire que le décès de l'architecte parut moins ressenti, chez sa sœur, comme un deuil que comme un soulagement... Enfin son mari et elle allaient avoir accès aux biens du disparu et pourraient ainsi desserrer l'étau que leurs créanciers refermaient de plus en plus durement sur eux.

— Où en est-on ? demandai-je non sans appréhension à mon ami l'hôtelier.

Il leva les bras au ciel.

— Si on le savait ! Ce pauvre Antoine n'avait pas rendu son dernier souffle qu'un huissier parisien, excipant d'une créance en bonne et due forme qu'il détenait à l'encontre des héritiers, exigeait du tribunal que soit prise une saisie conservatoire sur des biens de monsieur Donnadieu pour un montant équivalent à ce qu'on lui devait. Comment cela s'est-il passé ? Quels marchandages y a-t-il eu là-dessous ? Je n'en sais évidemment rien. Tout ce que je peux vous dire, mon pauvre ami, et je sais bien toute l'alarme dans laquelle je vais vous plonger, c'est que votre chère Eve fait partie du lot.

Eve saisie comme un vulgaire meuble ! Je ne pouvais évidemment pas y croire. Antoine Donnadieu m'avait donné tant de garanties !

— Vous vous trompez. Ce n'est pas possible. A la mort d'Antoine Donnadieu, *La Tentation d'Eve* devait revenir au musée d'Autun. C'est lui-même qui me l'a précisé à de nombreuses reprises.

Le brave homme avait fait apporter une bouteille de vin rosé. Il la sortit de son seau à glace en l'enveloppant soigneusement dans une serviette et emplit nos verres.

— A votre santé, dit-il en tendant le sien dans ma direction.

Il laissa s'éterniser un insupportable silence, pendant qu'à petites gorgées, les yeux mi-clos, il dégustait son vin rosé. J'étais effondré, refusant d'admettre ce que je venais d'entendre, et redoutant déjà ce qui me restait à découvrir.

— Je le pensais comme vous, reprit-il enfin. Vous savez que des liens d'amitié m'attachaient moi aussi à Antoine Donnadieu. Dans une petite ville comme celle-ci, nous nous connaissons tous et faisons tous plus ou moins partie des mêmes coteries. J'ai souvent eu l'occasion de parler avec lui de sa fameuse découverte. A chaque fois ou presque, il m'a bien précisé, comme il vous l'a répété, que cela ne faisait aucun doute : *La Tentation d'Eve*, après sa mort, reviendrait au musée…

— Alors ?

Il eut de la main un geste d'impuissance.

— Je ne doute pas plus que vous de l'intention honorable d'Antoine Donnadieu. Il apparaît pourtant de façon indiscutable que rien, dans ses dispositions testamentaires, ne fait allusion, de près ou de loin, à *La Tentation d'Eve*. Rien n'a permis au notaire de s'opposer à ce qu'elle soit incluse dans le lot saisi par le créancier.

Il me fallut bien tout le temps de ces explications pour que je retrouve un minimum de capacités à analyser ce que je venais d'apprendre. Et tout à coup, un formidable espoir se saisit de moi.

— Où est-elle, maintenant ? demandai-je.

Il eut un bref sourire amusé avant de poser une main consolatrice sur mon bras.

— Non, dit-il. N'espérez rien. Je ne vous ai pas encore tout dit. Vous imaginez bien que cet huissier parisien n'avait rien à faire d'un bas-relief du XIIe siècle, si rare et beau soit-il. Rien d'autre ne l'intéressait que le montant de sa créance en monnaie sonnante et trébuchante. Vous auriez été là, il vous la cédait sur-le-champ et, d'après ce que je peux en savoir, vous vous seriez bien gardé de discuter le montant qu'il en demandait, tellement inférieur à ce que d'autres sont prêts à en donner…

« Probablement conseillé par le notaire, il s'est alors tourné vers la seule personne, ici, à Autun, que cela pouvait intéresser. Remarquez bien que, prudemment, il n'est pas allé trouver le président de la société savante qui gère le musée. On avait dû l'avertir. Monsieur de Charmois, héritier d'une famille d'aristocrates locaux, personnage par ailleurs d'une grande érudition, estime être de son temps en plaçant en rentes tout l'argent dont peut disposer l'honorable société qu'il préside. Il professe que ce n'est pas à elle d'acquérir les pièces du patrimoine local qu'on lui propose, si intéressantes soient-elles. Ou bien on les lui doit en forme de dons, ou bien c'est à la collectivité locale d'en acquitter le montant... Façon de voir !

« Non, notre créancier est allé trouver l'abbé Bonnard. Vous ne le connaissez pas ? Un personnage ! Grand amateur de belles choses, possédant à son domicile son propre musée, mais un caractère... Mauvais caractère, puis-je même dire sans risque d'être contredit, tant ce brave abbé a le don d'entretenir de mauvais rapports avec tout le monde ! Il ne m'étonne pas qu'Antoine Donnadieu ne vous ait jamais parlé de lui !

« Toujours est-il que l'abbé Bonnard, devant le refus obstiné du président de Charmois d'acquérir *La Tentation d'Eve*, s'est lourdement endetté pour dédommager le créancier des héritiers de monsieur Donnadieu. Cela s'est fait très vite, en quelques jours, si bien que d'autres acquéreurs possibles, sans parler de vous-même, sont arrivés trop tard. On a parlé du musée du Louvre... Oui, oui, le Louvre ! Il en offrait, à ce qu'on en a dit, une somme trois ou quatre fois supérieure à ce qu'a dû donner l'abbé pour l'Eve et pour tout le mobilier qui constituait avec elle ce fameux lot. Il ne s'en est d'ailleurs pas trop mal sorti puisque, à ce que je peux savoir, la seule revente de ce mobilier, à sa juste valeur cette fois, lui a permis de se dégager de sa dette.

— Et... *La Tentation d'Eve* ?

— Eh bien, elle est chez lui, en bonne place dans ce qu'il appelle son musée personnel.

J'étais partagé entre effondrement et ultime espoir. Au nom de ce qui avait formé le fondement de l'amitié qui me liait à Antoine Donnadieu, j'étais atterré par l'idée que l'Eve puisse se trouver prise dans les sordides arcanes d'une telle affaire. Mais elle se retrouvait, du même coup, accessible à mes pratiques commerciales, et je ne pouvais pas empêcher mon vieil instinct de chasseur de reprendre le dessus. Cela dut se voir car mon hôte, l'air désolé, me fit du doigt un geste sans ambiguïté.

— Non, insista-t-il. Je vous le dis. Ne nourrissez aucun espoir. L'abbé Bonnard est inabordable. Et puis, après ce qui vient de se passer, il y a maintenant beaucoup de monde sur les rangs... Et du beau monde ! Elle sera tenue à l'œil, cette pauvre Eve, vous pouvez me croire. L'approcher sera maintenant une autre affaire qu'au temps de ce pauvre Antoine Donnadieu. Ah ! Que n'avez-vous été averti en temps utile !

Restait Adam et le diable. Mon hôte n'en savait rien et ignorait les convictions un peu obsessionnelles que j'avais échafaudées autour d'eux. Je ne savais pas trop comment aborder le sujet.

— Et la maison ? demandai-je à tout hasard. Qu'en est-il ?

Il eut de la main un geste d'ignorance.

— Je n'en sais trop rien. Elle est fermée, comme vous l'avez sans doute vu. Je pense qu'elle va être vendue, comme le reste.

— Et... et ce qu'elle contient ?

Ma question le surprit. Il leva sur moi un regard interrogateur. Mon insistance éveillait visiblement sa curiosité et peut-être un peu aussi sa méfiance.

— Je le sais encore moins, dut-il admettre. Pourquoi ? Elle vous intéresse ?

A cet instant précis, on vint nous prévenir que le dîner était servi. J'étais libéré ! Me restait à affronter toutes les questions qui se bousculaient dans ma tête…

18

Elles me firent, cette nuit-là, un sommeil bien agité. Je n'arrivais pas à comprendre comment il pouvait se faire qu'Antoine Donnadieu n'avait pas prévu, dans son testament, de confirmer la donation de *La Tentation d'Eve* au musée de la ville. Comment douter qu'elle ait pu être dans ses intentions les plus arrêtées ? Il ne s'en cachait nullement. S'il en fallait une preuve supplémentaire, l'hôtelier venait de me la fournir en évoquant, lui aussi, les nombreuses occasions qu'il avait eues d'entendre mon vieil ami confirmer la destination posthume qu'il voulait pour le merveilleux bas-relief de Gislebert.

Qu'il se fût agi d'une négligence me paraissait inconcevable. Antoine Donnadieu était un homme d'ordre, pointilleux jusque dans le détail sur tout ce qui touchait à son métier comme à ses affaires personnelles. Je ne pouvais évidemment pas m'empêcher de penser à l'inventaire des pièces trouvées en même temps que l'Eve, dont il avait cru pouvoir faire l'économie... J'étais pourtant convaincu qu'il y avait moins là une négligence que d'autres raisons moins avouables tenant à la nature de ce que le propriétaire l'avait laissé emporter sans même y jeter un regard...

Se pouvait-il qu'autour de l'Eve aussi existât quelque mystère dont, jusque-là, je n'avais pas eu le moindre soupçon ? Voilà une interrogation qui me valut de me tourner longtemps dans tous les sens, dans mon lit d'hôtel, sans que je pusse lui trouver la moindre explication plausible. Mais il en fut d'autres ! Outre que je ne pouvais pas m'empêcher d'échafauder déjà des stratégies pour tenter d'approcher le redoutable abbé Bonnard, c'est peu dire qu'Adam et le diable ont véritablement hanté mon esprit durant cette nuit troublée.

J'avais banni une fois pour toutes l'éventualité qu'ils aient pu être purement et simplement détruits. Je ne croyais pas plus qu'ils puissent sommeiller encore dans l'obscurité d'une quelconque muraille. J'avais en contrepartie trouvé tant de prétextes à me persuader qu'ils se trouvaient parmi ces « éléments » donnés à Antoine Donnadieu, en 1866, par le commerçant dont il était en train d'aménager le magasin, que je n'imaginais même plus qu'ils n'aient pas été en sa possession.

Dès lors, qu'avait-il bien pu advenir d'eux depuis que ses héritiers et leurs créanciers s'étaient saisis du contenu de sa maison ? L'idée qu'ils ne soient plus dans la grande demeure que j'avais si bien connue ne m'effleura même pas. Je nourris même l'espoir insensé qu'ils s'y trouvassent encore. Peut-être, cette fois, me serait-il donné de réaliser ce rêve fou que je caressais depuis tant d'années.

Bien qu'un repos si imparfait, après la rude journée que j'avais connue la veille, me fît la tête lourde et les jambes molles, je me levai, ce matin-là, fort d'une résolution implacable. Par quelque moyen que ce soit, il me fallait en avoir le cœur net. Il fallait que je sache ce qu'il en était de ces deux fantômes. Ne pouvant trouver de raison à faire valoir afin qu'on m'ouvrît la maison de mon ami, j'étais résolu à m'y introduire clandestinement. Je pris le temps d'un copieux petit déjeuner qui me rendit quelques forces et, en simple promeneur, je m'enfonçai dans le dédale des petites rues de la vieille ville.

Lorsque, au terme d'un cheminement volontairement erratique, j'atteignis mon but, et bien que je l'observasse longuement, il ne me parut pas présenter plus de signe de vie que la veille. Affectant de reposer mon regard à l'harmonie sévère des vieux murs qu'égayait, ce jour-là, l'embrasement des couleurs d'automne dont se paraient les vignes vierges, les glycines et les fortes ramures des platanes et des marronniers des jardins, je cherchai à établir le moyen par lequel je m'introduirais dans la place.

Je n'eus pas à hésiter longtemps. Il me revint opportunément en mémoire, en inspectant les alentours, ce que m'avait expliqué un jour Antoine Donnadieu alors que je m'étonnais de l'aspect particulier d'un long bâtiment se dressant à la limite de son jardin.

« Durant six mois de l'année, m'avait-il dit, j'ai pour voisins des étalons ! Oui, je sais, cela peut paraître étrange, mais cette construction, dont le style tranche quelque peu, j'en conviens, avec celui d'usage dans le quartier, n'est rien d'autre qu'une écurie. »

Les haras nationaux avaient fait l'acquisition de ce terrain sous le Premier Empire. Les guerres incessantes que menait Napoléon faisaient que les besoins en chevaux de remonte étaient colossaux. Les haras ont connu alors une période particulièrement faste. Pour se rapprocher des éleveurs, ils ont multiplié ces stations parfois fort éloignées de Cluny, leur chef-lieu de circonscription.

J'avais eu par la suite l'occasion d'apprécier l'animation que mettait cet étrange voisinage dans le quartier. Tôt le matin, on entendait les voix fortes des étalonniers préparant leurs chevaux. Elles se mêlaient aux appels sonores des étalons et au martèlement de leurs sabots ferrés sur le pavé de la cour. Ils s'éloignaient au grand trot en direction des fermes où les attendaient les poulinières. Elles étaient souvent escortées de leur poulain de l'année et il m'a souvent été donné d'admirer le beau spectacle de ces jeunes animaux collés au flanc de leur mère et évoluant avec elle comme si rien ne pouvait les en séparer.

Les longues heures que j'ai passées à converser avec Antoine Donnadieu, sans que nous nous lassions d'admirer *La Tentation d'Eve*, avaient ainsi eu souvent pour fond sonore le bruyant remue-ménage de la station des haras. Pourquoi en était-il venu un jour à m'expliquer la convention qu'il avait passée avec ses voisins les étalonniers ? Je n'en ai pas souvenir, encore que je n'avais pas été sans remarquer l'élégance du petit bâtiment jouxtant sa maison. On y avait aménagé l'écurie de son propre cheval et la remise de la forte charrette anglaise dans l'équipage desquels il battait un large territoire où rien ne lui était inconnu de ce qui était beau et de ce qui, de près ou de loin, se rapprochait de l'histoire locale. Il ne manqua évidemment pas de me faire remarquer qu'il s'agissait là de constructions fort anciennes, peut-être contemporaines de la maison elle-même, ce qui attestait de façons de faire ne datant certainement pas d'hier. Fort bien aménagées, elles étaient mitoyennes de celles, plus récentes et bien plus importantes, de la station des haras.

Lorsque je m'étais inquiété de savoir comment, en pleine ville, il pouvait résoudre les problèmes de l'alimentation de cette bête et de l'évacuation de ce qu'il en advenait, il avait beaucoup ri. Tout cela, m'avait-il expliqué avec un rien de condescendance, était parfaitement organisé. Les marchands de grains faisaient les livraisons et les maraîchers s'empressaient d'enlever le fumier dès qu'on le leur demandait, trop heureux d'en faire profiter leurs plantations.

Il n'y avait que pour l'approvisionnement en foin qu'il avait, pour sa part, trouvé moyen d'en réduire encore le coût. Ses voisins les étalonniers en consommant de bien plus grandes quantités que lui, il leur avait proposé de leur payer de façon forfaitaire l'équivalent de ce que nécessitait l'entretien de son cheval. Il ne fallait pas s'attendre à ce que la somme relativement rondelette que cela représentait arrivât bien sur les comptes de l'administration des haras ! Mais cela importait peu à Antoine Donnadieu pourvu que sa monture reçoive, matin et soir, dans son râtelier les quelques fourchées de foin suffisantes à son bonheur. Je le soupçonne fort, d'ailleurs, de n'avoir vu, dans cette petite arnaque de bas étage, qu'un moyen de se venger de cette administration des haras qui avait osé installer ses écuries sur les ruines de l'église abbatiale de Cluny !

« Certes, me disait-il, la Révolution a, hélas, causé des dommages irréparables à ce prodigieux monument. Mais ce n'est pas une raison pour s'acharner. S'il ne reste quasiment rien de cette église qui fut plus grande et au moins aussi belle que Saint-Pierre de Rome, ce ne fut que pour donner un toit à quelques chevaux. On voit bien par là à quelle déchéance est arrivée notre pauvre société… »

Pour que s'effectue deux fois par jour ce transit de l'alimentation de son cheval, il fallait bien qu'existât un passage entre la cour d'Antoine Donnadieu et la station des haras.

En cette saison de l'année, celle-ci était vide, soigneusement fermée. Je jetai un rapide coup d'œil autour de moi. La rue était déserte. C'était le moment. La grande grille était verrouillée, mais, sans que cela m'étonnât, la porte piétonnière céda à ma première poussée. Je traversai la cour à grandes enjambées et ignorai la large porte de l'écurie. Celle-là ne risquait pas d'être ouverte. Je contournai le bâtiment et en longeai le pignon. Au coin de celui-ci, à peine dissimulé par quelques arbrisseaux, je trouvai le portillon discret assurant le passage d'une propriété à l'autre.

Je posais déjà la main sur le loquet lorsqu'une silhouette se dressa soudain devant moi. La surprise me fit faire deux pas en arrière. Je n'avais rien entendu venir et ne m'attendais certes pas à rencontrer quelqu'un dans le jardin d'Antoine Donnadieu. Il fallut qu'elle ouvrît la porte et s'avance vers moi pour que je la reconnusse.

— Louisette !

Plus sévère que jamais, vêtue d'une robe de deuil absolument informe, le chignon irréprochable, elle ne semblait pourtant pas insatisfaite du trouble dans lequel elle m'avait jeté.

— Vous ne vous y attendiez pas, triompha-t-elle. Monsieur s'en étant allé, qui pense encore à Louisette ?

Je me fis la réflexion qu'elle n'avait pas tout à fait tort. Qui s'était soucié de savoir ce qu'était devenue la fidèle servante d'Antoine Donnadieu ?

— C'est pourtant simple, continua-t-elle. Cela fait tant d'années que j'habite cette maison. J'y suis restée, voilà tout. Je m'y suis fait discrète. Un peu plus que d'habitude. Je savais bien que vous viendriez. Je vous attendais plus tôt que ça. De la fenêtre de ma mansarde, je vous ai vu rôder par ici hier soir. Je savais que vous reviendriez ce matin. J'ai surveillé. Je ne voulais pas vous manquer. Mais d'autres vous ont précédé. Il faudra vous en accommoder. Suivez-moi.

Elle tourna les talons et traversa le jardin à grandes enjambées. A sa suite, je rentrai dans la maison par la cuisine. Plongée dans la pénombre, glacée et silencieuse, cette vaste demeure à laquelle m'attachaient tant de souvenirs me fit l'effet d'un sépulcre. La gorge nouée, luttant contre les flots d'émotion qui me faisaient monter les larmes aux yeux, je restai un long moment immobile au milieu du hall.

— Vous venez ? me demanda-t-elle sèchement.

Je crus percevoir dans sa voix quelque chose comme de la jubilation. Je lui emboîtai le pas. La porte du musée d'Antoine Donnadieu était grande ouverte. Jamais je ne l'avais vue ainsi. Dieu sait si j'avais souvent longé à sa suite ce long corridor obscur, mais toujours après que mon ami était allé chercher sa clef dans son secrétaire. Une fois la serrure vaincue, ce qui demandait parfois un certain temps, il entrouvrait la porte, laissant un rai de lumière jeter brièvement un peu de vie dans ce long tunnel d'ombre. Il s'effaçait de telle sorte que je puisse me glisser. Puis il la refermait derrière nous. Quand nous quittions la pièce, il ne manquait jamais de la verrouiller et d'aller discrètement remettre la clef là où il l'avait prise.

De voir cette porte déverser ainsi son flot de lumière dans ce couloir que je n'avais jamais connu autrement que dans l'obscurité finit de me désarçonner. Louisette devait s'y attendre. Elle l'avait franchie, s'était écartée pour me céder le passage, comme le faisait jadis Antoine Donnadieu, mais me surveillait avec, au coin des lèvres, une sorte d'étonnant sourire vaguement sardonique.

— Entrez ! insista-t-elle.

De *La Tentation d'Eve*, je ne fus pas surpris que subsiste seul le socle de bois peint en blanc sur lequel elle reposait. Le reste de la pièce était dans le plus grand désordre. Je remarquai simplement qu'une grande statue en bois de saint Jacques, à laquelle Antoine Donnadieu portait le plus grand intérêt, n'était plus là. D'autres pièces manquaient très certainement, mais je n'étais pas là pour en dresser l'inventaire. Des yeux, je fis lentement le tour de la pièce. Louisette n'avait pas bougé. Bien sûr, elle attendait que je me retourne et que mon regard tombe sur l'effarant spectacle qu'offrait le mur du fond.

De part et d'autre de la porte, les grandes tentures bordeaux avaient été arrachées sans ménagement de leurs tringles et jetées en tas dans les coins. Le mur était nu, révélant un crépi fissuré qu'un badigeon de chaux avait jadis tenté d'égayer. De très beaux lambris en panneaux de chêne finement ouvragés avaient dû le couvrir sur toute sa longueur et sur une hauteur d'un bon mètre. Eux aussi avaient été violemment arrachés, révélant les deux niches qu'ils étaient censés dissimuler.

Je les découvris sans véritable surprise. Je crois que je m'y attendais. Soigneusement plâtrées et peintes, beaucoup plus longues que hautes, elles étaient profondes d'une trentaine de centimètres. De l'une comme de l'autre, on avait ôté quelque chose. La fine poussière qui les tapissait en gardait la marque. Quelque chose de long et de relativement étroit, de lourd probablement à en croire les profondes griffures laissées dans le plâtre, là où on avait dû peiner à les extraire de leur logement. Deux marques assez similaires à celles faites sur la peinture blanche du socle en bois sur lequel reposait *La Tentation d'Eve*...

Par habitude professionnelle, j'avais toujours un mètre à ruban de couturière dans la poche de ma veste. Je mesurai les deux traces laissées dans les niches, les additionnai au mètre et trente et un centimètres de l'Eve. J'obtins sans surprise un total assez proche des cinq mètres et six centimètres séparant les traces laissées sur les corniches qui le supportaient par le linteau de la porte des Ladres abattu en 1766 sur ordre des chanoines…

La colère, la rage, le sentiment de m'être fait flouer me tenaient dans un état de lucidité extrême, bien loin des séquelles de mes fatigues de la veille et de ma mauvaise nuit de sommeil. Je refis mes calculs, m'assurai que rien ne pouvait venir les contredire, cherchai pour la forme d'autres hypothétiques indices. Cela me prit du temps. Lorsque je finis par renoncer et me dirigeai vers la porte, je me retrouvai nez à nez avec Louisette. Je l'avais presque oubliée. Elle n'avait pas bougé. Les bras croisés sur sa poitrine sèche, le menton pointé en avant, elle me défiait d'un regard noir dans lequel je fus sidéré de trouver tant de haine.

— Vous… commençai-je.

Elle ne me laissa pas aller plus loin.

— Vous êtes déçu, non ? Mais qu'est-ce que vous croyiez ? Qu'on allait vous les servir sur un plat ? Et puis quoi encore ? Ça suffit des magouilles comme celles qui nous ont fait perdre l'Eve. Il faudra bien qu'un jour ou l'autre, vous et vos pareils, vous compreniez que le temps où vous pouviez monter vos petites affaires malpropres avec des bourgeois comme monsieur, eh bien, ce temps-là, il est révolu. On n'a plus besoin de vous, monsieur l'Américain. Vous pouvez repartir dans votre fichu pays. On ne vous pleurera pas, pas plus que, pour ma part, je n'ai pleuré celui-là, votre ami, le maître de ce lieu. Vous avez vu ce qu'il en reste ? Vous avez vu ce qu'on en a fait, de son musée ? Je t'en ficherai, moi, d'un musée personnel. Et puis quoi encore ?

Elle éructait. C'était, à l'évidence, la bonde de toute une vie de retenue qui sautait. Je comprenais maintenant pourquoi elle m'avait attendu. L'outrance de ses paroles me fut comme un coup de fouet. Je réagis et émergeai des émotions auxquelles je m'étais abandonné. Il y avait une raison à ses paroles. Pour nous en vouloir à ce point, à son patron et à moi-même, il fallait bien qu'il y eût une raison.

Je la dépassai sans un mot, retraversai la maison et allai m'installer dans un des fauteuils du petit salon. Cette fois, ce fut elle qui me suivit. Elle n'alla pourtant pas jusqu'à pénétrer à ma suite dans la pièce. Elle s'appuya au chambranle de porte et attendit.

— Venez vous asseoir.

Elle hésita. Par cette simple invitation, je la traitais en égale. Les serviteurs, surtout ceux du vieux monde, y sont si peu habitués qu'ils n'aiment pas qu'on les désarçonne ainsi, simplement en niant les différences sur lesquelles ils peuvent ancrer leurs mécontentements et leurs récriminations. J'insistai.

— Mais si, allons ! Nous avons tant de choses à nous dire. Venez vous asseoir.

Elle s'y résolut brutalement et vint se laisser choir dans un fauteuil en face du mien. Elle avait certainement très envie de me dire tout ce que, depuis des années, elle souffrait de ne pas pouvoir exprimer.

— Alors ?

Par cette simple interrogation, je la mettais dans l'embarras. Je le savais et c'était bien ce que je voulais. Déjà, sa colère perdait de sa superbe.

— Eh bien, alors... tenta-t-elle de relancer. C'est simple ; ces statues-là, elles sont parties. Elles sont allées là où elles devaient être depuis longtemps et c'est aussi bien comme ça. Ça n'avait que trop attendu.

J'aurais pu interroger, m'inquiéter de ce lieu où Adam et le diable devaient se trouver si bien. Peut-être ai-je manqué une occasion. Je choisis de me taire, de rester impénétrable, juste curieux de ce qu'elle avait à me dire. Le silence s'éternisa. Je ne fléchis pas. Je la vis peu à peu perdre son sang-froid. Je la vis lutter contre le tremblement qui gagnait ses mains. Je vis ses lèvres longtemps retenir les pleurs qui montaient et la secouaient malgré elle. Je tins bon et n'en suis pas très fier aujourd'hui. Car, tout à coup, elle craqua. Ce fut si soudain que je ne vis pas venir cet instant où elle parut s'effondrer sur elle-même, lorsque céda le barrage qu'elle avait tenté d'ériger contre les sanglots.

Il me fallut attendre qu'elle parvînt à se ressaisir. Elle le fit, je dois le dire, avec beaucoup de fermeté. Mais, lorsqu'elle se redressa enfin, son visage en lame de couteau, ravagé par les larmes, était celui d'une vaincue. Je m'en étonnai. Avait-on jamais été en lutte ? Ma naïveté lui parut tellement abyssale que ce fut ce qui lui rendit le courage de parler.

— Bien sûr, dit-elle. Il n'y a bien que vous pour n'avoir jamais rien vu. C'est monsieur qui nous a entraînés là-dedans. Ça fait combien ? Ça fait si longtemps ! Et maintenant on en est où ? Il nous a bien trahis. Il nous a bien laissés choir...

C'était parti. Il ne me restait qu'à écouter. En somme, si on le débarrassait de l'émotion, du sentimentalisme d'opérette dont les Européens adorent entourer toutes leurs affaires politiques, tout cela se résumait à bien peu de chose. Louisette était entrée au service d'Antoine Donnadieu alors que Blandine dirigeait sa maison avec la fermeté qu'on lui connaissait.

Aux explications qu'elle me donna, il me fut confirmé que la jeune femme possédait un ascendant sur son patron que Louisette, plus timide, plus réservée, n'eut jamais. Mais qu'à cela ne tienne ! Ce furent, à ses dires, des années de bonheur. Je me souvenais très bien, d'ailleurs, de ces deux servantes dont j'avais remarqué combien l'une, l'aînée, attirait le regard et faisait montre d'une forte personnalité, alors que l'autre, Louisette, se faisait beaucoup plus discrète, effacée et même parfois maladroite. N'était-ce pas elle qui m'avait un jour introduit dans le musée alors que Donnadieu y recevait déjà cet étrange visiteur qu'il ne semblait pas du tout désireux de me faire rencontrer et qui me fit ensuite d'étonnantes propositions ? Tout cela aurait pu durer longtemps encore, selon ce qu'en pensait Louisette, s'il n'y avait pas eu ces satanées statues ou, plus précisément encore, un certain Hugo qui les avait apportées. Blandine n'avait bientôt plus eu d'yeux que pour cet Hugo.

Antoine Donnadieu s'en était-il formalisé ? Il ne semblait pas, mais il avait alors totalement échappé à la jeune Louisette que ce n'était pas seulement pour leurs beaux yeux que Blandine s'éprenait d'un homme après l'autre. Il lui avait fallu des années encore pour comprendre qu'Antoine Donnadieu, comme le dénommé Hugo et bien d'autres, faisait partie d'un de ces mouvements secrets que pourchassait alors la police de l'empereur et qui n'avaient pas d'autre objet que l'instauration de la République. Blandine n'en avait jamais rien dit à Louisette. Il fallut qu'Antoine Donnadieu lui-même lui en fît l'aveu pour qu'elle comprît que son aînée avait été un membre actif de ce que l'on appelait alors la charbonnerie.

Avant la chute du Second Empire, j'avais entendu parler de ce mouvement, pourtant tellement secret qu'il en était pour nier son existence. Je me sentais fort peu concerné. J'étais bien plus soucieux de la bonne marche de mes affaires que d'aller m'attirer les mauvaises grâces d'un pouvoir qui m'accueillait, même si je ne l'aimais guère. J'avais préféré ignorer tout cela, n'en retenant par bribes que ce qu'on voulait bien m'en dire.

Qu'Antoine Donnadieu fît partie de cette charbonnerie et que, à en croire Louisette, il en ait été un des hauts responsables ne manquait évidemment pas de me surprendre. Je n'avais donc rien compris à celui que je croyais pourtant être mon ami. Ne m'avait-il pas, en fait, attiré dans son entourage le plus proche pour mieux lui servir tout à la fois de caution et d'alibi ? Qu'il est difficile à un citoyen du Nouveau Monde tel que moi de se faire aux méandres et aux arcanes des comportements européens !

Il s'en fallut de quelques mois que la chute de l'Empire permette à cette belle entente de se continuer paisiblement. L'initiative maladroite d'un policier, qui s'imagina pouvoir faire chanter Antoine Donnadieu, fit tout capoter. Il ignorait l'étroit réseau de protections de toutes sortes dont s'était entouré l'architecte. A mon insu, j'en faisais partie ! Antoine Donnadieu, pour sauver ses précieux bas-reliefs, n'hésita pas à sacrifier Hugo tombé entre les mains des nervis de l'empereur. Il fit jouer de telles protections que le commissaire de police ne put rien contre lui et n'eut plus d'autre choix que de renoncer à sa pitoyable manœuvre.

Blandine eut beau faire et beau dire. Elle eut beau sangloter, implorer, faire valoir tout le danger qu'il y avait, pour un réseau si secret dont Hugo connaissait fort bien l'organisation, à le laisser seul face aux risques de la torture, rien n'y fit. Donnadieu ne voulut pas céder.

Elle avait raconté tout ça par le menu à Louisette. Elle l'avait convaincue que l'architecte ne pouvait se permettre d'agir ainsi que parce qu'il avait partie liée avec leurs ennemis. Puis elle avait disparu. Louisette, totalement dépassée par les événements, n'avait appris que longtemps après que Blandine, sans qu'on n'ait jamais su comment elle avait pu s'y prendre, avait réussi à faire évader Hugo et qu'ils avaient tous les deux pris le maquis.

Après la chute de l'Empire, Louisette avait espéré un temps que la jeune femme à qui elle devait de travailler chez Antoine Donnadieu reviendrait. Il n'en avait rien été. Comment pouvait-elle mesurer le désarroi qui avait été celui de tous ces combattants de l'ombre lorsque la République, pour l'avènement de laquelle ils avaient pris tous les risques, les avait abandonnés à leurs utopies ?

Elles ne s'étaient jamais revues. Il arriva qu'un grand homme noir à l'allure d'oiseau de proie, qui rendait parfois visite à Antoine Donnadieu, lui glissât dans la main des petits billets rédigés à son intention par Blandine. Elle sut ainsi qu'elle vivait heureuse avec Hugo, mais que rien ne s'était éteint de la haine qu'elle portait à l'architecte.

L'idée de quitter son service ne vint même pas à Louisette. Elle n'eut plus alors pour seul objectif que de veiller jalousement sur l'Eve, l'Adam et le diable, dont Blandine lui avait fait promettre qu'elle ferait tout pour qu'ils reviennent, à la mort de Donnadieu, à la communauté familiale dans laquelle elle vivait.

— Pour l'Eve, nous nous sommes tous fait rouler, dit-elle en terminant son récit. Mais, pour l'Adam et le diable, c'est moi-même qui ai ouvert à ceux qui sont venus les chercher. Et j'en suis fière !

Dans le silence qui suivit, je n'hésitai que très brièvement. Je m'attendais à la réponse, mais je ne perdais rien à poser la question.

— Qui étaient-ils, ces gens-là ?

Elle se redressa dans son fauteuil, me fixa avec intensité, puis se leva.

— Vous ne méritez pas de le savoir.

Je sus que je n'en tirerais pas un mot de plus. Je me laissai raccompagner jusqu'à la porte. Je l'entendis la verrouiller soigneusement derrière moi, comme si elle avait été chez elle.

19

— Tu as vu ? demanda Blandine en désignant du menton le lourd chariot qui stationnait devant la maison du Maître.

Hugo rentrait des prés où, depuis l'aube, il travaillait à réparer les « bouchures ».

— J'étais là-haut, dit-il en désignant le coteau au flanc duquel courait la limite entre forêt et pâturages. Je les ai vus arriver. Ça avait l'air d'être lourd. Tu sais ce que c'est ?

Blandine, campée au milieu de la cour, les poings sur les hanches, ne dissimulait pas sa frustration. Que pouvait bien contenir le charroi en compagnie duquel Jean le Bon Cousin était réapparu ? Elle tenait d'autant plus à le savoir qu'on en avait fait un secret.

— Je n'en sais rien du tout, dut-elle admettre. Pas le droit d'approcher. Même les enfants. Ils ont tenté d'aller voir. Ils se sont fait mettre une chasse... Tu aurais vu ça !

— Et Amédée ?

— Ah ! Là, c'est autre chose. Il semblerait que monsieur Amédée ait été mis dans le secret des dieux. C'est te dire s'il est fier !

— Laisse tomber. Un jour où il viendra travailler avec moi, j'arriverai bien à le faire parler. Il ne sait pas tenir sa langue.

Cela faisait plus de huit jours que Jean le Bon Cousin avait quitté la communauté. Le temps n'était plus où il venait avertir Hugo et Blandine de ses déplacements. Sans qu'on sût trop pourquoi ni comment, on avait peu à peu glissé sur la pente de la défiance et de la jalousie.

Hugo, un jour, avait précisé les choses. Seuls ceux qui travaillaient effectivement à la ferme pouvaient se prévaloir du droit de donner leur avis. Quant aux ordres, seul celui qui en assumait la charge réelle pouvait juger de l'opportunité qu'il y avait à en donner. C'était clairement interdire à Jean le Bon Cousin de se mêler d'autre chose que de la courette entourant sa maison.

Il l'avait très mal pris. Hugo, poussé par Blandine, avait tenu bon. En reconnaissant à Amédée le droit de donner son point de vue quand il lui arrivait encore de venir l'aider, il s'en était fait un allié. Encore qu'il se méfiât du vieux, dont la seule préoccupation était de plaire à tout le monde...

Ainsi avait volé en éclats le dernier vestige de la communauté où l'égalité la plus absolue devait régner entre des membres tous habités à parts égales par le divin. Il ne restait qu'une froide juxtaposition d'hommes qui avaient trop longtemps vécu ensemble pour nourrir encore la moindre illusion les uns à l'égard des autres.

Peut-être n'en aurait-il pas été tout à fait de même si Jean le Bon Cousin avait eu un tant soit peu la fibre du commandement. Au lieu de quoi, plus le temps passait, plus il s'isolait dans ses fantasmes égalitaristes, dans l'obsession de ce Graal qu'avait si bien semée Blandine dans son esprit et dans ses ressentiments à l'égard de tous ceux et de toutes celles qui, selon lui, l'avaient trahi. Il y avait là tous les ingrédients d'un cocktail détonant auquel sa raison ne pourrait pas résister. Elle reculait doucement et perdait pied de plus en plus souvent.

En souvenir des peines et des bons moments partagés avec lui et avec beaucoup d'autres, là-haut, en forêt, du temps de la charbonnerie, Hugo et Blandine l'avaient longtemps préservé. Autant qu'ils l'avaient pu, ils avaient été sa raison ; ils lui avaient accordé le bon sens et la logique qui lui faisaient complètement défaut. Sans eux, entre ses ordres insensés et ses contrordres destructeurs, la communauté n'aurait même jamais vu le jour. Longtemps, il avait paru en être conscient et surtout leur être reconnaissant de l'aide qu'ils lui avaient apportée sans jamais qu'il y eût de contreparties.

Puis c'était l'autorité même qu'il prétendait exercer sur la communauté qui avait perdu toute raison d'être. Il ne s'en était pas moins entêté, alors qu'il n'était plus qu'un pitoyable roi solitaire dressé sur quelques vestiges de songes... Hugo, si ça n'avait tenu qu'à lui, aurait fait en sorte que se prolonge l'illusion. Mais Blandine ne l'entendait pas de cette oreille. Elle voyait la peine quotidienne qui était leur lot. Elle voyait la rudesse des tâches à accomplir voûter peu à peu le dos de son mari. Ils étaient dix, ils étaient vingt, jadis, à partager ces peines. Il était seul, désormais, refusant souvent l'aide que voulait lui apporter Blandine pour ne pas ajouter à ses travaux et n'obtenant épisodiquement d'Amédée que de brefs coups de main.

Au fond, la méfiance était née du jour où, rentrant d'Autun, Jean le Bon Cousin avait choisi de ne rien leur dire du résultat de son entreprise. Ils l'avaient pourtant échafaudée avec lui, pour lui, pour qu'il obtienne d'Antoine Donnadieu ces sculptures dont il voulait faire un nouveau Graal. L'affaire avait échoué, c'était évident. Mais pourquoi n'en disait-il rien ?

Puisque Jean le Bon Cousin avait de tels secrets, Blandine, vexée, avait estimé qu'ils ne pouvaient plus avoir confiance. Elle avait rapidement amené Hugo à partager son point de vue.

Dès lors, entre la petite parsonnerie qu'ils occupaient encore et la grande maison du Maître, il n'y avait plus eu que de la surveillance mutuelle et de la méfiance. Des sept logements initialement prévus, dont Antoine Donnadieu avait dessiné les plans et qui longtemps avaient grouillé d'une vie turbulente, seuls le leur et celui d'Amédée restaient habités. Blandine n'avait pas tardé à y voir une nouvelle cause d'injustice.

« Non seulement c'est nous qui faisons tout le travail, tempêtait-elle, non seulement nous devons le nourrir sans jamais en avoir un merci, mais par-dessus le marché, il nous faut habiter, avec nos trois enfants, un logement minuscule quand monsieur se prélasse dans une grande maison. C'est la justice, ça ? C'est ça, l'égalité qu'il annonçait pour tous ? »

Hugo baissait la tête. Sa femme avait raison, bien sûr. Elle avait toujours raison ! Mais était-ce une raison ? Il ne se voyait pas allant expliquer à Jean le Bon Cousin qu'il leur fallait échanger leurs logements. Ce n'était d'ailleurs pas ce que lui demandait Blandine, mais quel bel argument elle avait trouvé là ! Désormais, puisqu'il avait échoué à leur rapporter ce Graal dont elle se souciait en fait fort peu, puisqu'il avait préféré ne rien leur confier des raisons de l'échec de la mission qu'il s'était lui-même assignée, il n'aurait plus de repos.

Sa raison chancelante y résisterait-elle longtemps ? Peu importait à Blandine. Quand bien même il resterait encore là durant des lustres, tout ce qui comptait pour elle, et maintenant pour Hugo, c'était moins de savoir ce qu'il adviendrait de lui, que de faire en sorte que les rênes du domaine, qu'ils détenaient sans qu'on les leur ait jamais confiées, leur soient acquises sans conteste le jour où ils auraient à les transmettre à leurs fils.

Ils avaient trop bien connu la misère. Après les années qu'ils avaient passées à la côtoyer, la chance voulait qu'une opportunité se présentât d'en finir avec elle. Pour eux, c'était un peu tard. Jusqu'au bout, ils auraient à trimer, mais l'espoir se levait que ce soit pour mieux transmettre à leurs enfants de quoi relever la tête et se compter parmi, sinon les riches, du moins ceux de cette classe moyenne à qui l'époque donnait une chance de s'en sortir. Allaient-ils la laisser passer ?

Blandine se sentait des ailes. Pour un peu, elle se serait prise à espérer pouvoir faire faire des études à sa fille. Elle en rêvait, mais dut bien sûr se contenter de la réalité. Comme les gamins, elle apprenait à lire, à écrire et à compter à la toute nouvelle école du village voisin. Matin et soir, qu'il neige ou qu'il vente, ils parcouraient ensemble les quatre kilomètres qui les en séparaient. C'était leur récréation, leur moment de bonheur. Et comme par-dessus le marché on leur donnait quelques rudiments d'histoire de la France et de la géographie du monde, Hugo et Blandine s'étaient pris à admirer l'instruction acquise par leurs enfants.

Avec tant de savoir, faire d'eux des domestiques ? Il aurait vraiment fallu que ne se présente aucune autre possibilité, pour qu'ils s'y résolvent. Il se trouvait qu'une opportunité s'ouvrait. Ils étaient prêts à toutes les batailles pour que leurs enfants puissent en profiter. Et peu leur importait qu'ils en vinssent à renier leurs parents et leurs origines modestes si, d'aventure, cette hypothétique réussite devait leur tourner la tête…

C'était une lutte de chaque instant dans laquelle ils s'engageaient, un combat opiniâtre au cours duquel il faudrait se résoudre à donner tous les coups. Blandine, déjà, avait pris le commandement des opérations et Hugo savait qu'il ne lui serait pas permis de faiblir !

— C'est quoi, à ton avis ?

Hugo haussa les épaules. Il n'avait pas la moindre idée de ce que pouvait bien contenir ce gros chariot traîné par des bœufs, qu'on était venu ranger le long de la maison du Maître. Cela ne l'intéressait pas, même si l'inquiétude de Blandine lui soufflait que ça pouvait avoir son importance.

— Laisse, répéta-t-il. Je te l'ai dit. Je le saurai. Je te dirai. L'Amédée, il ne sait pas la tenir, sa langue.

Il y avait trop à faire à la maison pour qu'elle s'éternisât. Elle rentra, suivie d'Hugo et des enfants.

— Moi, j'ai vu ! dit tout à coup l'aîné.

— Tu as vu quoi ? Rien du tout, oui !

— Si ! J'ai vu, s'obstina le gamin. De loin et vite, mais j'ai vu !

— Alors, dis !

— Des pierres ! dit-il.

Les autres s'esclaffèrent.

— Des pierres ! La belle affaire ! Pourquoi pas des cailloux, pendant que tu y es !

Il feignit de les ignorer et se tourna vers son père.

— Elles étaient drôles, ces pierres-là, tout en longueur. Et c'était comme si on leur avait donné des formes…

— Des formes ? Des formes de quoi ?

Il était manifestement troublé par ce qu'il avait aperçu et ne s'était lancé dans la rude tâche de l'expliquer qu'en voyant l'importance que ses parents et surtout sa mère donnaient à l'affaire.

— Je ne sais pas... dit-il d'un ton rêveur et sans se soucier des quolibets que son frère et sa sœur, jaloux de l'attention qu'il captait, lui lançaient. Je ne sais pas... Il y en avait une, ça m'a fait un peu penser à quelque chose comme un homme couché dans la paille, mais un homme en pierre. L'autre, on aurait dit une bête...

Blandine, tout à coup, s'était intéressée. Elle vint se planter devant son gamin.

— Tu es sûr ? dit-elle.

Il hésita. Elle avait parfois la main légère !

— Sûr... Oui, je crois, dit-il en reculant prudemment de trois pas.

Etait-ce bien cela qu'il avait à répondre ? Sa mère, pourtant, ne semblait pas nourrir quelque colère que ce fût à son égard. Elle avait relevé son beau regard bleu sur Hugo et semblait stupéfaite.

— Crois-tu ? dit-elle. Crois-tu que ça puisse être Adam et le diable ?

Prudent, il haussa les épaules.

— Ce que j'en sais ! Comment savoir ? Qu'est-ce que tu vas te mettre des idées en tête ? Attends donc. Je t'ai dit, Amédée...

— Oui, je sais. Il ne peut pas tenir sa langue. Il te dira. Mais qu'est-ce que Jean le Bon Cousin peut bien vouloir faire maintenant de l'Adam et du diable ?

Elle repartit à sa cuisine. Le gamin levait un regard étonné sur son père. Hugo lui ébouriffa les cheveux en lui adressant un large sourire.

— Qu'est-ce que tu veux que je te dise ? Ta mère, tu sais, elle a de ces idées !

Ils en rirent et se détournèrent. Seule Blandine, à ses fourneaux, persistait à se poser des questions et à se demander déjà quels avantages elle pourrait tirer, peut-être, de cette étonnante présence, de ces deux fantômes venus la rejoindre jusque-là…

20

Si Jean le Bon Cousin n'avait pas perdu la raison, Hugo et Blandine n'auraient peut-être jamais rien su de la disparition d'Antoine Donnadieu. Blandine avait bien remarqué, un matin d'avril, une charrette anglaise arrêtée devant la porte de la maison du Maître. Depuis la parsonnerie, il était difficile de ne pas voir. Elle n'y avait pourtant pas attaché plus d'importance qu'à l'ordinaire, prise qu'elle était par l'accomplissement de ses tâches quotidiennes.

Elle enrageait de ne pas pouvoir savoir ce qui se passait dans la maison du Maître et ne prétendait s'en désintéresser que pour mieux dissimuler la frustration qu'elle en ressentait. Il se trouva pourtant, ce jour-là, que l'envie lui prit d'aller récolter de quoi faire, le soir même, une bonne salade de pissenlits à son mari et à ses enfants. Elle en savait de grands parterres dans le pré qui s'étendait juste là, de l'autre côté de la route. Elle allait la franchir quand la voiture du visiteur apparut. Le sourcil froncé et front bas, un grand panier sous le bras, elle attendit sur le bas-côté qu'elle fût passée.

— N'est-ce pas là Blandine ?

Dans l'ombre de la capote levée, elle ne distinguait que peu de chose des traits de celui qui venait ainsi de l'apostropher.

— A qui ai-je l'honneur ?

Elle était déjà sur la défensive. La situation s'était encore dégradée. Si la ferme ne périclitait pas, ce n'était que par le travail énorme qu'Hugo et elle y abattaient sans la moindre sûreté d'en récolter un jour le bénéfice. Aucun accord, aucun contrat, aucune convention ne les assurait de ne pas risquer de perdre du jour au lendemain ou presque tout le fruit de leur travail. Et c'était de cette incertitude qu'ils voulaient sortir. Jean le Bon Cousin ne niait ni n'acceptait. De plus en plus enfermé dans son délire, malgré l'insistance d'Hugo et de Blandine, il refusait simplement d'envisager le problème. Ils avaient longtemps tenté d'user de persuasion. Rien n'y avait fait. Ils se montraient maintenant de plus en plus fermes. Ils tentaient d'user d'arguments comminatoires, mais n'obtenaient rien de plus.

« Il fait l'âne ! tempêtait Blandine.

— Il n'y comprend plus rien, tempérait Hugo.

— Penses-tu ! reprenait-elle. Il sait très bien ce qu'il fait. Il ne veut rien céder. Il ne pense qu'à lui. Il se fiche complètement de nos enfants… »

C'en était au point que, selon l'humeur du moment, une telle visite pouvait prendre des allures de menace. Et s'il venait à céder la ferme à quelque gros agriculteur de la région ? Qu'adviendrait-il d'eux ? Rien ne les garantissait de ne pas être jetés dehors comme les derniers des journaliers.

« On ira où ? Tu peux me dire ? » s'affolait Blandine.

Alors, ce visiteur dans l'ombre de sa grande charrette anglaise, elle s'en méfiait autant que des autres. Elle eut même un geste de recul lorsqu'elle le vit, du fond de sa voiture, faire l'effort de s'avancer vers elle et vers la lumière dans laquelle elle pourrait le reconnaître. Elle hésita. Si la soutane révélait l'état, les traits avaient vieilli. Les mêmes années étaient passées, pour l'un comme pour l'autre, mais s'il n'avait pas eu trop de mérite à la reconnaître, elle n'avança un nom du bout des lèvres que sous forme d'interrogation.

— Monsieur l'abbé Bonnard ?

— Eh oui, ma bonne Blandine. Le vieil ami de feu ton ancien maître. Nous l'avons bien pleuré, tu sais !

Plantée au bord de la route, elle venait de recevoir l'annonce de la mort d'Antoine Donnadieu comme un coup en pleine face.

— Mort, monsieur Donnadieu ? bafouilla-t-elle. Quand ? Quand est-il décédé ?

— Tu n'étais donc pas au courant ?

La gorge serrée d'émotion, les larmes au bord des paupières, elle ne put confirmer que d'un mouvement de la tête.

— Ma pauvre enfant. Tu lui portais une grande amitié, je sais. Je suis désolé. Je viens de te porter un coup terrible. Mais comment pouvais-je savoir ?

L'abbé Bonnard était donc capable de compassion. Ce n'était pas le souvenir qu'elle en avait. Cela ne fit qu'ajouter à son émoi. Elle en oubliait la haine qu'elle avait portée à Antoine Donnadieu après qu'il eut préféré ses sculptures à la vie d'Hugo. Rien ne restait que l'attachement et le respect de la petite servante pour le savant et l'humaniste.

— Entrez, lui dit-elle. Venez jusqu'à la maison. C'est modeste, vous savez. Mais je serais tellement heureuse de vous y recevoir. J'aimerais tant que vous me parliez de monsieur.

Il accepta sans la moindre hésitation et supporta avec gentillesse le tir nourri des questions auxquelles le soumit Blandine. Ce fut ainsi que les trouva Hugo. Assis de part et d'autre de la table de la salle, ils parlaient depuis plus d'une heure. Lui aussi fut surpris.

Comme Blandine, il gardait le souvenir d'un abbé Bonnard à l'abord peu aimable. N'était-ce qu'une réputation ? Antoine Donnadieu, il est vrai, avait quelques raisons de se défier de ce prêtre qui le concurrençait ouvertement et lui en remontrait souvent dans la connaissance des belles choses et de l'histoire de la région.

Lui aussi avait son musée personnel. Avant que soit ouvert celui qu'avait créé la société savante, c'était là une mode. On ne pouvait guère prétendre au statut envié d'homme de grand savoir qu'en réservant ainsi une pièce de sa maison à l'exposition de ses plus beaux trophées ! Mais si personne ne mettait plus en doute les grandes connaissances de l'abbé Bonnard en matière d'art roman, on lui prêtait couramment un caractère exécrable dont tout le monde se détournait.

L'image ne correspondait pas du tout à celle du prêtre joufflu et bon enfant qu'Hugo trouva ce jour-là en grande conversation avec Blandine. Le sourcil était pourtant froncé et les mines graves, lorsqu'il survint, car le brave homme en était à exposer les raisons qui l'avaient poussé à venir frapper à la porte de Jean le Bon Cousin.

— Qu'en penses-tu ? demanda le prêtre à Hugo. Il déraisonne ! Si je m'attendais à cela ! J'expliquais à Blandine que jamais je n'aurais entrepris ce voyage si j'avais imaginé l'accueil qu'il m'a réservé. Il m'a tenu mille discours, mais il n'y en avait pas deux qui soient cohérents... Enfin, ça m'aura donné le plaisir de vous revoir, mes chers enfants, même s'il m'a fallu être le messager de la mauvaise nouvelle... Pauvre Donnadieu ! Nous ne nous sommes pas toujours entendus, Dieu m'en est témoin ! Mais c'était tout de même un homme de cœur. Et un grand connaisseur des belles choses. Cette Eve ! Quelle pure merveille ! C'est toi, Hugo, je crois, qui l'as trouvée et qui l'as apportée chez lui ? C'est bien ça ? La voilà chez moi, dans mon propre musée, mais de façon bien précaire... Qui peut dire ce qu'il va en advenir ?

— L'Eve, chez vous ? Monsieur Donnadieu n'avait-il pas prévu qu'elle revienne au musée d'Autun à sa mort ?

— Certes. C'était ce qu'il répétait à tous. Et pourtant, à notre plus grande surprise et surtout à celle du notaire, rien n'a été trouvé, dans ses dispositions testamentaires, qui concernât de près ou de loin ces découvertes que vous fîtes dans le mur de ce magasin qui s'installait sur la place d'Autun.

— C'est à peine croyable...

L'abbé parut hésiter un petit instant. Comme Hugo et Blandine se taisaient, attendant ses confidences, il se lança :

— Vous garderez ça pour vous, dit-il, mais, d'après ce que je peux en savoir, il avait convoqué son notaire pour le lendemain du jour où... Du jour où il est mort, quoi. C'était justement pour lui faire rédiger le codicille nécessaire.

— Mais pourquoi avoir attendu si longtemps ?

— Mon pauvre ami ! Prévoit-on l'heure de sa mort ? A l'évidence, il hésitait. L'hypothèse du musée avait sa préférence, mais était-il seul à décider ? N'y a-t-il pas eu d'autres influences, d'autres ambitions ? N'a-t-il pas fait, à un moment ou à un autre, quelque promesse malheureuse ? Il y avait l'Eve, bien sûr, mais n'y avait-il que ça ? Vous êtes mieux placés que moi pour répondre à la question qu'au demeurant tout le monde se pose, à Autun...

Il laissa sa phrase en suspens. Ni Hugo ni Blandine n'avaient frémi, pas plus qu'ils n'avaient laissé transparaître la moindre émotion tout le temps que dura ce long silence.

— Vous savez, finit par insister l'abbé Bonnard. Vous avez vu…

Hugo eut de la main un geste désabusé.

— J'ai vu… j'ai vu ! Facile à dire. J'ai vu quoi ? J'ai surtout vu beaucoup de mortier qui maculait ces blocs de pierre-là. Et il a bien veillé à ce qu'on ne nettoie rien. Alors, vous savez, dire que j'ai vu…

L'abbé, tout à coup impatient, se tourna vivement vers Blandine.

— Et toi ? Tu as vu, toi ? Tu ne peux pas ne pas avoir vu. Ils y étaient ou pas ?

Elle ne chercha pas à dissimuler la lueur amusée qui brillait au fond de ses yeux.

— Oui, j'ai vu. Bien sûr que j'ai vu…

— Donc, ils existent !

Elle prit en un instant l'air le plus sot qu'elle put trouver.

— Qui c'est qui existe ? Est-ce que je sais, moi, qui elles représentaient, ces sculptures-là ? J'en ai vu passer tant, de tout ce temps-là… Deux de plus, deux de moins, ça change quoi ? Et puis d'ailleurs, c'était il y a tant d'années… Est-ce que je me souviens ? Est-ce que vous vous souvenez, vous, de ce que vous faisiez, en ce temps-là ?

Il n'en tirerait évidemment rien de plus.

— Je me demande ce qui m'a pris de m'arrêter, grommela-t-il. Me voilà bien en retard. Et comment je vais faire, moi, pour m'en tirer, de ce méchant procès que m'intentent les héritiers de Donnadieu ? J'avais espéré… On m'avait dit que Jean le Bon Cousin pourrait être intéressé… Le bruit court qu'il sait très bien où se trouvent Adam et le diable…

Il espérait encore qu'ils confirmeraient. Ils n'eurent qu'une moue sceptique.

— Encore faudrait-il qu'il sache où il en est…

Mais ce procès... Rien de mieux pour éveiller la curiosité que d'évoquer un possible procès.

— Qui veut vous traîner en justice ? Et pourquoi ? s'étonna Hugo.

Il avait tout de même un peu de gourmandise dans la voix. Bonnard se reprit à espérer.

— La sœur de Donnadieu, dit-il. Sa propre sœur et pour tout dire unique héritière... Elle a pour mari un homme qui, de toute sa vie, n'a su que se couvrir de dettes...

Il leur raconta comment *La Tentation d'Eve* s'était ainsi retrouvée saisie comme un vulgaire objet d'ameublement et ce qu'il avait fait, lui, l'abbé Bonnard, pour qu'elle restât au moins à Autun.

— Savez-vous combien en donnait le musée du Louvre, à Paris ? s'emporta-t-il.

— Oh oui, je sais ! crut pouvoir confirmer Blandine.

— Bien plus ! s'exclama-t-il. Tu as le souvenir de ce qu'ils en ont proposé à Donnadieu peu de temps après qu'il a révélé son existence. Mais, après sa mort, ils ont surenchéri. On a atteint des sommes astronomiques. Il faut dire ! Blandine, tu le sais bien, tu l'as connu, cet Américain. Comment s'appelait-il déjà ?

— Brampton, Robert Brampton.

— C'est ça. Il est bien sûr réapparu après qu'on eut porté ce pauvre Donnadieu en terre. Non seulement il avait des appétits, mais il avait d'énormes moyens pour les assouvir... Le Louvre l'a su. On s'est inquiété, en haut lieu. Imaginez-vous le scandale, si l'Eve de Gislebert, *La Tentation d'Eve*, avait pris le chemin de l'Amérique ? Mais, pour les uns et pour les autres, il était trop tard. J'avais réagi plus vite et aurais peut-être mieux fait de m'abstenir... Certes, j'ai obtenu l'Eve pour un prix quatre ou cinq fois inférieur à ce qu'en proposait le Louvre. Et je ne parle pas de ce qu'était prêt à en donner votre Brampton. Mais il n'empêche que, pour moi, c'était encore une somme énorme, sans commune mesure avec la modestie de mes moyens. Je me suis lourdement endetté. J'ai pu fort heureusement désintéresser quelques-uns de mes créanciers en vendant à bon prix certains meubles qui faisaient partie du même lot. Mon bonheur aurait été complet d'avoir pu et su maintenir l'Eve dans le patrimoine d'Autun si l'héritière, la fameuse sœur de Donnadieu, n'avait pas eu vent de ce que le Louvre était prêt à en donner. Elle a alors prétendu qu'on l'avait volée, qu'on avait monté le coup dans le seul but de la déposséder... Enfin ! Vous me connaissez. Vous me voyez, moi, abbé Bonnard, en train de comploter pour voler mon prochain ? Toujours est-il que cette femme et sa culotte de peau de mari, que je n'ai fait qu'entrevoir le jour de l'enterrement, ont décidé de m'intenter un procès. Vous rendez-vous compte ? Un procès, à moi, abbé Bonnard...

Rien que d'y penser, il en était rouge de colère et de honte.

— Comment vais-je défendre mon honneur ? Comment vais-je pouvoir prouver ma bonne foi ? Je ne connais rien, moi, aux affaires de justice. J'avais pensé que la société savante d'Autun pourrait protéger ce joyau de notre patrimoine. Son président, monsieur de Charmois, ne veut rien entendre. Je suis pourtant membre de cette honorable société. Mais non. Ce monsieur a décrété une fois pour toutes que de telles choses sont purement et simplement dues au fonds qu'il a créé à cet effet. Ce doit être des dons et rien d'autre. Selon lui, pas un sou ne doit aller à l'achat de telles pièces. Vous rendez-vous compte ? Alors, que vais-je faire ? J'ai vaguement nourri l'illusion que votre Jean le Bon Cousin serait assez intéressé pour m'aider. Il déraisonne... A quoi en suis-je rendu ?... A vouloir trop bien faire, voilà ce que j'aurai récolté, le déshonneur, rien de plus... D'ailleurs, je ne sais même pas pourquoi je vous raconte tout ça... Allons ! Je vous fais perdre votre temps. Je m'en vais vous laisser.

Il fit mine de se lever.

— Restez donc où vous êtes, monsieur l'abbé, l'interrompit Blandine. D'abord, vous ne repartirez pas sans avoir déjeuné avec nous. Une si longue route le ventre vide... Vous n'y pensez pas. Ensuite... Ensuite, je crois qu'il faut que nous parlions. Cette histoire de procès... On ne peut tout de même pas vous laisser comme ça...

Hugo lui-même roulait des yeux tout ronds, sidéré et un peu inquiet ! Qu'allait donc encore mijoter sa femme ? Bien sûr, elle ne voulut rien en dire tant qu'elle fut occupée à la préparation du repas. C'était là le laps de temps qu'il lui fallait pour réfléchir. Que l'abbé Bonnard les ait pris à témoin de ses affaires tel qu'il venait de le faire n'était pas ce qui l'occupait le plus. La contrariété de n'avoir rien pu tirer de Jean le Bon Cousin, autant que le plaisir d'avoir retrouvé Hugo et Blandine, avait pu pousser ce caractère moins ombrageux qu'on voulait bien le dire à se confier.

Ce qui intéressait le plus Blandine, c'était évidemment ces trois personnages de pierre dont il lui semblait qu'ils étaient devenus indissociables de leur propre existence. Peu lui importait qu'en son temps le chantage machiavélique qu'elle avait soufflé à Jean le Bon Cousin n'ait pas abouti. Pour elle, il n'était pas destiné à cela. Sa double fin était de se venger d'Antoine Donnadieu, ce dont, aujourd'hui, elle n'était plus très fière, et d'embarquer celui qui, à l'époque, prétendait encore qu'on le nommât « le Maître » dans une opération qui ne pouvait que contribuer à semer plus encore le trouble dans son esprit. De ce point de vue, elle estimait avoir plutôt bien réussi !

En allant et venant entre sa table, le buffet et le foyer d'où s'élevait une solide odeur de potée, elle caressa encore quelques instants l'idée que les précieux bas-reliefs puissent les aider à mettre la main une bonne fois sur la ferme. Elle comprit vite l'inanité de telles spéculations. Tout au plus pouvaient-ils encore aider ce brave abbé Bonnard à sortir du mauvais pas dans lequel il s'était fourré et à garder l'Eve à Autun. Sans savoir pourquoi, il lui semblait que la laisser partir pour Paris ou même plus loin était prendre le risque de porter atteinte à leur propre environnement.

Elle attendit que Fernand et Edouard, leurs deux fils, rentrent. Ils travaillaient ensemble, inséparables, à longueur de journée et ne réapparaissaient guère qu'à l'heure des repas. Il fallut attendre qu'ils soient tous les cinq installés autour de la table, devant la potée, pour qu'elle consentît à reprendre la conversation. Encore prit-elle plaisir à ronronner quelques instants sous les compliments de l'abbé.

— Vos fils ! dit-il. De solides gaillards, vos fils !

— Manque encore la Manon, la fille, se plut-elle à renchérir. Encore à l'école. Sa dernière année. Après... Après, on verra bien ! Alors que ces deux gredins-là, leur voie est toute tracée. Du travail, ici, il y en a pour sept ou huit, alors. Si on veut se donner la peine, on peut y vivre bien.

Une ombre s'interposa fugitivement.

— Pourquoi vous croyez qu'on veut régler nos affaires avec le Maître ? Pour nous ? C'est fini, pour nous. On aura bientôt fait notre temps. Mais c'est pour eux. C'est qu'on serait contents de leur laisser le fruit de notre travail. Encore faudrait-il qu'on ne nous le vole pas...

Il abonda dans leur sens et promit d'en parler à un de ses amis, avocat. Blandine remercia, mais passa vite. Ce n'était pas comme ça que s'arrangerait cette affaire-là, pensait-elle. Ça partait d'un bon sentiment de la part de l'abbé Bonnard, mais il ne fallait pas tout mélanger.

— Souvenez-vous, monsieur l'abbé, à Autun, reprit-elle enfin, cet homme très cultivé, très fin, qui a été un de ceux qui ont fait la société savante. Il était souvent chez monsieur, mais j'ai beau chercher, je ne me souviens plus de son nom.

— Et que veux-tu que je fasse d'un homme dont tu ne te souviens même pas du nom ?

— Que vous le retrouviez, pardi ! Lui pourra vous sortir d'affaire. Non seulement il saura faire, mais moi je peux vous dire que monsieur de Charmois n'a pas grand-chose à lui refuser, à cet homme-là...

La fourchette à mi-chemin entre l'assiette et sa bouche grande ouverte, l'abbé Bonnard leva un regard sidéré sur Blandine.

— Monsieur de Sornel ? s'étonna-t-il.

— Eh bien, vous voyez que vous le connaissez !

— Que veux-tu que ce monsieur ait à faire là-dedans ?

Elle hocha la tête vivement, comme s'il lui déplaisait que l'abbé mît en doute ce qu'elle affirmait.

— Vous me croyez, oui ou non ? Moi, je vous dis qu'il saura ce qu'il faut faire pour vous sortir de là et que monsieur de Charmois n'ira certainement pas contre lui.

L'abbé reprit la route d'Autun. Pendant longtemps on n'eut plus de ses nouvelles. Puis on apprit que, dans le procès qu'elle lui avait intenté, la sœur d'Antoine Donnadieu avait été déboutée. Ni le Louvre ni l'Américain n'auraient l'Eve. Blandine sourit, heureuse de ce qui lui paraissait être une bonne et juste fin, et elle s'en fut, apaisée. Il lui semblait que leur affaire à eux avait plus de chance de prendre la tournure qu'ils escomptaient tant que l'Eve ne s'éloignait pas, tant qu'elle restait à Autun, là où on pouvait l'imaginer et même aller la voir, si on le voulait et lorsqu'on le voulait...

Pour qu'on ne lui fasse pas remarquer la distance qu'il y avait entre ses convictions les plus fortes et cette sorte de superstition qui finissait par la lier à une statue de pierre, elle n'en dit rien à personne.

Mais elle n'en démordit jamais.

21

— « Nul, en France, ne peut plaider par procureur, hormis le roi » ! Eh oui, mon pauvre ami, voilà où est le problème. C'est là un principe de droit vieux comme le monde. Il n'en est pas moins vivant et bien vivant, même si la monarchie, à ce que l'on pense, est du passé. Nous ne pouvons rien pour vous tant que l'Eve est en votre possession. La position de la partie adverse est intenable. Mais sait-on jamais... Les voies de la justice ne sont guère perceptibles au commun des mortels que nous sommes. Ferez-vous le poids devant eux et surtout devant les avocats qu'ils vont mettre sur le coup ? Rien n'est moins sûr... Non, je vous le dis tout net, je vois cette affaire bien mal partie...

Au fur et à mesure que s'écoulait ce flot de paroles, l'abbé Bonnard semblait s'enfoncer, se tasser, se recroqueviller au fond du fauteuil que lui avait tendu Hubert de Sornel.

— On m'avait dit, pourtant, que monsieur de Charmois et vous...

— Qui vous a dit ça ? Cette mouche du coche de Blandine ? Si je me souviens d'elle ! Qui ne se souviendrait pas de Blandine ? Je n'ai jamais compris pourquoi elle avait quitté si soudainement le service de ce pauvre Antoine Donnadieu. Pour qu'il la laisse filer, il a dû falloir une raison solide… Ainsi donc, vous l'avez retrouvée ! Fermière… Quelle drôle de destinée. Enfin, vous me dites qu'elle semble heureuse et n'a rien perdu de sa causticité. C'est très bien ainsi. Il n'en reste pas moins qu'elle m'octroie des pouvoirs qui ne sont pas les miens.

Grand et mince, très élégant, Hubert de Sornel savait très bien jouer de son charisme. Il était de ces hommes que le Second Empire avait trouvés paisiblement installés à la tête de copieuses fortunes amassées par leurs ancêtres et eux-mêmes tout au long d'un siècle où le sens politique et la capacité à prévoir à temps les révolutions avaient valu bien plus que de réelles compétences professionnelles. Faisant preuve une fois de plus d'un flair que beaucoup de ses semblables n'eurent pas, il avait cédé juste à temps ses fermes, ses champs, ses prés et ses bois pour réinvestir sa fortune dans l'industrie.

Alors que, la République venue et désormais bien installée, nombreux étaient les rentiers qui cherchaient à négocier leurs derniers arpents avant la ruine totale, Hubert de Sornel avait troqué son habit de grand propriétaire foncier contre celui de maître des forges. Il ne s'en plaignait pas. Il aurait eu, d'ailleurs, bien mauvaise grâce à le faire. Il faisait atteler sa voiture et se rendait au Creusot une fois par semaine et passait le reste de son temps à parfaire ses connaissances de l'histoire, de la géologie et de la géographie locales, sans dédaigner le droit, pour lequel il se reconnaissait un certain penchant.

— Vous savez bien que monsieur de Charmois n'acceptera jamais de débourser un sou pour quelque pièce que ce soit, fût-elle *La Tentation d'Eve*… se lamenta l'abbé Bonnard du fond de son fauteuil.

— Certes… reconnut monsieur de Sornel.

Bien qu'il ne partageât pas totalement l'opinion du président de la société savante, pour qui les pièces qui venaient enrichir ses collections devaient être exclusivement des dons, il aurait bien aimé que le musée d'Autun puisse recevoir de cette façon celle que détenait l'abbé. Mais il voyait bien qu'il ne pourrait pas en être ainsi. Il faudrait donc qu'on trouvât un juste milieu.

— Peut-être y a-t-il une solution, risqua-t-il. Si l'on déduit de ce que l'Eve vous a coûté les sommes que vous avez récupérées en vendant séparément les meubles qui entraient dans le même lot, et si l'on prend en compte ce que cette procédure risque de vous coûter, sans même envisager l'issue fatale où vous seriez condamné, on peut estimer qu'en vous mettant à l'abri d'une telle déconvenue et en vous en donnant… Je ne sais pas, moi… Combien ? Allons, disons 500 francs… On vous en donne 500 francs et vous en gardez l'usufruit votre vie durant. Ce n'est pas mal, ça, non ? Ça vous va, 500 francs ? Peut-être, à ce compte-là, monsieur de Charmois… Parce que, attention ! Il ne faut pas perdre de vue qu'en reprenant l'Eve, on reprend aussi la procédure. Certes, j'en conviens, nous avons d'autres moyens de nous défendre que vous. Et l'on hésitera à condamner une société savante telle que la nôtre, là où un particulier ne pèsera pas bien lourd…

— Un prêtre ! s'exclama Bonnard. Voilà tout ce qui reste de la respectabilité du clergé… Quelle époque vivons-nous…

Cramoisi de colère, il s'était redressé dans son fauteuil et s'y agitait fort. Sornel n'en parut pas particulièrement affecté.

— Mon pauvre ami, à ce compte-là, je serais resté propriétaire foncier et serais aujourd'hui ruiné… Les temps changent. Je ne fais que vous exposer la situation telle qu'elle est. Et, telle qu'elle est, je ne vois qu'une issue...

— Me déposséder, me spolier...

— Comme vous y allez ! Pas le moins du monde. Vous pouvez, si vous l'entendez ainsi, garder l'Eve et vous battre pour sa défense. Si vous ne vous en sentez pas les compétences, je veux bien tenter d'en toucher un mot au président. Je pense que votre repos vaut bien ce marché dont je vous ferai tout de même remarquer qu'il vous fera sortir plus qu'honorablement, sur le plan financier, de cette regrettable affaire, tout en nous assurant la jouissance de l'œuvre.

L'abbé Bonnard en convint en grommelant.

Hubert de Sornel n'en essuya pas moins un refus cinglant de monsieur de Charmois. Il lui fit pourtant remarquer qu'il était assez inespéré de pouvoir envisager de détenir tout à fait légalement l'Eve de Gislebert pour la somme de 500 francs alors que le Louvre en avait offert 12 000. Rien n'y fit. Le président de la société savante d'Autun ne commença à fléchir que lorsqu'il apprit que l'Américain, qui continuait à rôder dans les parages, était prêt à en donner bien plus encore.

— Il a sollicité une entrevue du maire, l'a obtenue et lui a fait valoir que les sommes considérables qu'il était prêt à verser en échange de l'Eve pourraient payer bien d'autres recherches archéologiques dont on pouvait escompter nombre d'autres découvertes... Je tiens cela de la bouche même du maire, précisa Hubert de Sornel.

— Combien ?

— Je ne sais pas. Le maire n'a pas voulu me le dire. Il m'a juste fait remarquer qu'il n'avait aucun pouvoir de décision, dans cette affaire. C'est vous qu'elle concerne et personne d'autre.

Charmois apprécia et le montra d'un mince sourire accompagné d'une brève inclinaison du front. Il ne céda pas pour autant. Mais Sornel comprit que ce n'était plus qu'une question de temps. Lui n'eut pas à emprunter la somme nécessaire dans son entourage. Il versa de sa poche les 500 francs convenus à l'abbé Bonnard. Quand Charmois finit par accepter de lui rembourser son modeste investissement, l'affaire n'était pas encore jugée, mais plus personne ne doutait de son issue.

La sœur d'Antoine Donnadieu fut déboutée et Autun put tout à la fois s'enorgueillir de posséder pour de bon l'Eve de Gislebert et regretter qu'on ne sût toujours rien d'Adam et du diable...

22

Il avait fallu longtemps pour que l'idée mûrisse dans l'esprit d'Amédée. Il avait fallu en fait que convergent beaucoup de choses. Amédée s'ennuyait dans sa parsonnerie. Hugo ne venait plus guère solliciter son aide, maintenant que ses fils travaillaient avec lui et il n'y avait pas plus de place pour lui dans les délires de Jean le Bon Cousin.

Il en était réduit à vivoter de son jardin et de la gentillesse de Blandine pour qui il restait malgré tout un membre de la communauté. Il n'y trouvait pourtant pas son compte, refusant de se voir vieillir et occupant trop ses longues solitudes à ressasser ses souvenirs de jeunesse. Il était bien temps de regretter son métier de tailleur de pierre !

Rien ne le prédisposait à cette voie-là. Son père, dès qu'il eut atteint l'âge de dix ans, l'avait entraîné à sa suite dans ses grandes errances annuelles de « galvacher ». Ils partaient en mai à la tête d'une attelée de bœufs pour les forêts des Vosges ou du Berry, à moins que ce ne fût pour les grandes plaines à blé du Bassin parisien. A sortir le bois des uns, à moissonner et labourer les terres lourdes des autres, ils gagnaient là les quelques sous qui leur assuraient de ne pas voir leur famille mourir de faim aux jours les plus durs de l'hiver.

Ils étaient ordinairement de retour pour la Saint-Martin. Une année pourtant, le gain modeste d'un dernier chantier leur avait fait prendre quelques jours de retard. Le père y voyait une chance. Amédée, longtemps après, maintenait encore que c'était le destin. Ils s'étaient fait prendre par une des premières attaques de l'hiver. Il n'y avait pas là de quoi leur faire peur, même si le regret leur venait, en marchant pieds nus dans la neige, auprès des bœufs, des sabots trop usés qu'on avait abandonnés au creux d'un fossé plusieurs mois auparavant, au temps où il faisait bon fouler la terre tiédie par les ardeurs du soleil…

Amédée avait douze ans, guère plus. Pour rien au monde il n'aurait admis qu'il lui était arrivé, ces jours-là, de décoller de ses joues les stalactites des larmes que lui tirait la souffrance. Ils avaient pourtant rencontré plus malheureux qu'eux. Un petit groupe de maçons de la Creuse, qui avait accepté un chantier dans l'Est. Ils n'étaient pas peu fiers d'annoncer ce qu'ils y avaient gagné, mais ils ne s'en retrouvaient pas moins démunis face aux rigueurs d'un hiver auquel ils n'étaient pas préparés.

Ils avaient emboîté le pas à l'attelage du père d'Amédée. On n'était plus loin. Ils étaient venus au pays et, comme le froid perdurait, y séjournèrent presque tout l'hiver. Pour prix de l'hospitalité, ils offrirent d'user de leurs talents de tailleurs de pierre. On leur confia quelques travaux dans l'église, puis dans une chapelle. Ils y ajoutèrent quelques croix taillées dans ce beau calcaire gris-bleu dont on dit qu'il couvrait jadis tout le Morvan. L'érosion n'en a laissé que quelques rares affleurements connus des seuls spécialistes.

Subjugué, Amédée les avait suivis pas à pas. Intrigués puis amusés par l'attirance que leur métier opérait sur le gamin, ils ne tardèrent pas à lui mettre le ciseau et la massette en main. Il avait trouvé sa voie. Le père eut beau faire, tempêter, menacer, geindre ; rien n'y fit. Lorsque le printemps revint, ce fut à la suite des maçons de la Creuse qu'il repartit au long des chemins, abandonnant son père et ses bœufs à leur sort.

Il eut encore la chance que le temps se trouvât être à la redécouverte de l'immense patrimoine bâti que nous a légué l'histoire. Le temps et quelques révolutions y avaient commis de sérieux outrages. On s'avisa qu'il fallait vite y porter remède si l'on ne voulait pas que tout cela tombe en poussière. Amédée avait vingt ans et devant lui bien plus d'ouvrage que, malgré son courage, il n'en pourrait jamais exécuter.

C'est là, autour de la cathédrale d'Autun et d'autres monuments de la même envergure, qu'il avait rencontré quelques compagnons qui lui révélèrent ce qu'était la liberté et surtout ce qu'il y avait d'insupportable à en être privé. Ce n'étaient pas là ses préoccupations naturelles. Amédée était un grand pacifiste qui se souciait peu de devoir ployer le front pourvu qu'il puisse s'adonner à sa passion de la pierre à tailler, qu'il ait de quoi manger et où dormir. C'était un esprit simple, qui préférait se taire plutôt que de risquer d'offenser d'autres opinions que les siennes...

Ses patrons, d'ailleurs, ne s'y trompaient pas. Il était, pour eux, une valeur sûre. Il travaillait bien, ne revendiquait jamais, et ne risquait pas, du moins le croyaient-ils, de leur fausser compagnie en plein milieu d'un chantier à cause d'une révolte ou parce qu'il fallait fuir les nervis du pouvoir...

Ils se trompaient ! Car, le jour où quelques-uns de ses plus fidèles amis lui avaient annoncé qu'il leur fallait au plus vite s'esbigner, il n'avait guère hésité. Sans voir qu'il s'éloignait irrémédiablement de son métier, entre l'amitié et les devoirs professionnels, son choix avait été vite fait... Ce fut ainsi que cet homme de la pierre se retrouva en forêt, parmi le peuple du bois.

Jamais il ne s'était plaint, jamais il n'avait exprimé son regret d'avoir abandonné son métier. Sa nature bon enfant l'aida à supporter la peine, mais plus jamais il ne fut aussi heureux qu'il avait pu l'être, perché sur un échafaudage entre ciel et terre, ciseau et massette en main, à réparer ou même à remplacer une gargouille grimaçante. C'était maintenant que tout espoir de retrouver ces plaisirs était perdu qu'il y pensait le plus.

Peut-être est-ce de ces heures passées à laisser courir les souvenirs que s'est peu à peu mis en place dans sa tête ce plan extravagant. Cela s'était d'abord fait à son insu. Puis le souvenir lui était revenu, sans trop qu'il sût pourquoi, de cette belle veine de calcaire qu'il avait repérée, au fond d'une combe, à quelques kilomètres de là. Une belle pierre très dure mais au grain d'une telle régularité qu'elle devait admirablement bien se tailler. L'envie lui prit d'essayer. Elle aurait pu le titiller quelques jours puis s'estomper, se laisser distancer par quelque autre préoccupation. Elle ne l'avait pas lâché. Elle était vite devenue une obsession, une idée fixe dont il comprit qu'il ne pourrait plus se défaire.

Pour la première fois depuis qu'il l'avait précipitamment quittée à la suite de quelques amis en délicatesse avec la police impériale, il avait osé redescendre vers la ville. Il y était resté le temps nécessaire pour se refaire une musette d'outils digne du compagnon qu'il avait été. Elle lui pesa lourdement à l'épaule lorsqu'il remonta, mais il n'en eut cure. Il n'était plus le jouet des événements. A l'âge où d'autres pensent à se retirer, Amédée s'engageait à nouveau dans la voie qu'il avait naguère choisie et dont il avait fait l'erreur de s'écarter trop tôt.

« Qu'est-ce que tu fabriques dans les bois à longueur de journée ? » s'était étonnée un jour Blandine.

Elle lui avait posé la question sans trop y attacher d'importance et n'avait pas prêté plus d'attention au grognement qu'elle obtint pour seule réponse. Hugo, pourtant, lui, savait. Le hasard avait voulu qu'il passe par là un jour où Amédée était tellement pris par son ouvrage qu'il ne l'avait pas entendu arriver.

« Eh bien, ça alors ! Pour une surprise ! »

Planté au milieu du petit chantier, il pivotait lentement sur lui-même en détaillant la rustique installation d'Amédée. Au pied de la brève falaise que formait là l'affleurement de calcaire, le vieux avait nettoyé une aire bien assez grande pour y installer une grosse souche qui lui faisait office d'établi. Il posait là-dessus les blocs de pierre brute qu'il détachait de la paroi et s'exerçait à laisser courir son imagination au bout de son ciseau. Le sol couvert de copeaux de pierre indiquait à suffisance qu'il n'en était pas à son coup d'essai. Sur trois vilains piquets et en s'aidant des branches des arbres voisins, il avait tendu au-dessus de tout cela une vieille toile de bâche censée le protéger du soleil comme de la pluie.

« Qu'est-ce que tu comptes faire là ? s'était étonné Hugo. Un atelier de sculpture ?

— Ça ne se voit pas ? s'était aussitôt défendu Amédée.

— Si, si, bien sûr. Ce que je voulais dire, tu vas les vendre, tes sculptures ? »

Amédée, mécontent d'avoir été découvert, avait haussé les épaules.

« Parce que, pour toi, tout de suite, il faut vendre, faire des sous... Ça ne peut pas être pour le plaisir... »

Le vieux vivait aux crochets d'Hugo, de Blandine et de leurs enfants. Hugo avait failli le lui faire remarquer, mais à quoi bon...

« Non, non, avait-il fait mine de se défendre. Tu as raison. Surtout ça. Pour ton plaisir... C'est très bien. Même, tu pourrais les descendre à la ferme, tes pierres. Tu t'installerais dans la grange, tu serais mieux qu'ici. Et puis on viendrait te voir ; voir ce que tu fais, t'encourager. »

Des paroles trop aimables. Amédée n'y croyait pas. Il avait fait jurer à Hugo qu'il n'en parlerait à personne, il avait attendu qu'il soit parti et il s'était remis à guider lentement son ciseau dans l'épaisseur de la pierre. Longtemps en descendant vers la ferme, Hugo entendit le cliquetis sec de la massette sur l'acier de l'outil.

Et puis il y eut ce char attelé de bœufs et soigneusement bâché, venu un jour se ranger devant chez Jean le Bon Cousin. Le Maître n'avait pas encore perdu toute sa raison. Amédée passait encore le plus clair de son temps chez lui. Ce jour-là pourtant, il fut prié de se tenir à l'écart. Il ne vit pas grand-chose des deux grandes formes apparemment très lourdes qu'on déchargeait. Ce fut bien assez pour qu'il comprît.

— Ainsi, dit-il le lendemain au vieil illuminé, cette fois, tu as réussi. Il te les a données, le Donnadieu, ses sculptures.

— Donnadieu est mort, dit Jean le Bon Cousin sur un ton sépulcral.

— Mort, Donnadieu... Ce n'est pas Dieu possible...

Il eut un bref instant d'hésitation, le temps que l'évidence s'impose à lui.

— Mais alors, ces pierres, tu les auras volées !

Jean le Bon Cousin aurait pu nier, affirmer que ce qui avait été débarqué, la veille, du grand char n'avait rien à voir avec le vieil archéologue qui venait de décéder. Il fit l'erreur de s'emporter.

— Je t'interdis ! glapit-il. Moi, voler Donnadieu ? Y penses-tu ? Que plus jamais je ne t'entende prononcer de pareilles infamies. Ou alors, je te ferme ma porte à tout jamais.

Amédée n'entendait se brouiller avec personne. Il préféra s'en tenir là, même si, par-devers lui, sa conviction était faite.

Il fallut encore que passent des années. Dans l'atelier rustique du fond de la forêt, les vieilles mains avaient retrouvé une bonne part de l'adresse du tailleur de pierre. Il fallut que cette sorte de résurrection s'accomplisse pour qu'à nouveau s'impose à l'esprit du vieil homme l'idée que ce n'était à nulle autre fin que le besoin de reprendre ses outils s'était imposé à lui.

Jean le Bon Cousin possédait, sur son buffet, une image qui avait attiré depuis longtemps son attention. On y voyait trois personnages allongés. Une femme parlait, la main en cornet, à l'oreille d'un homme pendant que, derrière elle, le diable poussait vers son autre main le rameau portant le fruit...

Avant qu'il ne perde la raison, le vieux prêcheur lui avait expliqué ce dont il s'agissait. Une représentation du linteau de la porte des Ladres de la cathédrale d'Autun, que des chanoines pudibonds du XVIIIe siècle avaient fait détruire. Une pièce magnifique de plus de cinq mètres de long... Il ne lui fut pas bien difficile de trouver un prétexte pour pénétrer à nouveau dans la maison de son ancien maître. Celui-ci n'occupait plus son temps qu'à ressasser ses lubies et à vaticiner pour les mouches... Il ne le vit même pas se saisir de la gravure et la glisser sous sa veste…

Le souvenir revint alors à Amédée de la suggestion d'Hugo. Pour un tel dessein, la grange qu'il lui proposait alors ne serait pas de trop. Sans lui demander son avis, il attela le tombereau et alla chercher ses outils, son établi, ses pierres brutes et quelques-unes de ses plus belles sculptures dans sa carrière sylvestre.

Pour les enfants et pour Blandine, ce fut une découverte merveilleuse. Amédée leur avait caché ça ! Non seulement ils ne lui en voulaient pas, mais il leur semblait qu'à avoir ainsi ménagé ses effets, il avait rendu la surprise plus belle encore. Hugo, lui, ne dissimula pas qu'il était dans le secret, mais qu'il ait su le préserver durant tant de temps lui valut plus d'estime encore de la part du vieux et la tendre admiration de Blandine.

Cette aventure de l'atelier de sculpture d'Amédée fut une telle occasion de sourire et de se détendre qu'ils ne s'étonnèrent plus de rien. Ils étaient tellement reconnaissants au vieil homme d'avoir apporté un peu de fantaisie dans la grisaille de leur quotidien qu'ils devinrent les protecteurs les plus zélés de l'atelier qu'il avait installé dans la grange. Et rien ne leur parut plus normal que de s'en voir interdire l'accès. Il fallait que l'artiste pût travailler dans le calme !

Ce fut à peine si Blandine s'étonna, un matin, de voir Amédée atteler à nouveau le tombereau et reprendre le chemin des bois.

Il en aura encore, des bouts ! se dit-elle sans y attacher grande importance. Pourtant, en début d'après-midi, au seul bruit que firent les bandages métalliques sur l'empierrage de la cour, elle comprit qu'il rapportait quelque chose de très lourd.

— Amédée, lui cria-t-elle, s'il vous faut de l'aide, il n'y a qu'à dire.

Prise par ses travaux, elle n'y aurait plus attaché d'importance si l'opération de déchargement n'avait pas pris tant de temps. Le soleil n'était pas loin de basculer derrière les bois qui couvraient le sommet des collines que le vieux bonhomme en était encore à suer et à souffler sur ce qui, de loin, parut être à Blandine un étrange échafaudage de bois et de cordes au moyen duquel il déplaçait péniblement quelques pierres particulièrement longues et lourdes.

— Vous ne voulez pas que je vous aide ? demanda-t-elle encore.

— Non, non. M'en sortirai bien. C'est presque fini.

Elle n'insista pas et n'y pensa plus.

Les jours, les semaines et les mois passèrent. Amédée n'était plus le même. C'était à peine s'il réapparaissait brièvement, à l'heure de midi. Il remerciait Blandine qui lui préparait ses repas, mangeait en vitesse et disparaissait à nouveau derrière sa porte de grange qu'on l'entendait fermer avec soin. De l'aube jusqu'à ce que l'obscurité l'en chasse, il y restait cloîtré. Le bruit lancinant de la massette heurtant le ciseau à petits coups brefs et sans cesse répétés accompagnait leurs journées. Ils s'y étaient tellement habitués que c'était lorsqu'il s'interrompait qu'ils s'interrogeaient du regard, vite inquiets. Puis le cliquetis régulier reprenait. Rassurés, ils n'y pensaient plus. Hugo et ses fils s'amusaient de l'importance que prenait le tas de débris sur lequel, soir après soir, le vieux allait jeter les copeaux de pierre laissés par son ciseau.

« C'est donc ça ! lui disaient-ils. A quoi bon la laisser fermée, ta grange, si tu ne fais que réduire ces grandes pierres en gravillon ! On en aura bientôt assez pour couvrir la cour. Ce sera bien, l'hiver, pour éviter la boue ! »

Amédée laissait dire. Ils voyaient bien qu'il était tout entier pris dans l'idée de sa création. Plus rien d'autre n'existait au monde, pour lui, que ces formes qu'il tirait de la pierre et qu'ils étaient si curieux de voir. A l'exception de Blandine, qu'il ne manquait jamais de remercier pour les repas qu'elle lui préparait, et de Manon, à qui il avait toujours manifesté un attachement particulier, il ne voyait personne, ne s'intéressait à rien d'autre qu'à son secret.

« Je vois le genre ! tentait de le provoquer Hugo. Les femmes, bien sûr. Il n'y a qu'elles pour t'intéresser. T'es bien un vieux libidineux ! Nous, les gars, même pas nous dire bonjour... T'es vraiment méprisant... Je ne sais pas pourquoi on te garde encore. Moi, un jour, ton gourbi, je vais le virer. T'iras te faire pendre où tu voudras. Mais, ici... Qu'est-ce que tu as encore à y faire, ici ? »

Fernand et Edouard riaient aux éclats, Blandine souffrait pour le vieux, Manon fusillait son père du regard et l'aurait bien tapé si elle avait osé ! Amédée ne disait rien. Il ne souriait ni ne se crispait. Il était ailleurs et les paroles d'Hugo, dont il savait qu'elles ne recelaient pas une once de méchanceté, glissaient sur lui comme l'eau de pluie sur la plume d'un canard.

Un jour, pourtant, il leva les yeux sur Manon.

— Viens, lui dit-il. Je vais te montrer.

Hugo et ses fils étaient absents. Blandine, stupéfaite, en resta figée au bout de la table du repas qu'elle était en train de débarrasser.

— Va ! dit-elle simplement à sa fille qui, aussi surprise qu'elle, l'interrogeait du regard.

— Simplement, ajouta le vieux, avant d'y aller, tu vas me jurer devant ta mère que ça restera entre nous. Ça ne doit pas sortir d'ici, jamais ! Tu me le jures ?

Blandine fronça les sourcils. Il ne lui plaisait pas que sa fille soit chargée d'un tel secret. Ce n'était pas de son âge. Mais le moyen de faire autrement ? Déjà rose de plaisir à l'idée de ce qu'elle allait être la première à découvrir, la gamine leva cérémonieusement la main droite et dit : « Je le jure ! »

— C'est bon, dit Amédée en se levant. Suis-moi.

Il y avait des étoiles dans les yeux de Manon quand elle revint.

— Si tu savais, maman, dit-elle. Si tu savais ce que c'est beau, ce qu'il a fait, Amédée. Il s'y est pris à plusieurs reprises. Les premières fois, on sent bien qu'il cherchait, qu'il tâtonnait. Mais la dernière... Il m'a tout expliqué, Eve, Adam, le diable, tout... Ce que c'est beau !

23

Lorsque j'appris de la bouche du patron de l'hôtel les dernières tribulations de *La Tentation d'Eve*, je sus que c'étaient mes dernières illusions, si tant est que j'en eusse encore, qui s'envolaient. Le chef-d'œuvre de Gislebert l'Autunois avait enfin trouvé sa place. Il était évident qu'il n'en bougerait plus. Je devais admettre que c'était aussi bien ainsi. Je n'avais pas renoncé pour autant à l'Adam et au diable. Je n'en savais plus rien, mais ne désespérais pas de retrouver un jour leur trace. Durant les années qui suivirent, je ne manquai pas une occasion de me rendre à Autun.

Le séjour pourtant m'en parut de plus en plus triste. Antoine Donnadieu n'était plus là. Louisette avait disparu et la maison avait été vendue. Les rares amis avec qui j'avais pu me lier continuaient de me saluer très civilement, mais ne semblaient avoir gardé aucun souvenir des conversations aimables que nous avions pu entretenir. Lorsqu'il nous arrivait de nous croiser, ils soulevaient brièvement leur chapeau. Puis ils se détournaient rapidement de moi, sans toujours se donner le prétexte de quelque affaire urgente, et me laissaient seul face au splendide décor de cette ville que j'avais cru naïvement être un peu mienne.

Y être redevenu un étranger, après avoir tant prisé les séjours que j'y avais faits du vivant d'Antoine Donnadieu, m'était insupportable. L'idée de renoncer ne me vint pourtant jamais. Il m'insupportait bien plus encore de devoir admettre que la plus belle, la plus surprenante, la plus motivante des innombrables chasses aux vestiges dans lesquelles je m'étais lancé devait se clore sans même que j'aie pu apercevoir l'objet de ma quête, ne fût-ce qu'un instant.

Tout cela devait s'achever de façon aussi dérisoire que dramatique. La déclaration de guerre d'août 1914 me surprit alors que je prospectais, comme à mon habitude, une campagne française. Je crus ne pas être concerné et pouvoir continuer à vaquer paisiblement à mes affaires. Je dus vite déchanter. La mobilisation, le départ en masse des hommes pour le front rejetèrent mes sollicitations bien loin des préoccupations des populations campagnardes qui m'accueillaient pourtant si bien quelques jours plus tôt. Je dus reprendre le chemin de Paris et subir encore toutes les difficultés qu'il y eut alors à voyager pour qui n'était pas en uniforme et ne présentait pas une feuille de route. Mon accent, qui m'avait jusque-là ouvert tant de portes, me valut méfiance et suspicion.

Réfugié dans mon appartement de la rue Brémontier, je m'occupai à mettre mes affaires en ordre. Je ne commençai vraiment à m'inquiéter que lorsqu'on vit disparaître tous les taxis parisiens. Qu'il ait fallu en passer par leur réquisition pour que des troupes en assez grand nombre puissent aller barrer le chemin de la capitale à l'envahisseur me parut être le signe le plus sûr d'une situation à peine maîtrisée. Je n'eus plus d'autre urgence que de m'assurer de l'embarquement, au Havre, de mes dernières trouvailles et je compris vite que je n'avais plus guère d'autre possibilité que de les suivre.

Rester n'avait plus de sens dès lors que je ne pouvais plus exercer mon commerce. La crainte commençait à naître que la menace des sous-marins allemands rende impossibles les liaisons entre le vieux et le Nouveau Monde. J'embarquai à mon tour dans les premiers jours de février 1915. Les quais du Havre étaient d'une tristesse infinie. D'un ciel lourd et bas tombait sans discontinuer un petit crachin poisseux. Il écrasait cette longue perspective d'entrepôts et de grues dont semblaient émaner de toutes parts, sans qu'on sache pourquoi, l'oppression et l'inquiétude nées des rares nouvelles venues du front.

Telle fut la dernière et bien triste vision que je gardai de la France. Ni plus ni moins que tous ces hommes que j'avais vus partir vers le front en clamant très haut leur conviction qu'ils en seraient revenus à l'automne, je me berçai un temps de l'illusion de mon retour rapide rue Brémontier. Je m'accrochai à cet espoir aussi longtemps que je le pus, mais la tournure prise par les événements en Europe finit par avoir raison de mon optimisme.

D'ailleurs, les affaires reprenaient. Si je ne pouvais plus approvisionner le marché du flot de mes trouvailles faites au plus profond des provinces de France, j'avais pris soin, depuis longtemps, de me constituer une réserve des plus belles pièces dont la commercialisation pouvait, pour quelques années encore, me procurer un revenu très confortable. J'avais acquis, dans ce genre de commerce, une réputation suffisante pour que je puisse ajouter, à cette seule carte de marchand, celle au moins aussi lucrative d'expert.

Au début, je m'adonnai à ces activités sans grand enthousiasme, comme on tue le temps. Les saisons passant et mon regard devant de plus en plus se détourner de l'est d'où ne venait décidément aucune bonne nouvelle, je me résolus à m'y consacrer totalement. Je suis surpris de réaliser maintenant combien, au fond, il m'a été aisé de me détacher de la vie aventureuse que j'avais menée jusque-là.

L'âge, peut-être. Je ne l'avais pas vu venir. J'avais pour la première fois pris conscience de tout ce temps passé en apprenant la mort d'Antoine Donnadieu. Je n'avais pas voulu croire alors que cela pourrait changer quoi que ce fût au bouillonnement d'activités qu'avait été ma vie jusque-là. Durant quatre longues années encore mes activités restèrent fort peu différentes de ce qu'elles avaient été depuis ma découverte des richesses archéologiques de la France. Mes déconvenues autunoises avaient pourtant sonné comme une première alerte. L'échec que l'on subit en rentrant les épaules plutôt que de se battre est déjà un signe de renoncement.

Je m'étonnais moi-même de la facilité avec laquelle j'acceptais cet autre renoncement et m'installais dans la routine de ma nouvelle existence. J'en vins presque à me désintéresser de ce qui se passait en France. Je me détournai systématiquement des photos, complaisamment étalées dans les pages des revues d'actualités, d'épouvantables ruines de villes ou de villages dont j'avais jadis parcouru les rues pleines de charme.

La page, en somme, s'était tournée d'elle-même. Je ne serais probablement jamais revenu en France sans ce courrier qui me parvint à l'automne 1917. Il émanait du fils d'un homme d'affaires de Philadelphie, grand amateur d'art auquel j'avais fourni, dans les toutes premières années du siècle, à peu près tout ce dont il rêvait pour que la propriété qu'il se faisait bâtir lui parût être le summum du bon goût européen. Je n'en aurais pas dit autant. Je me gardai bien de lui donner mon point de vue dont, d'ailleurs, il n'avait que faire !

Arguant des bonnes relations que j'avais entretenues avec son père, ce jeune homme, officier de notre armée depuis peu débarquée en France, me proposait un étonnant marché. Bien que je fusse en droit de me poser la question du rapport que cela pouvait avoir avec les raisons qui lui avaient fait traverser l'Atlantique, il m'assurait pouvoir me fournir en pièces archéologiques du plus haut intérêt. Il était en mesure, me disait-il, de m'en garantir formellement l'authenticité et n'attendait que mon accord de principe pour m'adresser une première liste de sculptures en bois comme en pierre et de bas-reliefs datant tous de l'époque romane.

Mon premier réflexe fut de me débarrasser au plus vite de cette lettre qui sentait trop le trafic. Elle fit pourtant vibrer, au plus profond de moi, je ne sais quelle corde de nostalgie. Je restai longtemps à la retourner dans tous les sens, ne sachant plus très bien qu'en faire. Et puis, bêtement, j'ai cédé à la facilité et me suis dit que, après tout, je ne risquais pas grand-chose à laisser venir...

Que ne me suis-je abstenu ! La liste promise me parvint assez rapidement. Elle énumérait une grande quantité d'objets que je considérais de peu d'intérêt. Sauf, perdu au milieu du reste, glissé là comme par hasard, « un linteau en calcaire de Bourgogne, d'une longueur de 5,06 mètres, en quatre morceaux, dû au ciseau de Gislebert l'Autunois (XIIe siècle), provenant de la porte latérale de la cathédrale d'Autun et représentant Adam, Eve et le diable en bas-relief. Très bon état »...

24

Le certificat d'études primaires qu'obtint Manon fut la fierté de la famille. Il n'empêcha pas Blandine de prendre sa fille par la main et de l'entraîner sur le chemin de la ville. C'était la première fois qu'elle y retournait depuis qu'elle s'en était échappée avec Hugo, plus de quarante ans plus tôt. Elle avait pourtant décidé que Manon ne serait pas paysanne.

« Il n'y a pas honte ! » avait grogné Hugo, que la décision de sa femme ulcérait un peu.

Elle n'en démordit pas. Sa décision était prise ; bien malin qui l'en eût fait changer. Louisette, qui tirait un modeste revenu d'un petit café de faubourg où elle s'était installée après la disparition d'Antoine Donnadieu, fondit en larmes en reconnaissant Blandine.

— Et ça, ta fille ! parvint-elle à articuler quand elle eut un peu repris ses esprits.

— Eh oui ! dit Blandine non sans fierté en poussant légèrement Manon devant elle. Et encore, ce n'est que la dernière. Il y a deux gars avant elle. Deux gars solides. Pour eux, pas besoin de chercher du travail. Leur père leur en donne déjà assez comme ça. Mais pour elle...

— Tu veux la placer... A son âge...

— A son âge ! Et qu'est-ce que tu faisais, toi, à son âge ?

Elles éclatèrent de rire.

— Tu me menais la vie dure, oui ! Tu peux le dire !

— Et moi, ça faisait combien de temps que je travaillais chez monsieur ? Elle, on l'a laissée aller jusqu'au certificat. Ce n'est pas pour ce que ça va lui servir... Mais, l'école, ça lui plaisait. Elle sait lire, compter et écrire couramment. Elle connaît même la géographie et un peu l'histoire. Et puis, maintenant, ça se fait, pas comme dans notre temps...

Elle en était fière comme Artaban. Elle n'en feignait pas moins de ne voir là qu'une fantaisie, un luxe dont on pouvait à la rigueur tirer quelque orgueil, mais qui n'était d'aucune utilité.

— Maintenant qu'elle l'a, ce sacré certificat, il va falloir voir à passer aux choses sérieuses.

— Ce n'est pas que tu veux la placer...

— Non... Je ne sais pas... Est-ce qu'on place encore des jeunesses comme ça ? Ce qu'on voudrait, Hugo et moi, c'est qu'elle apprenne un métier. Est-ce qu'on sait de quoi la vie sera faite ?

Un métier, pour une fille de cet âge-là ! C'était dans les nouvelles mœurs. Louisette se garda bien de commenter, mais elle n'en pensait pas moins...

— Peut-être, conseilla-t-elle tout de même, tu devrais aller voir à l'hôtel. Tu te souviens, monsieur était au mieux avec le patron de l'hôtel. Il est toujours là. Bien sûr, ce n'est plus lui, c'est son fils. Mais je suis sûre qu'il te reconnaîtra.

Elle n'eut pas à pousser plus loin ses recherches. Manon, sur la seule recommandation de sa mère, fut embauchée comme soubrette à l'hôtel et Blandine reprit le chemin de la communauté. Elle aurait pu prolonger un peu son séjour. Louisette le lui avait proposé. Mais elle n'y tint pas. L'envie de renouer avec son passé n'était plus là. Bien au contraire, une sorte de grande impatience l'avait prise de vite échapper à ce qui lui semblait être le summum de l'agitation et de la presse. Et puis le peu de temps qu'elle avait passé à parler avec l'ancien patron de l'hôtel, l'ami d'Antoine Donnadieu, lui avait ouvert un nouvel horizon.

« J'ai été parmi les donateurs que Donnadieu avait rassemblés pour aider Jean le Bon Cousin à créer sa communauté, lui avait-il expliqué. Et je me souviens très bien que nous avons tenu à ce que tout cela ne soit pas mis à son seul nom. Notre confiance en lui n'allait pas jusque-là. Nous avons exigé et obtenu que la propriété des bâtiments et des terres revienne à ceux qui feraient réellement vivre la communauté, dans la pratique de votre profession d'agriculteur et dans le temps. Je n'ai plus le souvenir exact des termes employés par le notaire, mais je sais qu'il a estimé notre souhait raisonnable et qu'il en a tenu compte. Donc, si c'est vous et vous seuls qui faites vivre ce qui reste de la communauté… »

Il n'avait pas eu besoin de finir sa phrase. Blandine était estomaquée.

« Vous… vous voulez dire… » avait-elle bredouillé.

Il avait eu de la main un geste de dénégation prudente.

« Je ne dis rien du tout. Ne va pas te mettre des idées en tête. Première chose à faire, aller consulter les actes de propriété chez le notaire. Après, vous verrez… »

Elle remonta presque en courant ! Il fallait qu'Hugo sache, vite, très vite !

— Que n'es-tu allée directement chez le notaire ! lui reprocha-t-il.

Elle en resta un instant désarmée.

— Seule ? Chez le notaire ? Pas question. C'est ensemble que nous irons !

Il éclata de rire et, malgré la présence des garçons, osa une caresse sur la joue de Blandine. Elle retint un instant la grosse main calleuse contre sa peau.

— Tu crois ?... demanda-t-elle.

Il se détourna en haussant les épaules. Il ne voulait pas qu'elle vît son trop grand espoir.

Le notaire fut réticent. Ils durent insister pour qu'il acceptât de sortir le dossier. Ce ne fut que lorsqu'il eut épuisé tous les stratagèmes pour ne pas prononcer les quelques mots qu'ils voulaient entendre et lorsqu'ils eurent pesé de toute leur obstination qu'il se résolut à admettre que c'était bien vrai. La propriété de la ferme et de ses terres devait revenir à ceux qui y auraient vécu et qui y auraient travaillé sans discontinuer depuis la création de la communauté et jusqu'à ce qu'elle se pose.

— Et quand se posera-t-elle ? tenta Hugo.

— Eh bien, à la date du décès de celui qui en détient actuellement la nue-propriété, le fondateur de la communauté, Jean le Bon Cousin.

— A sa mort ? insista Hugo, qui soupçonnait une nuance de taille.

Le notaire leva sur lui un regard ennuyé et un peu exaspéré. Ils s'affrontèrent quelques instants.

— A sa mort ou à son empêchement... précisa-t-il. Mais je ne voudrais pas...

Hugo s'était déjà levé. Il repoussait doucement sa chaise vers le bureau du notaire.

— N'ayez crainte, dit-il. Il ne lui arrivera rien... Du moins rien de plus que ce qui l'atteint déjà. Il a totalement perdu la raison.

— Il faudra que ce soit constaté...

Hugo hésita. Cela sortait de ses compétences ! Blandine lui posa la main sur le bras.

— On fera le nécessaire...

Ils n'eurent plus de cesse que de rassembler autour de Jean le Bon Cousin et autour d'eux-mêmes tous les éléments qui pouvaient conforter la thèse de sa démence et celle de leur droit à s'être installés dans le rôle de fermiers. Restait Amédée, bien sûr. Mais il comptait pour si peu. Il n'avait plus personne dans la vie dont ils auraient pu craindre qu'il le pousse à revendiquer tout ou partie de la propriété. Après tout, le laisser faire, lui reconnaître sa part de droit ne serait que confirmer leur propre honnêteté. Après, la difficulté ne serait pas grande de le pousser à léguer sa part à Manon. Il lui avait toujours porté une si grande affection !

— Maintenant, ça suffit ! décréta un soir Blandine. Il va déménager, le Maître ! Nous à quatre dans une parsonnerie, lui tout seul dans sa grande bicoque... C'est juste, ça ? D'ailleurs, il le faut. Qui croira que nous sommes les vrais fermiers si nous restons ici, dans un logement de domestiques ?

Hugo dut en convenir, mais il se garda bien de s'engager dans quelque décision que ce fût. Il n'y avait rien à dire sur le principe, mais la mise en œuvre posait d'autres problèmes ! Il y avait fort à parier que Jean le Bon Cousin n'accepterait pas si facilement de déménager. C'était d'ailleurs un signe de sa déraison que de se cramponner à des décisions dont il refusait obstinément de varier.

Blandine n'insista que peu de temps. Hugo était trop peu sûr de lui. Bien qu'elle fût certaine de l'avoir convaincu de leur bon droit, elle savait que jamais il n'oserait aller affronter Jean le Bon Cousin. Il aurait trop peur de ne pas trouver les bons arguments, de ne pas savoir user des bons mots, d'être pris au piège de son peu d'éloquence.

— C'est bon, dit-elle un soir. J'en ai parlé à Amédée. Il grogne, bien sûr. Il aurait tendance à prendre la défense du Maître ; juste parce que c'est, ou plutôt que ça a été le Maître. Mais il est d'accord quand je dis que ce n'est pas juste qu'il vive seul dans cette grande maison alors que nous sommes à quatre dans ce minuscule logement. Et puis je crois que l'idée d'être voisin de Jean le Bon Cousin ne lui déplaît pas.

— Alors, tu veux que j'y aille ?

— Non ! Ce ne sera pas la peine.

Elle souriait à Hugo comme elle seule pouvait le faire, avec cette grande lumière dans le regard, qui semblait tout arranger dès lors qu'elle apparaissait.

— Amédée m'a promis de s'en charger. Il m'a dit que si j'y allais, il me jetterait dehors. Il paraît qu'il est furieux contre nous. Le notaire a dû l'avertir. Dans sa déraison, que n'a-t-il pas dû imaginer... Mais Amédée m'a rassurée. « N'aie crainte, m'a-t-il dit. J'y arriverai. Avec moi, il acceptera. » Il m'a simplement demandé un délai. Quelques jours. Je n'ai pas très bien compris pourquoi. Tu le connais. Il a grommelé une explication à laquelle je n'ai rien entendu. Mais il m'a promis. Il ira.

Le vieux tint sa parole. Il y eut du mérite. Jean le Bon Cousin s'obstina. Il ne voulut pas voir ce que la situation avait de changé, depuis le temps où il pouvait encore se faire appeler « le Maître ». Amédée, courageusement, argumenta autant qu'il le put. Mais il ne dut pas moins finir par s'avouer vaincu.

— C'est bon, dit Blandine.

Cette fois, elle avait l'œil sombre des mauvais jours.

— Merci, Amédée. Tu as fait tout ce que tu as pu. Maintenant, ça devient notre affaire.

Dès le lendemain matin, elle se rendit chez Jean le Bon Cousin. Hugo, prudemment, se tenait à proximité. Il entendit le vieux prédicateur se mettre en colère, hurler de plus en plus fort, sur un ton de plus en plus aigu, au point qu'il finit par ne plus rien comprendre de ce qu'il disait. Puis il y eut un long temps de silence avant qu'éclatent les stridences d'un rire dément. Inquiet, il se demandait s'il ne devait pas intervenir lorsqu'il vit Blandine ressortir très calmement de la grande maison.

— Voilà, dit-elle sans que sa voix trahisse en quoi que ce fût l'épreuve qu'elle venait de subir. Je lui ai dit qu'il avait quatre jours pour emménager dans la parsonnerie de son choix. Il a hurlé comme un putois, mais a fini par me désigner celle la plus proche d'Amédée. Je lui ai promis qu'on la nettoierait et qu'on l'aiderait à déménager.

— Et c'est ça qui l'a fait rire ?

Elle eut une moue dubitative.

— Là, je dois dire, je n'ai pas bien compris. Alors qu'il hurlait comme tu as pu l'entendre, brusquement, quand je lui ai dit qu'on lui donnerait la main, il s'est tu. Il m'a fixée droit dans les yeux, il s'est mis un doigt devant la bouche comme s'il fallait faire silence, et il a murmuré : « Ce que je voudrai bien... Vous déménagerez ce que je voudrai bien... Vous n'aurez pas tout... » Des choses comme ça. Je n'ai pas tout compris. Il s'est mis à rire en même temps, de plus en plus fort. Il a dit qu'il savait bien ce qu'on cherchait, que nous n'aurions rien, qu'il avait tout arrangé... Et je ne sais encore quoi... Ah, oui, aussi, il a fait une allusion au puits... Je n'ai pas compris. Je ne sais pas ce qu'il voulait dire...

Il fallait que les mots sortent. Hugo n'y attacha pas plus d'importance qu'elle. Le déménagement eut lieu dans les jours suivants. D'occuper cette grande maison leur parut presque au-dessus de leurs forces. Ils n'avaient jamais connu jusque-là que l'espace étroit des logements de domestiques ou celui à peine plus grand de la parsonnerie. Ils finirent tous les quatre exténués. C'était moins le transport et l'installation de leurs maigres biens qui étaient les causes de cet épuisement que l'effort qu'il leur fallait faire pour s'approprier cet espace nouveau et imaginer la vie qu'ils allaient y mener.

Ils n'en débordaient pas moins de bonheur. Cette fois, la conviction leur venait que la ferme, ses terres et son bétail ne pourraient plus leur échapper. Pour Blandine et Hugo, c'était un dû qui venait en échange de tout le labeur qu'ils avaient fourni depuis qu'ils étaient arrivés là et peut-être un peu aussi de toutes ces années de clandestinité dont personne jamais, jusque-là, ne les avait remerciés. Pour leurs fils, c'était l'immense espoir d'entrer dans l'existence comme des patrons à la tête d'un bien qui, de toute leur vie, leur ôterait la crainte du lendemain.

Tout à coup, ils n'étaient plus de si petites gens. Et, quelque temps, le goût de leur importance leur fut une griserie quotidienne dont il leur fallait se défendre. Pourquoi fallut-il que l'illusion durât si peu de temps ?

25

L'absence de Manon leur pesait. Durant tant d'années, ses rires, ses chants et ses jeux d'enfant avaient accompagné leur travail. Elle était la fraîcheur qui leur rendait plus légère la peine des longues journées sous le rude soleil de juillet. Sans elle, ils s'appliquaient cette année à la fenaison comme à une corvée. Ils sentaient monter en eux, sans qu'ils puissent en comprendre le sens, une sorte de grand souffle d'angoisse qui les faisait silencieux.

Allons, encore deux ou trois jours et ce serait fini. Le beau temps semblait établi. Il tiendrait bien jusqu'à ce que la dernière charretée soit sur le fenil. Ils pourraient affronter les mauvais jours sans crainte d'avoir à manquer pour leurs bêtes. Alors, pourquoi cette sourde inquiétude qui les rongeait ?

La réponse leur vint par un matin de grand soleil. Fernand et Edouard, côte à côte, finissaient de faner l'herbe épaisse et odorante d'un pré qu'ils avaient fauché l'avant-veille. Hugo et Blandine en étaient déjà à charger le premier char de la journée.

Ils sursautèrent tous les quatre de la même façon et se redressèrent en même temps. Le vent de l'est leur apportait le son à la fois grave et pressé, presque haletant, des cloches de l'église.

— Le tocsin, murmura Blandine. Pourquoi ? Quel malheur ? Où ?

Des yeux, Hugo cherchait sur l'horizon la triste colonne de fumée grisâtre qui aurait pu trahir un incendie. Il n'en trouva évidemment pas. Celui qui venait de s'allumer était trop loin d'eux pour qu'ils puissent en entendre les sinistres crépitements. Ils ne savaient pas encore que le monde paisible dans lequel ils croyaient vivre n'existait déjà plus.

Hugo ne fut pas mobilisé. Sa classe d'âge fut d'abord considérée comme trop vieille. Il fallut attendre que les plus jeunes aient payé leur épouvantable tribut à la guerre pour qu'on se résolût à appeler les aînés à la rescousse. Edouard, trop jeune, tempêta parce qu'il ne partait pas. Fernand, lui, fut de la première mobilisation et pas peu fier de l'être. Comme les autres, s'il ne partit pas la fleur au fusil, il n'en était pas moins convaincu qu'ils allaient promptement reconduire ces « Prussiens » présomptueux jusqu'à Berlin. Ils seraient revenus de cette promenade de santé avant l'hiver, disaient-ils.

Alors commença la lente descente vers l'horreur. A la déception de ne pas les voir revenir aussi vite que prévu s'ajouta vite l'angoisse. Que se passait-il, là-haut, dans ces grandes plaines dont on ne savait que si peu de chose ? Aux hordes de mobilisés s'ajoutaient bon nombre de « galvachers » qui se retrouvaient pris dans une tourmente totalement imprévisible. On se reprochait de ne pas s'être assez intéressé. Où étaient-ils ? Ils avaient bien lâché des noms. On avait noté pour la forme, mais savait-on où cela pouvait bien se trouver ? S'en était-on seulement inquiété ?

Désormais, chaque matin, on redoutait de voir arriver la silhouette sombre du maire. Pauvre homme ! C'était à lui qu'incombait la tâche épouvantable d'aller avertir les familles dont le fils, le frère ou le mari ne reviendraient pas. A la stupeur des premières fois avait vite succédé la quotidienneté d'une terreur qui avait très vite eu raison des moindres formes de solidarité. Quand il approchait, sa casquette dans une main, le sinistre petit papier bleu dans l'autre, plutôt que de plaindre la famille qu'allait briser le sort, on priait pour qu'il allât frapper à une autre porte.

Les saisons se succédèrent sans que rien d'autre ne se passât que cette lente et inexorable progression de la mort et du malheur. Non seulement les premiers partis ne revenaient pas, non seulement la liste de ceux qui ne reviendraient jamais s'allongeait de mois en mois, mais encore les jeunes s'en allaient. Edouard fut du nombre. Ils se précipitaient avec cette présomption de leur âge qui leur chevillait au corps la certitude qu'on n'attendait qu'eux pour enfin en terminer... Et, à leur tour, ils entraient dans le cycle infernal de ce tout, à la fois parfaitement identifié et en même temps indéfinissable de ces armées dont on ne savait rien d'autre que la lente et sordide énumération de ceux qu'elles perdaient...

Lorsque survinrent les réquisitions, puisqu'il s'agissait de nourrir ces innombrables jeunes qui n'avaient qu'un seul visage, celui de l'enfant manquant à la table familiale, on s'empressa d'obtempérer. Elles se firent de plus en plus fréquentes, de plus en plus importantes. Jamais on ne rechigna, même pas quand le spectre de la misère commença à se préciser aux portes des fermes.

Seuls dans la grande maison dont ils avaient chassé l'ancien maître peu de temps auparavant, Blandine et Hugo virent, comme les autres, arriver ce spectre Eux, pourtant, bien que leurs deux fils soient maintenant sur le front, ils savaient bien n'avoir à compter sur aucune solidarité. Ils n'en avaient pas moins la charge de deux vieux dont l'un déraisonnait totalement. Encore s'estimaient-ils heureux que Manon, bien placée et débrouillarde, ait réussi à se rendre indispensable à ses patrons.

Elle écrivait parfois et Blandine, éperdue de fierté, faisait la lecture à Hugo de ces mots bien agencés par leur fille sur le papier à en-tête de l'hôtel.

« Elle a de qui tenir ! » disait-il avec émotion.

Blandine fronçait les sourcils et refusait de s'attendrir.

« Pour ce que ça me sert ! » grondait-elle.

Hugo hochait tristement la tête et repartait à son travail. Il s'y abrutissait. Longtemps, il y mit tant d'ardeur, malgré l'âge qui venait, que l'illusion dura qu'ils pourraient tenir bon. Mais le temps passa. Il eut de plus en plus à faire face à l'usure progressive du bel outil qu'il avait forgé avec ses fils. Il aurait fallu qu'il trouvât encore le temps d'entretenir, de réparer, d'améliorer. Ses forces s'y épuisèrent en même temps que s'éteignait peu à peu la joie de vivre qui lui avait permis, en son temps, de tant entreprendre.

Elle s'éteignait en même temps que se perdait l'humeur toujours enjouée de Blandine. Les angoisses de toutes sortes avaient eu raison de son sourire. Rien ne lui restait que l'acharnement de vivre, de survivre, jour après jour, pour que ses fils, lorsqu'ils reviendraient, retrouvent au moins ça. Elle n'avait plus d'autre raison d'exister et s'y tenait cramponnée comme un naufragé à son épave.

Deux années passèrent sans qu'apparût l'ombre d'une amélioration. Et le bruit s'était mis à courir qu'il serait bientôt fait appel aux anciens. Hugo n'en dit rien. Il arrivait pourtant que le regard désormais triste et dur de Blandine s'appesantît sur lui. Que lui resterait-il si lui aussi lui était enlevé ? Il sentait son angoisse, se tournait vers elle. Ni l'un ni l'autre ne sut ou ne voulut jamais exprimer l'immensité de son angoisse, mais il leur suffit toujours de ces échanges silencieux pour savoir puiser au plus profond de l'autre le courage de continuer encore un peu, jusqu'à ce que, peut-être, s'entraperçoive, loin, très loin au fond des ténèbres, l'infime tremblotement de l'étincelle d'où pouvait renaître l'espoir.

Il avait gelé, ce matin-là. Blandine, insensible au froid, se dépêchait de s'occuper de ses poules. Celles-là, au moins, ne seraient pas réquisitionnées. Avec les quelques œufs qu'elles pondaient, Hugo et elle pourraient tenir le coup. Bien que, là aussi, il fallût rationner, elle aimait ce moment où, chaque matin, elle leur distribuait les quelques poignées de grains auxquelles elles avaient encore droit. Sans se soucier des quantités toujours plus faibles, les poules se précipitaient avec ardeur et gaieté et fouillaient des pattes et du bec dans leur litière jusqu'à ce qu'elles aient récolté la dernière graine. Pendant ce temps et tout en les regardant faire, Blandine allait à la quête aux œufs. Sa collecte était évidemment modeste. On ne pouvait pas économiser sur la nourriture et compter sur l'abondance de la ponte. Mais elle ne s'en formalisait pas. Pourvu qu'elle puisse confectionner une ou deux omelettes par semaine à Hugo, elle s'estimait satisfaite et avait même une pensée un peu coupable pour tous ceux qui ne pouvaient pas accéder à ce luxe.

Elle sondait de la main les profondeurs de foin et de paille où, par ruse, les poules cachaient leurs œufs, lorsqu'un bruit de voix la fit se redresser. Hugo s'occupait de ses vaches dans une étable éloignée. Par un temps pareil, Amédée et Jean le Bon Cousin ne risquaient pas de se montrer avant longtemps. Qui cela pouvait-il bien être ? Il fallut qu'elle redescende de son tas de paille et qu'elle s'avance vers la cour en époussetant son large tablier pour que la saisisse le terrible pressentiment.

— Mon Dieu... dit-elle. Pourvu... Pourvu...

Elle allait se précipiter vers la route. Elle en faisait déjà le mouvement lorsque la même voix, cette fois toute proche, juste derrière l'angle du bâtiment, émit les mêmes imprécations.

— Un truc à se casser le cou. Si ce n'était pas ce satané télégramme... Est-ce que ça ne finira jamais ? Aura-t-on pitié de nous ?

C'était lui, bien sûr. C'était le maire. Et pourquoi serait-il monté jusque-là, lui qui n'y était jamais venu, si ce n'était... Blandine se mordit le poing pour ne pas laisser échapper le hurlement de bête blessée qu'elle sentait monter en elle. Le maire apparut, zigzaguant entre les plaques de verglas. Il ne s'attendait pas à la trouver là et comptait avoir à monter jusqu'à la maison. Ils restèrent un instant pétrifiés, face à face, ne sachant que dire. Puis elle tendit la main.

— Donnez, dit-elle d'une voix blanche. Je sais. J'ai compris. Donnez.

Sans un mot, comme soulagé de ne pas avoir à expliquer, il lui tendit les papiers qu'il venait de sortir de la poche de sa veste. Il y en avait deux. Blandine chancela.

— C'est... Heu... Ce n'est pas la même chose, bafouilla le maire. C'est Edouard. Il va revenir...

Alors... C'était donc Fernand...

Blandine parvint encore à étirer sur sa face quelque chose qui voulait être un pauvre sourire. Elle remercia le maire. Le pauvre homme, est-ce qu'il y pouvait quelque chose ? Il comprit qu'il valait mieux la laisser seule. Il la salua brièvement, se recoiffa de sa casquette et reprit le chemin du village en prenant bien soin d'éviter les plaques de glace.

Elle resta figée un long moment au même endroit, le regardant s'éloigner sans trop le voir. Il fallait rentrer. Il fallait aller s'installer à la table pour ouvrir ces courriers sinistres et les lire. Elle savait qu'il fallait qu'elle fasse cela. Elle le savait, mais elle ne s'en sentait pas capable.

— Hugo... murmura-t-elle comme on implore.

Elle aurait tant voulu qu'il soit là. Elle aurait tant voulu partager la peine avec lui comme ils avaient tout partagé depuis tant d'années. Non seulement elle était seule, mais encore, lorsqu'il rentrerait, il faudrait lui dire... Il faudrait que la mère annonce au père la mort de son fils... Etait-ce humain, une pareille horreur ?

A trouver le panier des œufs abandonné au milieu de la cour, Hugo, en rentrant, fut saisi d'un sombre pressentiment. Il le ramassa vivement et se dirigea à grands pas vers la maison. Amédée était sur le pas de sa porte. Il eut pour tout commentaire un hochement de tête attristé. Hugo comprit. Il se précipita.

La salle était glacée. Blandine, assise à la table, les mains sur les genoux, le regard dans le vague, parut ne pas l'entendre entrer. Deux grosses larmes coulaient sur ses joues. Elle avait poussé le sinistre carré de papier bleu au bout de la table, au plus près de la porte. Hugo eut soudain très froid. Il se contraignit à faire les deux pas qui le séparaient du gouffre de peine dans lequel il allait basculer. Fernand... L'aîné. Le premier à qui il avait appris le travail et que son cadet, ensuite, avait suivi comme son ombre...

Hugo aurait aimé hurler sa peine. Il lui semblait qu'elle l'aurait moins brûlé. Il en était incapable. Mâchoires rivées, il longea le banc, posa une brève caresse sur les épaules de Blandine et vint s'asseoir auprès d'elle. Il n'y avait rien à dire. Il n'y avait rien à faire. Hugo se croyait au fond de la misère. Il s'en fallait encore de beaucoup. Il fallut que s'écoulent encore de longues minutes pour qu'il comprenne enfin que Blandine, à côté de lui, se battait farouchement contre elle-même pour parvenir à prononcer les quelques mots encore à dire. Il se tourna vers elle. Elle vit qu'il attendait.

— Ce n'est pas tout, dit-elle.

D'un geste, elle fit glisser vers lui l'autre lettre, celle qui concernait Edouard. Lui n'avait pas eu droit au télégramme. Il n'était pas mort. Il n'était que blessé. Mais pour qu'on les en informât de cette façon et qu'on leur annonçât qu'il allait rentrer à la maison, il fallait qu'il soit en bien mauvais état...

Deux d'un coup... Victimes de la même absurdité, de la même offensive, à quelques kilomètres l'un de l'autre, sans même savoir qu'ils allaient du même pas vers l'anéantissement. Les ténèbres dans lesquelles ils vivaient depuis le début de la guerre venaient d'être pulvérisées. A l'un et l'autre, il semblait qu'ils glissaient sans fin vers le néant. Ils étaient vaincus.

— Au moins, comme ça, toi, tu ne risques pas d'y aller, dit Edouard à son père le soir même de son retour.

S'il l'avait manqué de peu, un obus lui avait tout de même emporté une jambe et un bras, et mis le corps en tel état qu'il savait déjà quelles seraient ses souffrances pour le restant de ses jours.

Hugo préféra ne pas relever. Hugo préféra ne pas dire les mots qui, pour une fois, se bousculaient dans sa tête. A quoi avait-il servi qu'ils se battent comme ils l'avaient fait depuis tant d'années pour que cette ferme vive et qu'elle leur revienne ? Jamais ! On ne devrait jamais rêver l'avenir de nos enfants... Que restait-il de leurs rêves ? A quoi servait-il encore de vivre ?

26

Au fond de leur vallon morvandiau, aussi sûrement que s'ils avaient subi le déluge de feu et d'acier sous lequel avait succombé Fernand et dont Edouard leur revenait infirme à tout jamais, la vie, en quelques heures, avait cassé Blandine et Hugo. Ils renoncèrent. Cette ferme qu'ils avaient portée à bout de bras durant tant d'années sans savoir si elle reviendrait un jour à leurs fils, ils l'oublièrent.

Maintenant, pourtant, elle était leur. Ils avaient obtenu en mai 1914 que leurs droits d'uniques exploitants soient enfin reconnus. Pour rien… Déjà les réquisitions et les difficultés qu'il y avait à commercialiser ce qui leur échappait avaient mis à mal le bel équilibre dont ils se prévalaient avant que la guerre éclate. Ils avaient néanmoins réussi, à force de travail et d'obstination, à trouver les quelques filières qui leur permettaient d'écouler assez bien leurs productions. L'une après l'autre, ils durent y renoncer.

Jour après jour et malgré ce pauvre Amédée qui faisait tout ce qu'il pouvait pour leur venir en aide, ils abandonnèrent et s'enfermèrent dans le cercle étroit d'une autarcie un peu chiche, qui leur laissait tout le temps de ressasser leur malheur et de s'y complaire. Inconsciemment, c'était ce qu'ils recherchaient. Et quoi de plus naturel ? Ils n'étaient plus les parents des gamins appelés à reprendre la ferme et à y réussir. Ils n'étaient que les géniteurs d'un infirme. Lui maintenir sous les yeux l'opulence outrageuse de ce qui aurait pu être sa réussite était plus cruel qu'autre chose. Ils éteignirent un à un tous les flambeaux de leur précédente réussite.

Ils ne tardèrent pas à subir les assauts du besoin. A contrepied complet de ce qu'avait toujours été leur vie, plutôt que lutter pour s'en préserver, ils s'en plaignirent et s'érigèrent en victimes. C'était Amédée, en définitive, qui, prenant pitié d'eux, tentait comme il le pouvait de leur venir en aide et qui tirait encore de sa maigre pitance de quoi faire en sorte que Jean le Bon Cousin, définitivement perdu dans l'épaisseur des brumes de sa folie, ne meure pas de faim.

Lorsque, un beau matin de juillet 1917, le bruit pétaradant d'un moteur monta vers eux, leur premier réflexe fut de s'enfuir dans les prés. Plus rien de bon, pensaient-ils, ne pouvait leur venir par cette toute petite route qui était leur unique lien avec le monde extérieur. Seule les retint l'impossibilité dans laquelle ils étaient d'emmener Edouard avec eux.

Blandine s'était réfugiée dans l'ombre de sa cuisine, près de l'infirme. Hugo allait et venait nerveusement dans la cour, devant la porte de la maison, comme s'il se fût agi de faire un ultime rempart de son corps aux quelques vestiges de leur bonheur passé. C'était la première voiture automobile qui s'aventurait jusque-là. Ils l'avaient entendue venir de loin. Le tintamarre qu'elle levait n'avait rien de discret. Très vite, il leur fallut admettre qu'elle ne pouvait aller nulle part ailleurs que chez eux.

Lorsqu'elle vira sur ses grandes roues maigrelettes dans l'entrée de la cour et que le bruit de casseroles de sa mécanique consentit à décroître, leurs regards scrutaient moins cette étrange chose que leurs propres réactions. Amédée, lui aussi attiré par le bruit, était sur le pas de sa porte. Blandine, inquiète de savoir quel malheur pouvait apporter cette intrusion inattendue, s'était aventurée jusqu'au portillon qui barrait l'entrée de la maison aux poules et aux canards. Elle s'y tenait appuyée des deux mains, l'œil sombre, hostile, presque méchant. Ils se surveillaient les uns les autres. Qu'allaient-ils faire ? Comment allaient-ils accueillir cet étranger si différent d'eux-mêmes ? Ils s'intéressaient plus à leurs compagnons d'infortune qu'au grand gaillard qui descendit de la voiture automobile.

Il fallut qu'il s'approchât d'Hugo, main tendue et un large sourire lui barrant le visage, pour que celui-ci prête quelque attention à l'étonnante couleur verdâtre de son impeccable uniforme. Il avait jeté sur le siège de sa voiture la toque, les lunettes, la pelisse et les moufles épaisses sous lesquelles il leur était d'abord apparu et s'était coiffé d'une casquette telle qu'ils n'en avaient jamais vu.

— *Hi !* fit-il, à leur plus grande surprise. Je me présente : je suis Bob Hawking junior. Je me promène par ici. Alors, je me suis arrêté pour dire bonjour.

Tout était stupéfiant, dans ce discours. L'accent, d'abord. Pouvaient-ils savoir qu'une unité de la valeureuse armée des Etats-Unis d'Amérique était temporairement stationnée dans une caserne d'Autun avant d'aller prêter main-forte, dans les tranchées, aux pauvres poilus exténués ? Et puis, cette façon de s'exprimer... Se promenait-on en pareil équipage et dans une telle tenue ? Et en admettant même que ce fût le cas, s'arrêtait-on dans leur bout du monde pour « dire bonjour » ?

Hugo se montra aimable, sans plus. Il fallut que, pressé de reprendre ses tâches, il commençât à marquer quelque impatience pour que le dénommé Bob, jeune officier de l'armée américaine profitant de son temps libre pour courir la campagne française avant, peut-être, d'aller y mourir, consentît à leur expliquer les vraies raisons de son déplacement.

— J'ai vu, à Autun, chez un curé, cette merveille parmi les merveilles qu'est *La Tentation d'Eve*, dit-il. On m'a expliqué que ce n'était qu'une partie d'un ensemble bien plus grand qui a été détruit au XVIIIe siècle. On m'a dit que vous en possédiez d'autres éléments. Est-ce qu'il serait possible que je voie ?

Hugo ne put s'empêcher de lancer un regard inquiet vers Amédée. Impassible, celui-ci attendait manifestement que vînt la suite.

— Qui vous a dit cela ? demanda Hugo sans trahir le moindre intérêt.

— *Aho !* parut s'étonner son interlocuteur. Il n'y a rien là, je vous assure, qui puisse vous déplaire. Je voudrais simplement voir. C'est le patron de l'hôtel où je loge qui m'a dit. Un homme charmant. Vous savez, la vie à la caserne, pour moi... Je crois savoir que nous en aurons bien assez, de l'inconfort, lorsque nous serons sur le front. Alors, avant d'y monter, je m'offre du luxe. J'en ai les moyens !

Il leur expliqua sans la moindre humilité qu'il était le fils d'un grand industriel américain possédant une fortune colossale. Il pouvait tout se permettre ou presque.

— Je pourrais même vous racheter ces magnifiques bas-reliefs, s'exclama-t-il dans un grand éclat de rire. J'en donnerai ce que vous direz.

Il ne pouvait s'agir que de l'hôtelier chez qui travaillait Manon. Pourquoi avait-il consenti à révéler ce secret à ce grand Américain un peu trop loquace ? Se doutait-il des extrémités où ils étaient rendus ?

Hugo, cette fois, après avoir croisé le regard devenu franchement hostile de Blandine, se tourna vers Amédée.

— Tu sais, toi, dit-il.

Le vieux n'était pas du genre à feindre. Il parut désarçonné.

— Je sais... je sais ! Je sais rien du tout, oui, voulut-il se défausser. Peut-être, avec Jean le Bon Cousin... Peut-être... Mais ce n'est pas à moi de voir...

Après tout, il avait raison. Ce n'était pas parce que l'étrange visiteur se réclamait de l'hôtelier. Peut-être, sans cela, l'auraient-ils simplement jeté dehors. Mais si Amédée ne voulait pas se charger de l'emmener chez le dément qui semblait ne rien avoir entendu, ce n'était pas à Hugo de s'en charger.

— Là, dit-il en montrant d'un coup de menton la porte de la parsonnerie où Jean le Bon Cousin s'était réfugié. Ce n'est pas à nous qu'il faut demander. C'est à celui-là... si vous y arrivez...

Hugo fit demi-tour et rentra chez lui pendant qu'Amédée disparaissait derrière sa porte. Quand il fut seul au milieu de la cour, le jeune officier ne se démonta pas. Il alla frapper à la porte qu'on lui avait indiquée. Du coin discret de leurs rideaux, Blandine et Hugo le virent insister. Il dut s'y prendre à plusieurs reprises et lorsque la porte s'ouvrit enfin, ils eurent la surprise de le voir rapidement disparaître dans l'ombre du logement. Ou bien Jean le Bon Cousin l'avait accueilli sans le couvrir d'injures, ou l'autre ne s'était pas laissé impressionner !

Il leur fallut longtemps patienter avant de le voir réapparaître. L'air sombre, sans prendre le temps de recoiffer sa belle casquette d'officier de l'armée américaine, il rejoignit sa voiture, la remit en marche d'un coup de manivelle rageur, recoiffa sa toque, enfila sa pelisse et ses moufles et disparut aussi rapidement qu'ils l'avaient vu arriver.

Ils crurent l'affaire entendue. Jean le Bon Cousin l'avait éconduit, voilà tout. Le temps qui passa parut leur donner raison. Le vieux fou mourut cet été-là. Ce ne fut rien d'autre, pour eux, qu'un soulagement. Une page trop longtemps restée ouverte s'était décidée à se tourner ; voilà tout...

Ils n'étaient pas loin d'avoir oublié l'incident lorsque, un matin de septembre, le même bruit de crécelle monta de la vallée. La belle saison s'envolait sans avoir rien apporté qui ait pu être de nature à interrompre leur lente glissade vers la misère totale. Les réserves étaient quasiment vides. Ils savaient déjà qu'ils en verraient le fond bien avant que reviennent les beaux jours. Comment, alors, survivraient-ils ? Ils n'en avaient pas la moindre idée.

L'interrogation de l'inconnu ne jouant plus, lorsqu'ils eurent identifié l'automobile, ils se détournèrent et firent mine d'avoir trop à faire pour perdre leur temps avec cette affaire-là. L'engin vint s'immobiliser exactement au même endroit qu'à quelques mois de là. L'homme qui en descendit eut les mêmes gestes pour se débarrasser de sa tenue de route et pour se recoiffer de son étrange casquette verdâtre.

C'était le même jeune officier, mais il ne se dirigea pas vers chez Jean le Bon Cousin. D'un pas décidé, il traversa la cour jusqu'à la porte d'Amédée et y cogna rudement. Hugo sortit de l'ombre de l'étable d'où il surveillait la scène.

— Ne vous fatiguez pas, dit-il. Il n'est pas là. Il est parti aux champignons. On ne le reverra pas avant... On ne sait pas. Demain soir, après-demain soir... Est-ce qu'on sait ?

Amédée avait trouvé ce moyen pour assouvir leur faim. Depuis le printemps, il battait la forêt, à la recherche de toutes les baies, tous les fruits sauvages dont il faisait des conserves et qu'il stockait dans les caves. Ce ne pouvait être qu'un pis-aller, mais si, avec un peu de chance, la prochaine belle saison s'annonçait un peu plus tôt que de coutume, il pouvait y avoir là de quoi les sauver.

L'homme parut contrarié. Il n'en retrouva pas moins son large sourire habituel pour venir serrer énergiquement la main d'Hugo.

— Alors, dit-il, puisque le vieux monsieur n'est pas là, vous êtes Hugo ?

Surpris, celui-ci eut un léger mouvement de recul.

— Oui, c'est moi. Que me voulez-vous ?

— *Aho !* C'est donc vous le père ! Votre fille est charmante, savez-vous ?

— Ma fille ?

Pour le coup, Hugo s'était redressé. Que voulait cet étranger à Manon ? Quelles étaient ces façons de la trouver « charmante » ?

— Que dites-vous ? Comment parlez-vous de ma fille ?

— *Aho !* C'est très bien, croyez-moi, ce que je dis de Manon. Elle m'a parlé de vous. On a beaucoup parlé, avec Manon. Elle est gentille, vous savez, votre fille. C'est elle qui m'a dit que votre voisin, le vieil Amédée, c'est ça, c'est bien Amédée ? était tailleur de pierre. J'aurais voulu voir...

C'était donc ça... De tout ce bavardage, rien n'intéressait Hugo, sauf ce qui concernait Manon. Il appela Blandine.

— Monsieur connaît Manon, dit-il.

Ils ne l'avaient plus revue depuis si longtemps ! De loin en loin, elle leur envoyait un petit mot ou elle faisait passer des nouvelles par des gens du pays descendus à la foire ou chez le notaire. Depuis la mort de son frère, elle s'était faite encore plus rare, comme si elle préférait que s'estompe doucement le lien avec ce passé de misère...

— Manon ! s'exclama Blandine en jaillissant de la maison.

Elle était habillée d'une large blouse grise informe et s'essuyait les mains dans un grand torchon blanc.

— Vous connaissez donc Manon ? Dites-moi, comment va-t-elle ? Et son travail ? Ça va bien, son travail ?

Il se plia de bonne grâce à l'interrogatoire qu'elle lui fit subir. Comme il en ressortait essentiellement que les choses allaient plutôt bien pour leur cadette, Blandine, après avoir furtivement écrasé une petite larme au coin de son nez, devint beaucoup plus attentive à ce que disait l'Américain et plutôt favorable à ses demandes !

Hugo, lui, restait sur la réserve. Qu'Amédée soit là ou pas lui importait peu. Il comprenait maintenant ce qui avait poussé l'autre à monter jusque-là. La première fois, il avait voulu voir les pierres dont on disait que Jean le Bon Cousin les détenait. Il s'était fait éconduire. Maintenant, il voulait voir ce qu'avait fait Amédée et surtout, bien sûr, cette copie du linteau de Gislebert qui se trouvait jadis au-dessus de la porte des Ladres, au flanc de la cathédrale.

Près d'un demi-siècle plus tôt, lorsque, tout jeune homme, il avait averti Antoine Donnadieu de ce que sa truelle de démolisseur venait de mettre au jour, se doutait-il que leurs destins se liaient une fois pour toutes à cette étrange et belle silhouette d'Eve allongée dans la verdure du jardin d'Eden, la main ouverte pour recevoir le fruit défendu que lui tendait le diable ? Il ne lui plaisait guère que cet étranger, cet officier en rupture de ban, dans son uniforme trop élégant pour ne pas être un peu suspect, vînt se mêler de cette affaire. Si ça n'avait tenu qu'à lui, il aurait purement et simplement refusé. Blandine pourtant vit tout de suite l'intérêt qu'ils pourraient en tirer. Elle prit le parti de l'officier, insista. Hugo finit par céder et par aller ouvrir la porte de la grange.

Amédée rentra le lendemain soir, chargé de paniers pleins de girolles, de cèpes et de trompettes-de-la-mort. Ce ne fut que le lendemain qu'il fit irruption chez Blandine et Hugo. Il entra sans même frapper. Jamais, en temps normal, il ne se serait permis une telle familiarité.

— Tu l'as vendu, dit-il à Hugo.

Il portait à l'épaule une besace dont ils devinèrent sans peine qu'elle contenait tout ce qu'il possédait.

— C'était la dernière chance.

— Vous la courrez seuls. Je m'en vais.

Ils ne purent rien y faire. Ils lui dirent que c'était à Manon qu'ils la devaient, cette chance-là. Il ne voulut pas entendre. Hugo lui proposa la moitié de la somme rondelette qu'il avait obtenue du linteau. Amédée la lui jeta à la figure et il partit.

Les fers de la solitude refermaient leurs terribles mâchoires sur leur mauvaise conscience et sur les ruines de leurs rêves pulvérisés…

27

On imagine ma stupeur et pour tout dire mon incrédulité lorsque, en pleine guerre, alors que la vieille Europe nous paraissait de plus en plus inabordable, je trouvai, sur cette liste d'objets de collection, ce que, de toute ma carrière ou presque, je n'avais pas pu entrevoir. Cette pièce, plus que rare, ce linteau réputé avoir été détruit en 1766, dont la réapparition d'un seul élément tenait déjà du miracle, et autour duquel gravitaient mes plus sévères échecs ! Comment était-il possible qu'elle apparaisse ainsi, telle une vulgaire gargouille ou un banal chapiteau, sur cette espèce de fourre-tout établi par un amateur ?

Ulcéré, j'adressai sur-le-champ un télégramme à ce jeune officier, en lui demandant de m'authentifier la pièce, de me la décrire et de m'expliquer comment elle était parvenue entre ses mains. Sa réponse, qui ne tarda pas, était d'une précision qui m'époustoufla. Il m'apprenait beaucoup de choses sur Adam et le diable, que je n'avais jamais vus, me faisait d'Eve un portrait assez fidèle, mais me surprenait tout de même en passant sous silence quelques détails, tels que la forme et l'emplacement des cassures qui ne pouvaient pas ne pas exister. L'Eve elle-même étant en deux morceaux, en admettant que ni l'Adam ni le diable n'aient été brisés, ce qui était peu vraisemblable, ce linteau, qu'il présentait comme une pièce unique, était en fait constitué au minimum de quatre morceaux.

Quant aux circonstances qui lui avaient permis d'entrer en possession de si précieux objets, il semblait tout simplement avoir oublié que je lui avais demandé de me les préciser. Je dus insister. Il finit par m'expliquer que son unité avait séjourné quelque temps dans une caserne d'Autun avant de monter vers le front. Disposant alors de temps libre, il avait battu la campagne, avait entendu parler de ce linteau reconstitué par un moine qui en possédait deux éléments et en avait acquis le troisième, l'Eve, auprès du musée d'Autun.

Histoire rocambolesque qui aurait dû, en toute logique, me faire renoncer aussitôt. Comment imaginer que le musée d'Autun ait pu ainsi faire commerce de *La Tentation d'Eve* ? Il y avait pourtant ce moine dont on se doute qu'il retint mon attention. Et puis la guerre... Pouvait-on savoir, depuis la paisible Amérique, ce qui se passait dans ces campagnes de France qu'on nous peignait dévastées, ravagées, vivant toutes les misères ? Après tout, dans l'horreur et la folie auxquelles était livrée la France, ce qui était proprement inconcevable jadis n'était-il pas, aujourd'hui, à mettre au rang des sordides expédients dont il fallait user quotidiennement, nous disait-on, pour survivre ?

Je tentai d'obtenir plus de précisions, quelques détails sur cette étonnante transaction avec le musée, surtout le nom de ce moine et le lieu où il vivait. Il me répondit un peu sèchement, me rappelant qu'il avait d'autres impératives raisons d'être en France et que son unité n'avait séjourné que brièvement à Autun. Il était maintenant en un lieu qu'il n'avait pas le droit de me préciser, d'où il lui était impossible d'obtenir d'autres renseignements. Quant au moine, il affirmait ne l'avoir rencontré que quelques heures, le temps de lui acheter le linteau. Comment s'appelait-il ? Où cela se passait-il ? Il maintenait ne plus en avoir le moindre souvenir tant ces questions lui paraissaient insignifiantes.

Il m'assurait en revanche qu'étant en mesure d'ignorer les obstacles posés par la situation de guerre, il pouvait me faire parvenir l'ensemble sous un délai assez court. Il avait dû flairer l'intérêt que je portais à l'affaire car il n'hésitait pas à m'annoncer le montant de ce qu'il demandait de l'ensemble. Moi qui n'avais pas agi autrement en de si nombreuses occasions, j'en fus tout de même estomaqué. Il était pour le moins gourmand et opérait déjà un subtil chantage en m'indiquant froidement le prix qu'il demandait de chaque personnage pour le cas où je me contenterais de l'un ou de l'autre.

A la seule idée que le linteau ainsi miraculeusement reconstitué puisse à nouveau être éparpillé en plusieurs morceaux, mon sang ne fit qu'un tour. La somme en jeu était telle que j'estimai ne pas pouvoir me contenter des seules indications qu'il me donnait dans ses courriers. Il me fallait voir de mes propres yeux cet ensemble devenu mythique, après lequel j'avais couru pendant si longtemps sans jamais parvenir à l'entrevoir.

J'adressai sur-le-champ un copieux chèque d'arrhes à ce curieux représentant de la glorieuse armée américaine en Europe en lui demandant expressément de ne rien faire tant que nous ne pourrions pas traiter de la main à la main. Je préparai à nouveau mon bagage et entrepris les démarches nécessaires pour gagner la France.

Je n'eus pas à aller bien loin. On me signifia très rapidement que le motif invoqué pour mon déplacement n'était pas jugé assez crucial pour qu'on m'autorisât à l'entreprendre. Il était hors de question que je puisse embarquer. Je remuai ciel et terre ; je sonnai à toutes les portes ; j'essayai toutes les pistes, jusqu'aux plus tortueuses ; en vain…

Le temps pourtant pressait. Mon interlocuteur s'impatientait. Avec un cynisme de vieux routier du métier, il me faisait valoir que d'autres acheteurs faisaient la queue à sa porte. Il me fixait des délais ultimes que je repoussai à plusieurs reprises à coups de chèques supplémentaires. Il finit par me mettre en demeure de me décider. Sa lettre me parvint le jour même où s'éclipsa le dernier espoir que je pouvais encore nourrir d'obtenir un laissez-passer pour la France. Il me laissait trois jours d'ultimes réflexions.

Je ne tins pas jusqu'à cette échéance. A bout d'arguments, dès le lendemain, je lui écrivis en me portant formellement acquéreur du linteau. Je n'assortissais ma commande que d'une seule condition. Déduction faite des sommes déjà versées, je ne lui réglai que ce qui permettait d'atteindre les deux tiers du prix demandé. Il n'aurait le solde que lorsque je serais en possession du linteau.

Peut-être, dès le départ, n'avait-il fixé la barre si haut qu'en prévision de ce marché. Peut-être même n'espérait-il pas que j'irais jusqu'à en payer les deux tiers. Il ne discuta pas et me confirma assez rapidement que la pièce entière avait été expédiée à mon adresse. Il me restait à attendre.

J'eus tout loisir de craindre le pire. Des paquebots avaient été coulés par des torpilles allemandes en plein milieu de l'Atlantique. Il n'était plus de navires, civils ou militaires, pour entreprendre la traversée autrement que sous l'escorte de bâtiments de guerre. Ne fallait-il pas être fou pour faire ainsi voyager une pièce archéologique vieille de plus de sept cents ans et pour s'inquiéter à son sujet au point d'en oublier toutes les vies humaines risquant de disparaître avec elle ?

Ce n'est guère qu'aujourd'hui, alors que j'écris ces lignes pour tenter de faire taire les lancinants regrets qui me rongent encore, que j'en prends conscience. J'étais alors littéralement envoûté par cette affaire. L'échec qu'elle m'avait infligé finissait par occulter tout le reste. A s'en tenir aux critères en cours dans notre société nord-américaine, ma vie avait pourtant tout d'une réussite. D'une opportunité que j'avais su saisir au bon moment, j'avais tiré des revenus plus qu'honorables et la respectabilité allant de pair. Qui, de toute une existence, n'a pas trébuché ? Et cette quête inaboutie n'était encore, en regard du reste, qu'un si petit faux pas. Elle m'obsédait pourtant. Pour m'en libérer, je mettais tous mes espoirs, bien au-delà du raisonnable, dans cette acquisition inespérée.

Je fus averti par mon agent en douane que la caisse contenant le linteau était enfin arrivée à bon port. Je fis le nécessaire pour qu'elle me soit livrée aux entrepôts que j'exploitais encore près de chez moi. J'assistai, fébrile, à son débarquement. A l'aide d'une grande pince, je me mis moi-même en devoir de l'ouvrir. Le couvercle glissa enfin. Il fallut encore en extraire une quantité affolante de paille pour qu'enfin apparût le linteau. Les quatre pièces dont il était composé étaient fixées sur un plateau de bois. A l'aide d'un palan et avec les précautions qu'on imagine, on le leva. Un bref instant, je le vis pivoter lentement au bout de son câble, au-dessus de moi, comme pour mieux se montrer. Puis le palan vira sur son axe et posa délicatement sa lourde charge au sol. Je me précipitai. Les quelques hommes qui m'avaient aidé s'écartèrent, conscients, je pense, de mon émotion. Je me jetai à genoux devant la trinité d'Adam, d'Eve et du diable, pour la première fois réunie devant moi. Je tendis une main frémissante... et interrompis tout de suite mon geste.

Je me relevai lentement et me tournai vers mes commis médusés.

— Messieurs, leur dis-je avec une solennité à laquelle je ne les avais pas habitués, vous avez devant les yeux le faux le plus grossier et le plus cher qui puisse se trouver. Admirez-le bien. Vous n'en verrez certainement jamais plus de semblable...

Peut-être n'ai-je jamais rien compris aux subtilités de la société provinciale française ; peut-être suis-je resté trop imperméable aux complexes arcanes de ces fameuses coteries auxquelles faisait allusion le patron de l'hôtel d'Autun ; peut-être ai-je trop ignoré ces liens étranges que les Français aiment à établir entre eux, par clans, par sociétés dont ils veillent jalousement à entretenir le secret... Peut-être... Mais nul n'aurait pu empêcher que je visse au premier coup d'œil qu'il s'agissait là d'une pâle copie. Quel amateur avait eu l'outrecuidance de croire que son ciseau approximatif pouvait un seul instant être confondu avec celui, incomparablement adroit, précis et expressif, de Gislebert ?

De deux choses l'une, ou bien le jeune officier à qui je devais ce marché de dupe avait été abusé et il fallait qu'il renonce au plus vite à un métier qu'il ne connaissait pas ; ou bien il m'avait délibérément roulé et je n'étais pas du tout d'humeur à l'en tenir pour quitte ! Je lui adressai sur-le-champ un télégramme dont on peut imaginer la teneur. Il me revint avec la simple mention *N'habite plus à l'adresse indiquée.* J'imaginai que son unité avait été déplacée. Je passai par le canal militaire. Mon courrier revint de la même façon mais, cette fois, sans aucune mention. Je crus deviner…

Mû par ma colère et ma déception, j'eus un temps l'idée de m'adresser à son père, dont l'adresse figurait encore dans mes dossiers. Je ne parvins pas à m'y résoudre et je fis bien. J'appris longtemps après que le jeune officier était tombé sur un champ de bataille du nord de la France…

A l'amertume de l'échec s'ajoutait la brûlure insupportable de l'humiliation. J'aurais pu prendre l'affaire à la légère et la terminer dans un immense éclat de rire. J'en fus incapable. Je m'avouai vaincu. Le mystère du linteau de la porte des Ladres de la cathédrale Saint-Lazare d'Autun avait eu raison de mon sens des affaires et de ma réelle passion pour les admirables créations de nos ancêtres européens.

Je liquidai rapidement ce qui restait de mes affaires et me retirai dans l'isolement et la solitude d'une propriété acquise de longue date à quelques heures de route de Pittsburgh. J'espérais y trouver l'oubli et le repos. Je ne fis qu'y tourner en rond.

Depuis des années, je faisais entreposer là de véritables trésors, les plus belles, les plus rares de mes découvertes, mais aussi celles auxquelles s'attachaient mes plus beaux souvenirs de chasse. Cette demeure, plutôt modeste, mais flanquée de vastes dépendances, appartenait à un ami chez qui j'avais passé quelques soirées. Apprenant qu'il la vendait, je m'en étais porté acquéreur depuis la France. Il y avait, dans cet achat, à parts égales, un coup de cœur, le besoin de loger mes plus belles trouvailles et le souci de placer mon argent.

Me contentant de brefs passages lors de mes rares séjours en Amérique, je n'y avais jamais vécu. A chaque fois, déambulant dans l'ombre des hangars, entre ces formes allongées dans leur châssis de bois, je me réjouissais à la seule idée du plaisir que je me promettais, lorsque le temps en serait venu, de les sortir de leurs emballages, de les nettoyer, de les mettre en valeur, de les exposer peut-être…

Depuis que j'y suis retiré, je trouve beaucoup de charme au séjour de cette maison d'habitation, dont la simplicité un peu rustique me rappelle la France. Mais les hangars sont restés fermés. J'ai préféré les abandonner à la poussière plutôt que d'y entretenir mes regrets, ma nostalgie et cette brûlante sensation d'impuissance qui se saisit de moi à chaque fois que se réveille le souvenir de cette malheureuse affaire.

Je n'ai rien compris à la culture du secret et du non-dit dans laquelle baignent encore nos lointains cousins d'outre-Atlantique. Mon pragmatisme d'homme d'affaires se croyant affranchi des tergiversations et des lourds protocoles encore en usage sur le Vieux Continent m'a en fait aveuglé. J'ai pris pour détails insignifiants des signes qui auraient dû me mettre en garde et m'inciter à me couler, moi aussi, dans ces façons de faire, toutes de nuances et auxquelles nous autres ne comprenons rien.

Je m'en suis tenu à la beauté et à la valeur vénale alors que la symbolique avait à elle seule bien plus d'importance que ces deux éléments réunis. Je n'ai vu que matière à sourire dans cette trinité de l'Homme, de la Femme et du diable. Je n'ai rien compris à la signification presque métaphysique que lui donnaient mon ami Antoine Donnadieu aussi bien que le patron de l'hôtel et surtout ce moine mystérieux dix fois réapparu et jusque-là jamais identifié.

Une simple croyance ? Un culte ? Les Français raffolent de ces théologies secrètes auxquelles ils adhèrent comme nous à nos clubs. Je suis passé à côté. Je n'ai pas cherché à comprendre. L'aurais-je pu ? Rien n'est moins sûr. L'état d'étranger est encore, chez eux, une valeur très forte dont on ne s'affranchit pas comme on le veut. Etranger j'étais, étranger je suis resté. Pour ne plus l'être, j'ai cru naïvement qu'il me suffisait de me dire l'ami d'Antoine Donnadieu. Quelle erreur !

L'illusion de l'intimité que nous accordent les Français leur sert à nous aveugler et à nous dissimuler l'essentiel de ce qu'ils sont. Si nous avons l'outrecuidance de nous approcher d'un peu trop près de leur vraie nature, d'un geste, ils nous écartent et nous renvoient à l'anonymat de notre véritable état d'étranger.

Durant toutes ces années, j'ai été toléré parmi eux, jamais admis. J'aurais pu ne jamais en prendre la mesure. Il a fallu cette malheureuse affaire pour que je comprenne enfin que seul mon commerce les intéressait. Et les principes affichés par Antoine Donnadieu, ses colères, ses préventions clamées contre le marchand du Temple qu'il déclarait voir en moi, n'y changeront rien. Si je n'avais pas flatté leur ego en valorisant comme je l'ai fait les plus belles expressions de leur culture, ils n'auraient pas attendu que je me mêle d'un peu trop près d'une affaire ne regardant qu'eux pour me signifier que je n'étais plus le bienvenu.

Triste bilan. Il était pour le moins frustrant de découvrir ainsi, au terme d'une carrière à laquelle j'ai voué tant de passion, qu'elle ne reposait, en fin de compte, que sur un malentendu. Il me restait à m'y faire et peut-être, alors que je pensais les choses dites, à ouvrir enfin les caisses qui m'attendaient dans les hangars.

28

Je crois que je me serais résolu à me cantonner à ces activités d'archiviste, même s'il s'agissait en quelque sorte des archives de ma vie, si, dans les premiers jours de 1919, un nouveau courrier de France ne m'avait pas surpris. Une simple petite carte, un signe de vie, au sens littéral du terme, un signe de survie, pourrait-on presque dire, de l'hôtelier d'Autun chez qui j'avais si longtemps eu mes habitudes.

Le brave homme m'adressait ses meilleurs vœux pour l'année nouvelle ! Alors que la guerre venait de s'achever en Europe, son geste prenait un sens tout particulier. « Vous voyez, semblait-il dire, nous avons survécu. Nous sommes toujours là et nous allons reprendre le cours de notre existence avec le même entrain, le même dynamisme, comme si rien ne s'était passé ! » Et, pour faire bonne mesure, il m'invitait à venir séjourner à Autun.

Ce geste m'émut. Quel âge pouvait avoir ce brave homme ? Oubliant que je vieillissais moi aussi, je trouvai remarquable qu'il puisse avoir ressenti le besoin d'exprimer une telle force d'espoir. Je lui répondis aussitôt. Dans ma première lettre, je restai silencieux sur ce que je pouvais bien penser de son invitation. C'était déjà une façon d'avouer mon intérêt ! Il insista. J'hésitai. Nous entretînmes ainsi une correspondance assez suivie. J'y trouvai autant de prétextes à reprendre le chemin de la France que de raisons de m'en abstenir. Je sentais, dans ses courriers, une sorte d'obsession qui le poussait à revenir sans cesse sur les événements tragiques dont la France venait de sortir. Je comprenais, bien sûr, mais n'avais aucune envie de me trouver confronté à tout cela.

Jusqu'au jour où, se croyant obligé de tenir pour moi une véritable petite chronique de ce qui aurait pu éveiller mon attention, il fit allusion à un jeune officier américain qui, pendant tout le temps qu'il avait séjourné à Autun, avait pratiqué le même commerce que moi. C'était évidemment celui-là même qui m'avait roulé en me vendant une pâle copie du chapiteau de Gislebert, avant d'aller se faire tuer, comme je venais de l'apprendre, dans les tranchées de l'Argonne. Je me montrai beaucoup plus intéressé ! Il me fournit quelques précisions qui m'ôtèrent mes derniers doutes. Je refis mon bagage !

L'appartement de la rue Brémontier avait été reloué. Il ne fallait pas s'en étonner. Je ne séjournai d'ailleurs que très brièvement à Paris. Bien qu'elle ait été préservée de la folie des combats, la ville me sembla triste et grise, comme si elle avait du mal à se remettre de l'épouvante de ces quatre années. Dès que je le pus, je pris la direction d'Autun. Plus on descendait vers le sud, moins, à première vue, se ressentaient les effets de la guerre. Il ne fallait pourtant pas s'arrêter dans les villages. Les estropiés, aux portes des maisons, les femmes effectuant des travaux de force, des vieux qu'on avait remis à l'ouvrage, étaient autant de signes révélant le nombre effarant des hommes qui n'en étaient pas revenus...

Autun ne dérogeait évidemment pas à la règle. Même pour l'observateur étranger que j'étais, il apparaissait au premier coup d'œil que la vie ne reprenait un cours à peu près normal que par l'effort démesuré de ceux qui n'étaient pas normalement assignés à ce type de tâche.

— Les femmes, les vieux, même les enfants... me dit en m'accueillant mon ami l'hôtelier. Mais ça ne durera, bien sûr, que ce que ça pourra... Et puis surtout, ajouta-t-il l'œil sombre, c'est au calme actuel des alcôves qu'on verra la différence dans quelques années ! Tous ces hommes en moins au lit des femmes, ce sont autant d'enfants qui ne seront pas là pour prendre la succession... Si on calcule bien, dans vingt ans, la France ne sera pas bien solide...

Par discrétion et parce que, bêtement, je me sentais une sorte de sentiment de culpabilité à découvrir ce qui s'était passé alors que j'avais fui la France, je m'abstins d'aborder le sujet qui me brûlait les lèvres. J'allai me coucher en demandant que mon petit déjeuner me soit servi dans ma chambre le lendemain matin à sept heures.

Et quelle ne fut pas ma stupeur d'être réveillé par une charmante vision qui me parut jaillir tout droit des plus belles pages de mes souvenirs autunois ! La ressemblance était si frappante que, encore à demi ensommeillé et surtout totalement surpris, j'eus du mal à l'identifier. Il fallut que la jeune et jolie personne, après s'être assurée que je ne manquais de rien, ait quitté ma chambre, pour que je réalise. Elle était le portrait de la jeune Blandine dont j'aimais tant, jadis, qu'elle vînt m'ouvrir la porte d'Antoine Donnadieu !

J'en fis la remarque au patron. Il éclata de rire.

— Rien d'étonnant, me dit-il, puisque Manon est bien la fille de Blandine.

Je demandai des précisions sans savoir que j'entrais de plain-pied dans le vif du sujet qui m'avait tant de fois amené à Autun par le passé et qui, au fond, restait la vraie raison de mon retour. J'appris ainsi que ce n'était nul autre que le mari de la même Blandine qui avait vendu à ce jeune officier le faux linteau.

— Et maintenant, demandai-je, où sont-ils ?

— Toujours là-haut, bien sûr, dans cette espèce de communauté d'anciens charbonniers qui se sont tous éparpillés aux quatre vents de la vie. Eux seuls sont restés. Ils se sont accrochés, au point d'avoir été reconnus, en fin de compte, légitimes héritiers de l'exploitation sur laquelle ils comptaient installer leurs fils. L'un est mort dans les tranchées. L'autre en est revenu estropié... Voilà une image assez précise de ce à quoi est réduit notre pauvre pays...

A ce qu'il me dit, il existait, dans le village le plus proche, une auberge à peu près convenable. C'est depuis sa terrasse, en réchauffant mes vieux os au soleil vespéral, que j'écris ces lignes. J'ai loué une voiture et un cheval et j'ai pris la route, sur les indications d'une Manon tout émoustillée qui aurait bien entrepris le voyage avec moi !

Hier matin, j'ai parcouru les derniers kilomètres qui me séparaient encore de cette étrange construction prévue pour sept ou huit familles et où Blandine, Hugo et leur fils Edouard vivent désormais seuls. Blandine m'a fait le plaisir immense de me reconnaître tout de suite. Elle m'a sauté au cou et rien n'a été trop beau pour moi, durant les quelques heures que nous avons passées ensemble. Hugo, qui n'était pas là quand je suis arrivé, nous rejoignit plus tard. Il travaillait, m'a-t-elle dit, à je ne sais quelles rigoles chargées d'assainir leurs prés. J'ai cru comprendre, au fil de la conversation, que s'il a lui-même transformé la friche originelle de cette vallée en prés de bonne qualité, il ne met plus trop d'ardeur à les entretenir. Ils sont plus jeunes que moi, bien sûr, mais le temps a tout de même fait son œuvre. Et puis le découragement… Pourquoi s'acharneraient-ils puisque tout cela sera vendu ? Pourvu qu'ils en tirent assez pour assurer une petite rente à leur fils, le jour où ils ne seront plus là, et les voilà satisfaits, sinon heureux.

— Et Manon ? dis-je étourdiment. Elle ne s'occupera pas de son frère ?

Blandine et Hugo eurent de la main un geste désabusé.

— Manon ? Elle mène sa vie, Manon. Qui pourrait le lui reprocher ? Ici ? Que reste-t-il pour une fille belle, vive et intelligente comme elle ?

— J'ai cru te voir, Blandine, hier matin, quand elle est venue m'apporter mon petit déjeuner.

Elle a rougi, m'a adressé un pauvre sourire et a baissé le nez vers la table.

— C'était un autre temps… a-t-elle murmuré. Une autre vie. Maintenant…

Elle a hoché la tête gravement et s'est rapidement détournée, pas assez vite, pourtant, pour que je ne voie pas perler une larme au coin de ses beaux yeux.

Alors, j'ai détourné la conversation. J'ai parlé du linteau. J'ai demandé comment il s'était trouvé là, qui l'avait fait. Ils m'ont raconté la passion d'Amédée, mais ils m'ont surtout révélé Jean le Bon Cousin. Il avait donc fallu tant d'années pour que je retrouve enfin la trace de ce moine qui m'avait accroché un soir, dans les rues d'Autun, alors que je sortais de chez Antoine Donnadieu.

Ils m'ont raconté son lent naufrage dans la démence, la fin pitoyable de son existence, dans une des petites parsonneries.

— Mais alors, qu'a-t-il fait des bas-reliefs qu'il est venu chercher chez Antoine Donnadieu, au lendemain de sa mort ? me suis-je étonné.

Ils m'ont maintenu qu'ils ne savaient pas.

— Mais enfin, Blandine, ai-je insisté, tu ne peux pas me dire que tu ne les as pas vus, ces bas-reliefs ; Adam d'une part, le diable d'autre part. Qu'en avait-il fait ? Où les avait-il cachés ? Derrière les grandes tentures bordeaux du fond de son musée ? C'est bien ça ?

Elle avait toujours eu un art consommé de la dissimulation. Elle prit un air de parfaite ignorance, un peu ballot, un peu buté.

— De quoi vous parlez ? Il y en avait tellement. Ça ou autre chose... Est-ce que je peux me souvenir de tout ?

Je changeai de tactique et tentai de prêcher le faux pour savoir le vrai.

— Dans les niches, sous la tenture bordeaux, c'était bien Adam et le diable ? C'est là qu'il les avait dissimulés, non ? Et votre Jean le Bon Cousin, c'est là qu'il est venu les chercher. Ne me dites pas le contraire ; c'est Louisette qui me l'a raconté. Alors, qu'en a-t-il fait ? Où les a-t-il mis ? Il a bien fallu qu'il les case quelque part ! Et où, si ce n'est ici, puisque vous me dites vous-mêmes que c'était ici, dans la communauté, qu'il voulait en faire votre nouveau Graal !

Je réalisai juste à temps qu'ils s'étaient consultés du regard. Plus abattus qu'autre chose, ils ne semblaient plus du tout vouloir nier. Je laissai traîner un petit silence, puis j'insistai.

— Il les a apportés ici, c'est ça ?

Leur moue dubitative me surprit.

— Quelques jours après la mort d'Antoine Donnadieu, dit enfin Hugo, on a vu arriver un char lourdement chargé. Jean le Bon Cousin ne nous a pas laissés nous approcher. Même Amédée, il l'a tenu à l'écart. On ne sait pas ce qu'il y avait dans ce char, mais... Mais on s'en doutait. Enfin, on croyait... Et puis, quand il a déménagé, quand il nous a laissé la maison, rien... Pas trace des bas-reliefs. A ce moment-là, il faut comprendre, on avait d'autres chats à fouetter. Vos statues, ça ne nous intéressait pas trop. On n'a pas insisté. On n'a pas cherché à savoir. Et puis, quand l'officier américain est venu, il paraît que Jean le Bon Cousin lui a déclaré qu'il les avait balancés dans le puits... C'est pour ça que l'autre est reparti sans demander son reste. Jean le Bon Cousin ne voulait pas que nous les ayons. Quand il a vu qu'il était seul, qu'il n'en ferait jamais rien, peut-être a-t-il compris que sa raison se perdait. Il les aura basculés l'un après l'autre au-dessus de la margelle du puits...

J'en restai abasourdi, sans voix... Au fond d'un puits, Adam et le diable de Gislebert... Mais ce puits, il était là, dans la cour, à quelques mètres de nous... Il suffisait...

— Mais il faut aller les rechercher ! Vous y êtes allés voir ? Vous avez essayé ?

Hugo posa sur moi un regard mi-désolé, mi-chargé de commisération.

— Vous savez ce que c'est qu'un puits comme celui-là ? Environ douze mètres de fond dont quatre ou cinq d'eau, selon les saisons. Vous croyez qu'on y va comme ça ? Et puis, de toute façon, en admettant que ce soit vrai, son histoire, ce n'est plus la peine...

Je me gardai bien de poser la question qu'il escomptait. Je me contentai d'attendre.

— Ce n'est plus la peine parce que, depuis le temps, vos sculptures, elles ne doivent plus exister.

« Vos sculptures... » Cette façon qu'il avait de se démarquer, de m'indiquer son désintérêt de ce qui l'avait assez passionné, à une époque, quand il était devenu le découvreur de l'Eve… Ça me désolait, mais je ne voulais pas perdre de vue cette espèce d'ultime ligne droite au bout de laquelle ces bas-reliefs semblaient réapparaître comme par magie. J'avais tout de même couru après eux toute ma vie sans jamais les entrevoir…

— Qu'est-ce que tu racontes ! Pourquoi n'existeraient-elles plus ?

— L'eau… dit-il. Elle est acide comme vous ne pouvez pas imaginer. C'est le sol qui veut ça. Ici, on est sur le granit.

— Et alors ?

Que je ne comprenne pas parut le sidérer.

— Vous devez pourtant savoir, dit-il. Prenez une coquille d'œuf, versez du vinaigre dessus ; vous savez ce qui se passe ? Ça dissout le calcaire, bien sûr. Eh bien, là, c'est exactement la même chose. Ça va peut-être moins vite, mais le résultat est le même. Vos bas-reliefs, le Gislebert, il les avait taillés dans un beau calcaire gris-bleu de la Côte. A l'heure qu'il est, il ne doit pas en rester grand-chose…

Pour Hugo, c'était déjà là un long discours. Il se tut. Je m'abîmai moi-même dans le silence du désespoir. Autant dire que j'échouais sur toute la ligne…

Blandine fit ce qu'elle put pour qu'on passe à autre chose. Elle tint absolument à ce que je reste à dîner avec eux. Elle parvint, en fin de compte, à créer une illusion de chaude ambiance qui me permit d'oublier durant quelques heures. Je n'en revins pas moins à mon auberge dans la nuit, au pas tranquille de mon cheval, avec des idées de mort dans la tête.

Je me laisse deux jours de répit. J'ai bien sûr remis les pieds sur terre. Je ne veux pas dire que la déception n'est plus là, mais le pays est si beau, si paisible. Je me repose dans la solitude parfaite de cette petite auberge où je ne connais personne. Ensuite, je redescendrai vers Autun et entreprendrai à rebours le voyage que je viens de faire depuis ma Pennsylvanie natale.

Je rentre chez moi. Je tourne à tout jamais cette page qui englobe l'essentiel de ma vie, mais qui ne s'en termine pas moins par la plus grande déception qui puisse s'imaginer. Rien de pire que cette espèce de violent réveil de l'espoir par lequel je suis passé avant que se brisent cette fois pour toujours les dernières de mes illusions.

Il me reste tout de même à ouvrir toutes ces caisses, tous ces emballages qui dorment dans mes hangars. Seront-elles moins belles, toutes ces pièces si longtemps collectionnées, dès lors que ne les envelopperont plus les nimbes des croyances et, disons le mot, des superstitions dont les Français adorent les parer ?

Allons, il faudra bien que j'aille voir…

Anost,
le 14 mai 2009

Hommage

Durant tout le temps que m'a pris la rédaction de ce roman, la pensée du chanoine Denis Grivot ne m'a pas quitté. Décédé en juillet 2008, cet homme d'exception a été pendant près d'un demi-siècle la mémoire de la cathédrale d'Autun et, plus généralement, de tout ce prodigieux Moyen Age à qui nous devons l'essentiel des merveilles de cette ville. Son immense culture en même temps que son style incomparable et son étonnante faconde font de la lecture de ses nombreux ouvrages un véritable plaisir. Je lui dois la lente découverte que j'ai faite de l'histoire d'Autun, celle qu'il a écrite, mais celle aussi – et peut-être surtout ! – qu'il racontait si bien !

Annexe 1

Homme de grande culture et membre de la Société Eduenne, une des plus anciennes sociétés savantes de France créée en 1836, Charles Boëll était agréé de justice (avoué près les tribunaux de commerce). Son journal, conservé dans la très riche bibliothèque de la Société Eduenne, constitue une chronique de son temps pleine d'esprit et riche d'innombrables observations.

Le texte du 20 juillet 1935 concernant « l'affaire » de La Tentation d'Eve *recoupe en l'enrichissant l'histoire « officielle » de la découverte du chef-d'œuvre de Gislebert l'Autunois, dans l'épaisseur d'un mur, en 1866.*

Si tous les personnages de ce roman appartiennent à la fiction, ils doivent beaucoup, évidemment, à ce texte.

Journal de Charles Boëll
En date du 20 juillet 1935

« L'abbé Terret, à qui ses grands ouvrages sur *La Sculpture bourguignonne aux XII*^e^ *et XIII*^e^ *siècles* avaient acquis une réelle notoriété dans le monde archéologique et que son mauvais caractère avait brouillé avec sa famille, avec son évêque, avec ses confrères, avec qui encore ?, est mort hier soir. La Société Eduenne va donc entrer en possession du célèbre bas-relief roman de *La Tentation d'Eve* et d'une statue en pierre de saint Jacques (XVe siècle) dont elle lui avait acheté la nue-propriété en 1910.

Cette acquisition avait été mouvementée. On sait que le bas-relief d'*Eve*, provenant de l'ancien tympan de la porte latérale de la cathédrale d'Autun démoli en 1766-1767, fut retrouvé un siècle après, exactement en 1866, dans les matériaux d'un mur de refend de la maison n° 12 de la place du Champs-de-Mars, édifiée par le chevalier d'Orsenne en 1769, et que le propriétaire de la maison, M. Rousselet, abandonna cette précieuse sculpture à l'architecte Roidot-Houdaille. Celui-ci mourut le 6 avril 1910. Or, sa fille et son gendre, les époux Dufresne, se trouvaient fort endettés et leurs créanciers attendaient impatiemment l'ouverture de la succession Roidot pour se faire rembourser. Menacés de saisie, ils firent proposer par l'abbé Terret au président de la Société Eduenne d'acheter l'*Eve* et les autres pièces intéressantes de la collection Roidot la somme (4658,75 F) nécessaire au paiement de la dette pour laquelle ils se voyaient poursuivis. Mais M. de Charmasse repoussa catégoriquement cette intéressante proposition, car, capitaliste avant tout, il n'admettait pas que les fonds de la Société Eduenne puissent être plus utilement employés qu'à acheter de la rente. Sur les instances de l'héritière en larmes, l'abbé consentit à faire l'acquisition pour son propre compte, en empruntant à cet effet une partie de la somme demandée. Cependant les Dufresne, tirés des griffes de leur banquier, ne tardèrent pas à regretter l'opération : le musée du Louvre leur faisait pour le seul bas-relief d'*Eve* des offres avantageuses ; ils essayèrent tour à tour de la persuasion et de la menace pour faire résilier la vente, qui, disaient-ils, avait été faite à réméré et était de plus entachée de lésion. Très ému par la perspective d'un procès, l'abbé Terret, n'osant plus s'aventurer à reparler de la chose à M. de Charmasse, vint m'exposer que, sa ferme intention étant de léguer l'*Eve* à la Société Eduenne, il nous suppliait de prendre fait et cause pour lui dans l'instance dont il était menacé. J'objectai que « nul en France ne plaide par procureur, hormis le roi » et que nous ne saurions utilement intervenir tant que nous ne serions pas effectivement propriétaires du bas-relief litigieux. Mais il était bien douloureux pour l'abbé de se séparer de son vivant d'un si précieux objet. Nous convînmes alors que la Société Eduenne achèterait seulement la nue-propriété, pour n'entrer en possession et jouissance qu'au décès du vendeur, qui se réservait l'usufruit ; acte fut aussitôt passé, à la date du 4 mai 1910 ; je versai séance tenante et de mes deniers le prix stipulé (500 F) et M. de Charmasse, mis en présence du fait accompli, coléra, mais se vit obligé de ratifier. Les Dufresne perdirent leur procès (jugement du tribunal civil d'Autun du 24 mai 1911) et c'est ainsi que la Société Eduenne est devenue propriétaire, moyennant la modique somme de 500 F d'avant-guerre ou 2 500 F d'aujourd'hui, de deux pièces, dont une seule (le bas-relief) a été estimée 1 500 000 F par M. Marcel Aubert, conservateur de la sculpture au musée du Louvre.

L'abbé Terret possédait encore, parmi tout un bric-à-brac de faux "primitifs" et de statuettes sans intérêt, achetés pour la plupart dans une boutique de Vichy, une pièce tout à fait remarquable. C'est une Vierge Mère en bois, du XIIe siècle, dont il a donné une reproduction en tête du 2e volume de sa *Sculpture bourguignonne. Autun*, et qu'il avait découverte, il y a une trentaine d'années, dans l'escalier du clocher d'une église du diocèse (il n'a jamais voulu préciser davantage par crainte de risquer quelque revendication et d'exposer à un blâme de son évêque le curé qui la lui avait donnée). Je convoitais vivement cette statue de Vierge assise pour le musée de l'hôtel Rolin. Mais l'abbé – dont ce n'est pas offenser la mémoire que de dire qu'il était bizarre – avait depuis longtemps une idée fixe : faire de sa maison délabrée de la rue Cocand et de ce qu'il appelait ses richesses d'art un musée, le "musée Terret". Il le répétait encore peu de jours avant sa mort à un de ses anciens élèves : "Tu vois tout cela : après moi, ce sera le musée Terret ; je ne veux pas que cela aille là-haut (à l'hôtel Rolin) ; je ne veux pas que Boëll y mette les pattes." Et pour assurer l'exécution de cette volonté bien arrêtée, il a institué légataire universelle, mais sans réserves et sans obligation d'emploi, une dame Charcosset, qui l'a soigné ou du moins l'a hébergé et l'a fait soigner sur la fin de sa vie. Je suis curieux de voir dans quelle mesure la famille Charcosset va exécuter le plus cher désir du pauvre abbé et si, pour éviter la disparition du "musée Terret", il n'aurait pas mieux valu que Boëll y mette les pattes.

31 décembre 1937 – Mme Charcosset, après avoir entièrement déménagé la maison qu'elle a héritée de l'abbé Terret, l'a vendue à un épicier nommé Martin, qui y a entrepris de grosses réparations. Mais alors le "musée Terret" ?... »

Annexe 2

Lettre de Guillaume Lerolle au maire d'Autun

La lettre, dont nous donnons ci-dessous la transcription, se trouve rapportée in extenso dans un texte extrait du tome 48 des Mémoires de la Société Eduenne *(1936-1940) conservé à la bibliothèque municipale d'Autun.*

Si le nom de son auteur, Guillaume Lerolle, ne semble pas, a priori, indiquer une origine américaine, on sait que, à cette époque, le Nouveau Monde se montrait extrêmement friand de toutes les antiquités – et jusqu'à des châteaux entiers – en provenance de la vieille Europe et tout particulièrement de France.

Guillaume Lerolle travaillait fort vraisemblablement pour le compte d'acheteurs américains. Il s'était fait éconduire, le 1er mars 1923, par l'abbé Terret à qui il avait offert 200 000 F de La Tentation d'Eve. *Cette lettre n'est qu'une confirmation au maire d'Autun de ses intentions… à la différence près qu'il ajoute 100 000 F à sa proposition initiale !*

Il m'a inspiré le personnage de Robert Brampton.

Personnel

14 rue Brémontier
Paris le 6 mars 1923

Monsieur Perrucot
Maire d'Autun
Avenue de la Gare
Autun (Saône-et-Loire)

Monsieur le Maire,

J'ai l'avantage de vous confirmer la conversation que nous avons eue dans votre bureau vendredi dernier, 2 mars, au matin, au cours de laquelle je vous ai informé que j'étais acheteur d'un bas-relief du XIIe siècle représentant « Eve » et qui se trouve actuellement chez M. l'abbé Victor Terret, 13 rue Cocand, dans votre ville.

J'ai cru comprendre que ce bas-relief, qui se trouve être coupé par le milieu, n'appartient plus en propre à M. l'abbé Terret, mais qu'il l'a cédé à la Société Eduenne.

La somme que j'offre de ce bas-relief est trois cent mille francs (300 000).

Etant donné que ce bas-relief ne peut faire partie d'aucun monument de la ville, étant donné aussi que la somme que j'offre pour son acquisition peut être utilisée pour le bien des habitants d'Autun, soit pour entreprendre dans la région ou dans la ville des fouilles qui peuvent mener à des découvertes plus intéressantes encore, j'ai pensé qu'il était de mon devoir de porter à votre connaissance l'offre que j'ai faite.

Espérant que vous voudrez bien dans un avenir prochain m'informer de la façon dont cette offre a été examinée, je vous prie d'agréer, Monsieur le Maire, l'expression de mes sentiments respectueux.

Guillaume Lerolle

Remerciements

Sans l'aide précieuse d'André Strasberg, ce roman n'aurait pas pu exister. Conservateur adjoint du musée Rolin d'Autun, secrétaire perpétuel de la Société Eduenne et conservateur des Antiquités et Objets d'art pour la Saône-et-Loire, il a une grande faculté d'écoute à l'égard de tous ceux qui, comme moi, doivent venir abreuver leur ignorance à la source de son savoir. Il a su sortir pour moi de ses archives d'étonnants documents qui m'ont révélé une « affaire » de l'Eve d'Autun, que bien peu, hors cet homme de grande érudition, connaissaient.

L'extrait du journal de Charles Boëll en date du 20 juillet 1935 et la lettre de Guillaume Lerolle du 6 mars 1923 que l'on trouvera en annexe sont les éléments les plus remarquables de la passionnante matière qu'il a eu l'amabilité de mettre à ma disposition.

Pour ce qu'il m'a appris d'Eve, mais aussi plus généralement pour cette grande disponibilité, je tenais à le remercier ici très chaleureusement.

DU MÊME AUTEUR (suite)

Editions Solar, collection « Randonneur »

Les Vosges, le Pays niçois et le Mercantour, 1991
La Haute-Provence, les Cévennes, les volcans d'Auvergne, la Margeride et l'Aubrac, 1992
Le Limousin, le Périgord noir, le Quercy, le Rouergue, 1993
Le Jura, le Vercors, les monts du Lyonnais et du Beaujolais, les Ardennes, 1994
La Bourgogne, l'Alsace, le Livradois et le Forez, la Haute-Ardèche, 1995
Le Cotentin, la Bretagne, pays de Brocéliande, le Morvan, 1996
Le Pays d'Auge, les plateaux de Bourgogne, vallées de la Loue et du Lison, 1997
Bourgogne, la Puisaye, 1998

Editions du Chêne

Les Outils de la randonnée, 1995

Tous ces ouvrages sont présentés sur mon site :
http://pagesperso-orange.fr/didier.cornaille

Romans « Terres de France »

Jean Anglade
Un parrain de cendre
Le Jardin de Mercure
Y a pas d'bon Dieu
La Soupe à la fourchette
Un lit d'aubépine
La Maîtresse au piquet
Le Saintier
Le Grillon vert
La Fille aux orages
Un souper de neige
Les Puysatiers
Dans le secret des roseaux
La Rose et le Lilas
Avec le temps…
L'Ecureuil des vignes
Une étrange entreprise
Le Temps et la paille
Les Ventres jaunes
Le Semeur d'alphabets
La Bonne Rosée
Un cœur étranger
Les Permissions de mai
Les Délices d'Alexandrine
Le Voleur de coloquintes
Sylvie Anne
Mélie de Sept-Vents
Le Secret des chênes
La Couze
Ciel d'orage sur Donzenac
La Maîtresse du corroyeur
Un horloger bien tranquille
Un été à Vignols
La Lavandière de Saint-Léger
L'Orpheline de Meyssac
Le Pain des Cantelou
Victorine, le pain d'une vie
Jean-Jacques Antier
Tempête sur Armen
La Fille du carillonneur
Marie-Paul Armand
Le Vent de la haine
Louise
Benoît
La Maîtresse d'école
La Cense aux alouettes
L'Enfance perdue
Un bouquet de dentelle
Au bonheur du matin
Le Cri du héron
Le Pain rouge
La Poussière des corons
Nouvelles du Nord
La Courée
Victor Bastien
Retour au Letsing
Henriette Bernier
L'Enfant de l'autre
L'Or blanc des pâturages
L'Enfant de la dernière chance
Le Choix de Pauline
La Petite Louison
Petite Mère
Le Rêveur de l'écluse
Françoise Bourdon
La Forge au Loup
La Cour aux paons
Le Bois de lune
Le Maître ardoisier
Les Tisserands de la Licorne
Le Vent de l'aube
Les Chemins de garance
La Figuière en héritage
La Nuit de l'amandier
La Combe aux Oliviers
Patrick Breuzé
Le Silence des glaces
La Grande Avalanche
La Malpeur
La Lumière des cimes
Nathalie de Broc
Le Patriarche du Bélon
La Dame des Forges
La Tresse de Jeanne
Loin de la rivière
La Rivière retrouvée
La Sorcière de Locronan
Annie Bruel
Le Mas des oliviers
Les Géants de pierre
Marie-Marseille

Michel Caffier
Le Hameau des mirabelliers
La Péniche Saint-Nicolas
Les Enfants du Flot
La Berline du roi Stanislas
La Plume d'or du drapier
L'Héritage du mirabellier
Marghareta la huguenote
Le Jardinier aux fleurs de verre
Porte-plumes au vent
Daniel Cario
La Miaulemort
Jean-Pierre Chabrol
La Banquise
Claire Chazal
L'Institutrice
Martine Alix Coppier et Jean-Michel Thibaux
Le Trésor de la Nore
Didier Cornaille
Les Labours d'hiver
Les Terres abandonnées
La Croix de Fourche
Etrangers à la terre
L'Héritage de Ludovic Grollier
L'Alambic
Georges Coulonges
Les Terres gelées
La Fête des écoles
La Madelon de l'an 40
L'Enfant sous les étoiles
Les Flammes de la Liberté
Les blés deviennent paille
L'Eté du grand bonheur
Des amants de porcelaine
Le Pays des tomates plates
La Terre et le Moulin
Les Sabots de Paris
Les Sabots d'Angèle
La Liberté sur la montagne
Les Boulets rouges de la Commune
Pause-Café
Anne Courtillé
Les Dames de Clermont
Florine
Dieu le veult
Les Messieurs de Clermont
L'Arbre des dames
Le Secret du chat-huant
L'Orfèvre de Saint-Séverin
La Chambre aux pipistrelles
Paul Couturiau
En passant par la Lorraine
L'Abbaye aux loups
Annie Degroote
La Kermesse du diable
Le Cœur en Flandre
L'Oubliée de Salperwick
Les Filles du Houtland
Le Moulin de la Dérobade
Les Silences du maître drapier
Le Colporteur d'étoiles
La Splendeur des Vaneyck
Les Amants de la petite reine
Un palais dans les dunes
Renelde, fille des Flandres
Les Jardins du vent
Alain Dubos
Les Seigneurs de la haute lande
La Palombe noire
La Sève et la Cendre
Le Secret du docteur Lescat
Constance et la Ville d'Hiver
Marie-Bernadette Dupuy
L'Orpheline du bois des Loups
Les Enfants du Pas du Loup
La Demoiselle des Bories
Le Chant de l'Océan
Le Moulin du Loup
Le Chemin des Falaises
Les Tristes Noces
Elise Fischer
Trois Reines pour une couronne
Les Alliances de cristal
Mystérieuse Manon
Le Soleil des mineurs
Les cigognes savaient
Confession d'Adrien le colporteur
Le Secret du pressoir
Sous les mirabelliers
Laurence Fritsch
La Faïencière de Saint-Jean
Alain Gandy
Adieu capitaine
Un sombre été à Chaluzac
L'Enigme de Ravejouls
Les Frères Delgayroux
Les Corneilles de Toulonjac
L'Affaire Combes
Les Polonaises de Cransac
Le Nœud d'anguilles
L'Agence Combes et Cie

Suicide sans préméditation
Fatale Randonnée
Une famille assassinée
Le piège se referme
Gérard Georges
La Promesse d'un jour d'été
Les Bœufs de la Saint-Jean
L'Ecole en héritage
Le Piocheur des terres gelées
Les Amants du chanvre
La Demoiselle aux fleurs sauvages
Jeanne la brodeuse au fil d'or
Les Chemins d'améthyste
Denis Humbert
La Malvialle
Un si joli village
La Rouvraie
L'Arbre à poules
Les Demi-Frères
La Dernière Vague
Yves Jacob
Marie sans terre
Les Anges maudits de Tourlaville
Les blés seront coupés
Une mère en partage
Un homme bien tranquille
Le Fils du terre-neuvas
Hervé Jaouen
Que ma terre demeure
Au-dessous du calvaire
Les Ciels de la baie d'Audierne
Les Filles de Roz-Kelenn
Ceux de Ker-Askol
Michel Jeury
Au cabaret des oiseaux
Marie Kuhlmann
Le Puits Amélie
Passeurs d'ombre
Les Filles du pasteur Muller
Guillemette de La Borie
Les Dames de Tarnhac
Le Marchand de Bergerac
La Cousette de Commagnac
Le Double Secret de Bigaroque
Gilles Laporte
Le Loup de Métendal
Jean-Pierre Leclerc
Les Années de pierre
La Rouge Batelière
L'Eau et les jours
Les Sentinelles du printemps
Un amour naguère
Julien ou l'Impossible Rêve
A l'heure de la première étoile
Les Héritiers de Font-Alagé
De longues fiançailles
Hélène Legrais
Le Destin des jumeaux Fabrègues
La Transbordeuse d'oranges
Les Herbes de la Saint-Jean
Les Enfants d'Elisabeth
Les Deux Vies d'Anna
Les Ombres du pays de la Mée
Eric Le Nabour
Les Ombres de Kervadec
Louis-Jacques Liandier
Les Gens de Bois-sur-Lyre
Les Racines de l'espérance
Jean-Paul Malaval
Le Domaine de Rocheveyre
Les Vignerons de Chantegrêle
Jours de colère à Malpertuis
Quai des Chartrons
Les Compagnons de Maletaverne
Le Carnaval des loups
Les Césarines
Grand-mère Antonia
Une maison dans les arbres
Une reine de trop
Une famille française
Le Crépuscule des patriarches
La Rosée blanche
L'Homme qui rêvait d'un village
L'Auberge des Diligences
Le Notaire de Pradeloup
Dominique Marny
A l'ombre des amandiers
La Rose des Vents
Et tout me parle de vous
Jouez cœur et gagnez
Il nous reste si peu de temps
Pascal Martin
Le Trésor du Magounia
Le Bonsaï de Brocéliande
Les Fantômes du mur païen
La Malédiction de Tévennec
L'Archange du Médoc
Louis Muron
Le Chant des canuts
Henry Noullet
La Falourde
La Destalounade

Bonencontre
Le Destin de Bérengère Fayol
Le Mensonge d'Adeline
L'Evadé de Salvetat
Les Sortilèges d'Agnès d'Ayrac
Le Dernier Train de Salignac
Michel Peyramaure
Un château rose en Corrèze
Les Grandes Falaises
Frédéric Pons
Les Troupeaux du diable
Les Soleils de l'Adour
Passeurs de nuit
Jean Siccardi
Le Bois des Malines
Les Roses rouges de décembre
Le Bâtisseur de chapelles
Le Moulin de Siagne
Un parfum de rose
La Symphonie des loups
La Cour de récré
Les Hauts de Cabrières
Les Brumes du Mercantour
La Chênaie de Seignerolle
Bernard Simonay
La Fille de la pierre
La Louve de Cornouaille
Jean-Michel Thibaux
La Bastide blanche
La Fille de la garrigue
La Colère du mistral
L'Homme qui habillait les mariées
La Gasparine
L'Or des collines
Le Chanteur de sérénades
La Pénitente
L'Enfant du mistral
L'Or du forgeron
Jean-Max Tixier
Le Crime des Hautes Terres
La Fiancée du santonnier
Le Maître des roseaux
Marion des salins
Le Mas des terres rouges
L'Aîné des Gallian
L'Ombre de la Sainte-Victoire
Brigitte Varel
Un village pourtant si tranquille
Les Yeux de Manon
Emma
L'Enfant traqué
Le Chemin de Jean
L'Enfant du Trièves
Le Déshonneur d'un père
Blessure d'enfance
Mémoire enfouie
Une vérité de trop
Louis-Olivier Vitté
La Rivière engloutie
L'Enfant des terres sauvages
L'Inconnue de la Maison-Haute
Le Secret des trois sœurs
Colette Vlérick
La Fille du goémonier
Le Brodeur de Pont-l'Abbé
La Marée du soir
Le Blé noir
Les Terres chaudes

Cet ouvrage a été imprimé en France par

CPi
BUSSIÈRE

à Saint-Amand-Montrond (Cher)
en août 2010

Composé par Nord Compo Multimédia
7, rue de Fives, 59650 Villeneuve-d'Ascq

N° d'édition : 8477 – N° d'impression : 102348/1
Dépôt légal : août 2010